独自翱翔吧！唯如此才能游刃于万物运转，掌控时空甚至生命。

Flying alone! Nothing gives such a sense of mastery over time over mechanism, mastery indeed over space, time, and life itself, as this.

桂冠诗人诗选

尼古拉斯·布莱克 桂冠推理全集

Thou Shell of Death

死亡之壳

尼古拉斯·布莱克——著
赵颖——译

上海文艺出版社
上海故事会文化传媒有限公司

尼古拉斯·布莱克桂冠推理全集（全16册）
编委会

总策划：夏一鸣

主　编：黄禄善

副主编：陶云韫

编辑成员

（按姓氏笔画为序排列）

丁娴瑶　王　琦　田　芳　吕　佳　朱　虹　孟文玉

赵媛佳　夏一鸣　陶云韫　黄禄善　曹晴雯　彭元凯

名家导读

提起英国黄金时代侦探小说的代表性作家，很多人马上就会想到阿加莎·克里斯蒂（Agatha Christie, 1890-1976）。确实，这位昔时光顾伦敦侦探俱乐部的"常客"，自出道以来，累计创作悬疑探案小说81部，总销售量近20亿册，是地地道道的"侦探小说女王"。不过，在当时的英国，还有一位男性侦探小说家，其创作才能一点也不亚于阿加莎·克里斯蒂，只不过他的身份比较显赫，甚至有点令人生畏。尼古拉斯·布莱克（Nicholas Blake, 1904-1972），这个生于爱尔兰、长于伦敦、后来活跃在诗坛的"怪才"，不但拥有牛津大学和哈佛大学教授、英国桂冠诗人、大不列颠功勋骑士、战时宣传口掌门、左翼社会活动家等多种显赫身份，还在出版大量彪炳史册的诗歌集、论文集、译著的同时，客串侦探小说创作，成就十分突出。说来让人难以置信，他创作侦探小说的原因竟然是囊中羞涩，无法支付居住已久的房屋的维修费。在给自己的诗友、同为桂冠诗人的斯蒂芬·斯潘德（Stephen Spender, 1909-

1995）的信中，他坦言，因为担心失业，一直想写些可以盈利的书。于是，一套以"奈杰尔·斯特雷奇威"（Nigel Strangeways）为业余侦探主角的悬疑探案小说诞生了。

该套小说共计16部，始于1935年的《罪证疑云》(*A Question of Proof*)，终于1966年的《死后黎明》(*The Morning after Death*)，陆续问世后，均引起轰动，一版再版，畅销不衰，并被译成多种文字，风靡欧美多地。直至今天，这套作品依然作为西方犯罪小说的经典被顶礼膜拜。《纽约时报》《泰晤士报文学增刊》《每日电讯》等数十家报刊连篇累牍地发表评论，称赞这套小说是西方侦探小说的"杰作"，"值得倾力推荐"。知名小说家伊丽莎白·鲍恩（Elizabeth Bowen）说，尼古拉斯·布莱克"拥有构筑谜案小说的非凡能力"，"在英国侦探小说史上独树一帜"。当代著名评论家尼尔·奈伦（Neil Nyren）也说，尼古拉斯·布莱克不愧为"神秘小说大师"，"在西方侦探小说从通俗到主流的文学转型中起着重要作用"。[1]

人们之所以热捧尼古拉斯·布莱克，首先在于这套悬疑探案小说构筑了16个扑朔迷离的故事情节。尼古拉斯·布莱克熟谙黄金时代侦探小说的各种创作模式，在他的笔下，既有引导读者亦步亦趋的"谜踪"，又有适时向读者交代的"公平游戏原则"；既有转移读者注意力的"红鲱鱼"，又有展示不可能犯罪的"封闭场所谋杀"。而且，一切结合得十分自然，不留任何痕迹。譬如，该系列的第二部小说《死亡之壳》(*Thou*

---

[1] Neil Nyren. "Nicholas Blake: A Crime Reader's Guide to the Classics", https://crimereads.com, January 18, 2019.

Shell of Death），功勋飞行员费格斯不断收到匿名威胁信，断言他将在节日当天毙命。以防万一，费格斯请来了破案高手奈杰尔·斯特雷奇威。然而，劫数难逃，在节日家宴后，费格斯还是神秘死亡。凶手究竟是谁？为何要选择节日当天谋杀他？谋杀动机又是什么？种种线索指向参加节日家宴的、有可能从谋杀中获益的一些嘉宾，其中包括富有传奇色彩的女探险家乔治娅·卡文迪什，她与费格斯来往甚密。与此同时，奈杰尔·斯特雷奇威也开始调查死者费格斯鲜为人知的过去。又如该系列的第四部小说《禽兽该死》(The Beast Must Die)，故事以侦探小说家弗兰克的日记开头，讲述他6岁的儿子突遇车祸，肇事司机逃逸，由此他悲愤交加，展开了追查禽兽的历程。故事最后，复仇者锁定嫌疑人，并潜入嫌疑人家中，准备实施谋杀。然而，当东窗事发，弗兰克却坚称自己无罪。事情真相究竟如何？弗兰克是有罪，还是无罪？奈杰尔·斯特雷奇威依据严密的推理，做出了出乎众人意料的判断。再如该系列的第14部小说《夺命蠕虫》(The Worm of Death)，开篇即以死者之口预告了自身的死亡，设置了"自杀还是谋杀"的悬念。死者名为皮尔斯·劳登，是一个医学博士，他的尸体突然出现在泰晤士河中，全身只穿有一件粗花呢大衣，手腕处还有数道相同的刀伤。奈杰尔·斯特雷奇威奉命介入调查，似乎所有家庭成员都对死者抱有敌意，所有人都有强烈的作案动机，包括深受博士喜爱的养子格雷厄姆，次子哈罗德，还有小女儿瑞贝卡——死者曾坚决反对她与艺术家男友的婚恋。随着调查深入，家中发生的又一起死亡事件陡然加剧了紧张局势。恶意谋杀仍在继续，奈杰尔·斯特雷奇威不得不加快脚步。与此同时，他也在一艘腐烂的驳船上发现了令人毛骨悚然的事实真相。

不过，尼古拉斯·布莱克毕竟是驰骋在诗坛多年的"桂冠诗人"，他在构筑上述扑朔迷离的故事情节的同时，还有意无意地融入了许多纯文学技巧。故事行文优美，引语典故不断，清新、优雅的风韵中又不乏幽默，尤其是在刻画人物的心理和展示作品的主题方面狠下功夫。一方面，《酿造厄运》(There's Trouble Brewing)通过一家酿酒厂里的奇异命案，展现了资本家的贪婪、人性的扭曲和底层劳动者的苦苦挣扎；另一方面，《深谷谜云》(The Dreadful Hollow)又通过偏僻山村一系列匪夷所思的恐怖事件，展示了一幅幅极其丑陋的贪婪、嫉恨、复仇的图画；与此同时，《雪藏祸心》(The Corpse in the Snowman)还通过侦破豪华庄园一起诡异的"闹鬼"事件，反映了二战期间英国毒品的泛滥和上流社会的骄奢淫逸、人性丑陋。最值得一提的是《游轮魅影》(The Widow's Cruise)，该书的故事场景设置在希腊半岛东部的爱琴海上，与阿加莎·克里斯蒂的《尼罗河上的惨案》有异曲同工之妙，两者均通过游轮上一起离奇古怪的命案，揭示了人性的弱点与步入歧途的道德激情。

一般认为，尼古拉斯·布莱克对英国黄金时代侦探小说的最大贡献是塑造了栩栩如生的学者型业余侦探奈杰尔·斯特雷奇威这个人物形象。在他的身上，几乎汇集了之前所有业余侦探的人物特征。他既像吉·基·切斯特顿(G. K. Chesterton, 1874-1936)笔下的"布朗神父"，善于同邪恶打交道，洞悉罪犯的犯罪心理；又像阿加莎·克里斯蒂笔下的"前比利时警官波洛"，在与人的交往中十分随和，富有人情味；还像多萝西·塞耶斯(Dorothy Sayers, 1893-1957)笔下的"彼得·温西勋爵",风度翩翩,敏感、睿智、耿直的外表下蕴藏着几丝柔情。然而,比这些更重要的是,他还像尼古拉斯·布莱克及其几个诗友,温文尔雅,具有牛津大学教育背景,是个学者,以中古时期英格兰和苏格兰诗歌为研究对象,出版有多部相关专著,断案时喜欢"引经据典"。每每,他卷入这样那样的复杂疑案调查,或受朋友之嘱、亲属之托,如《罪证疑云》《雪藏祸心》;或直接听命于警官,如《饰盒之谜》(The Smiler with the Knife)、《谋杀笔记》(Minute for Murder);或路见不平,拔刀相助,如《暗夜无声》(The Whisper in the Gloom)、《游轮魅影》。

如此种种不凡的作者自身形象和人生轨迹,还屡见于小说的场景设置和其他人物塑造。譬如《亡者归来》(Head of a Traveler)和《诡异篇章》(End of Chapter),两部小说均设置了文学领域的疑案场景,而且案情也以"诗歌"为重头戏。前者描述奈杰尔·斯特雷奇威敬仰的大诗人罗伯特·西顿的美丽庄园发生的无头尸案,其人物原型正是尼古拉斯·布莱克昔时崇拜的偶像威·休·奥登(W. H. Auden, 1907-1973);而后者聚焦某出版公司编辑的一部书稿,许多细节描写来自尼古拉斯·布莱克二战期间担任国家宣传口负责人的经历。又如《罪证疑云》和《死后黎明》,两部小说也都以尼古拉斯·布莱克熟悉的校园生活为场景,案情分别涉及英国的一所预备学校和一所以哈佛大学为原型的卡伯特大学,其中,前者的嫌疑人迈克尔·埃文斯的不幸遭遇,与尼古拉斯·布莱克早年在中学从教的经历不无相似。他被指控谋杀了校长的侄子,还与校长的年轻妻子有染。正是这些原汁原味、源于生活又高于生活的描写，使它们被誉为"校园谜案小说的经典"。

自20世纪30年代起，尼古拉斯·布莱克的这套悬疑探案小说被陆续改编成电影、电视和广播剧，有的还被改编多次，如《禽兽该死》，其中包括1952年阿根廷版同名电影和1969年法国版同名电影，后者由克劳德·夏布洛尔（Claude Chabrol, 1930-2010）任导演。出演奈杰尔·斯特雷奇威一角的则分别有格林·休斯顿（Glyn Houston, 1925-2019）、伯纳德·霍斯法（Bernard Horsfall, 1930-2013）和菲利普·弗兰克（Philip Franks, 1956-）。2018年，迪士尼公司宣布将依据《暗夜无声》改编的电影《知道太多的孩子》列为常年保留剧目。2004年，BBC公司又再次宣布将《罪证疑云》和《禽兽该死》改编成广播剧，导演为迈克尔·贝克威尔（Michael Bakewell）。甚至到了2021年，英国的新流媒体BriBox和美国的AMC还宣布再次将《禽兽该死》改编成电视连续剧，由知名演员比利·霍尔（Billy Howle, 1989-）出演奈杰尔·斯特雷奇威。

在我国，由于种种原因，尼古拉斯·布莱克的这套悬疑探案小说一直未能译成中文，同广大读者见面，但学界、翻译界、出版界呼声不断。2021年5月，尼古拉斯·布莱克逝世50周年纪念之际，上海故事会文化传媒有限公司的夏一鸣先生慧眼识珠，开始组织精干人马，翻译、出版这套小说。经过一年多的准备和努力，这套图书终于面世。尽管是名家名篇、精编精译，缺点仍在所难免，敬请广大读者不吝指正。

黄禄善

奈杰尔侦探小传

奈杰尔·斯特雷奇威,是推理大师尼古拉斯·布莱克小说中虚构的一位私人侦探。在1935年至1966年间,作为重要角色出现在16部尼古拉斯的小说中。

奈杰尔年轻俊朗,不拘小节,常以苍白凌乱的形象示人。他是智商超群的学霸,却因性格过于叛逆被牛津大学开除。他性格幽默,行动力超强,气质温文尔雅。稚气面容与老道头脑形成戏剧化的反差。奈杰尔周身散发出儒雅的学者气息,在调查过程中,他喜欢借角色之口,引经据典,让人不知不觉靠近他,信任他,将案子交到他的手中。

在系列小说中,奈杰尔的情感故事同样精彩,他的妻子乔治娅是一名探险家,不幸死于闪电战。之后,奈杰尔又邂逅了雕塑家克莱尔。在奈杰尔生命中出现的两位女性,都是具备智慧、勇气、思想的"独立女性",在古典推理小说中难得一见。

在侦探小说的王国中,奈杰尔这样的侦探形象,可谓独一无二。

人物关系

奈杰尔·斯特雷奇威： 曾在牛津读书，年轻的私人侦探
约翰·斯特雷奇威： 奈杰尔的叔叔，伦敦警察厅的副总警监
马林沃斯夫妇： 一对贵族夫妇，拥有柴特谷的塔庄园和达沃尔庄园，奈杰尔是他们的侄子
费格斯·奥布莱恩： 有着传奇经历的飞行员，是达沃尔庄园的新租客
阿瑟·贝拉米： 奥布莱恩的管家
菲利普·司达林： 牛津万圣学院老师，希腊语学者，曾教过奈杰尔
乔治娅·卡文迪什： 女探险家，曾被奥布莱恩所救，后两人相恋
爱德华·卡文迪什： 银行家，商人，乔治娅的哥哥

露西拉·斯瑞尔： 曾做过演员，后为高级交际花
西里尔·诺特－斯洛曼： 曾在空军服役，后为一家俱乐部的老板
格兰特太太： 奥布莱恩的厨师
耶利米·佩格鲁姆： 奥布莱恩的花匠
布里克利： 塔维斯顿地方警司
布朗特： 伦敦警察厅的探长

目 录

第一章 副总警监的故事…………………… 1

第二章 飞行员的故事…………………… 15

第三章 圣诞节的故事…………………… 30

第四章 死者的故事…………………… 46

第五章 扭曲的故事…………………… 62

第六章 教授的故事…………………… 73

第七章 告密者的故事…………………… 88

第八章 棘手的故事…………………… 104

第九章　戛然而止的故事…………………… 120

第十章　核桃壳的故事…………………… 139

第十一章　探险者的故事………………… 154

第十二章　过去的故事…………………… 170

第十三章　保姆的故事…………………… 186

第十四章　正如故事所述………………… 199

第十五章　重头讲起……………………… 217

第一章

副总警监的故事

伦敦,一个冬日的下午,暮色来得很快,就像那数以千计的酒店、商场、办公楼里的电梯,迅捷、无声地降临。不断变幻、闪动的霓虹灯招牌,耀眼又刺目,昭示着20世纪的多元文明:人们膜拜的不仅有伦敦港还有女明星——就像蓦然闪现又消失在高空的那几颗星。大街上到处是孩子和棕色的包装袋,告诉人们圣诞节就要到了。商店的橱窗里堆满了粗陋不堪的装饰品,也只有博爱的人能受得了这些:满足形形色色恶趣味的挂历、镀铬的雪茄切割器、成套的象牙牙签、各种说不出名字的带花式皮套的小玩意、花花绿绿的贴纸、廉价首饰、垃圾食品，呵，真是物欲横流。人连同金钱，都在这花花世界里躁动不安，城市的交通干道也在喧嚣中拥塞不堪，整个城市仿佛正在不顾一切地进行最后冲刺。

瓦瓦舒尔广场置身圣诞洪流之外。暮色之下，广场上18世纪的恢弘建筑遗世独立，如贵族般睥睨着这个喧嚣的花花世界。主路上的高声喧哗，到了这里，面对着傲然屹立的建筑，也似乎因羞愧而转为喃喃私语。广场的花园里，梧桐树从容而优雅地伸展着枝桠，像极了贵妇锦缎下的玉臂，草地也透着旧时光的祥和，连居住在这一带的狗儿对着朋友或灯柱打招呼时都显得彬彬有礼。奈杰尔·斯特雷奇威站在广场28号的窗前向外看，口中默默吟诵着蒲柏的双行体诗。他沉浸在旧日的氛围里，低头看了看，总觉得自己身上的马甲应当是从前的印花丝绸，而不是当下的花呢布料。他不知道，让他大吃一惊的事还在后面呢，他很快就会脱离现在死水微澜的生活，卷入一个他一生中遇到的最离奇、最复杂、最富有戏剧性的案子。

奈杰尔曾在牛津上过一段学，当时就喜欢心理学，不喜欢哲学，后来成了私人侦探。他总喜欢说，只有这个职业，既能让人举止得体又能保持科学的好奇心。此时，他正在姑姑家喝下午茶。他的姑姑，马林沃斯女士，看重良好的举止，至于科学的好奇心，在她看来，则多了一股实用的味道，实在有点儿不上台面。奈杰尔还有些行为也让他姑姑觉得不舒服，比如他总喜欢在屋里端着茶杯四处走动，又总喜欢把杯子顺手搁在身边的家具沿上。

"奈杰尔，"她说道，"你身边就有个小桌子，把杯子放在桌子上，要比放在椅子座上更合适呢！"

奈杰尔赶紧把杯子挪到桌子上，看向姑姑。姑姑温柔娇弱，就像她手里的精致茶杯，和这超凡脱俗的环境十分相配。奈杰尔很好奇，要是让姑姑突然置身于像谋杀这样暴力、肮脏的环境之中，她会不会像碎了一地的茶杯，彻底崩溃？

"嗯，奈杰尔，我好长时间都没有见过你了，你不会劳累过度了吧！你的——工作一定非常刺激，毫无疑问，报酬也不错，也一定会遇到很多有趣的人吧！"

"当然不会劳累过度。自休德利那个案子之后，还没有碰到什么大案子。"

马林沃斯勋爵特意放下手里的三明治，两个手指在红木桌子上轻轻敲动。他的长相和一出音乐喜剧中的伯爵简直一模一样，奈杰尔要是想长时间看着他而不发笑，那只能偷偷掐自己。

"那个，"马林沃斯勋爵说道，"如果我没记错的话，那件案子发生在一所预科学校，报纸很是炒作了一阵子。我毕业离开学校之后，就再没和校长打过交道。毋庸置疑，都是些优秀的人物，只是如今的教育正逐渐透着股阴柔之气，实在让人无法苟同。'不打不成器'啊，你知道，省了棍子，惯坏孩子！据我所知，我们有一个亲戚在教育界工作，好像是那个著名学校的校长，温切斯特？还是拉格比公学？突然想不起名字了。"

奈杰尔不用再接着听马林沃斯勋爵叙旧了，他叔叔约翰·斯特雷奇威爵士来了。约翰爵士是奈杰尔父亲最喜欢的弟弟。在哥哥过世之后，弟弟就成了哥哥儿子的监护人。在过去的几年间，两人相依为命，感情日深。约翰爵士身材不高，手可不小，嘴唇上有一抹浓密的沙色短髭，他给人的感觉像是刚刚仓促而不情愿地换掉老旧的园丁服。他的举止看起来倒是麻利、自信，精气神十足，颇有家庭医生或是精神科医生的派头；眼神却又是另一种风格，总是飘忽地看着远方，像一个梦游的人。这些相互矛盾的特点聚合在他身上，让人很难猜出他到底从事什么职业。他不是园丁，也不是诗人或者医生，实际上，他是伦敦警察厅的副总警监。

他迈着轻快而有力的步子走进屋，亲了亲马林沃斯夫人，抱了抱她的丈夫，又朝奈杰尔点了点头。

"好呀，伊丽莎白！好呀，赫伯特！正找你呢，奈杰尔！给你公寓打电话，他们说你来这里了！给你派个活儿！嗯，请给我一杯茶，谢谢，伊丽莎白。哎呀，你还是不习惯在下午茶的时候来杯鸡尾酒，是吧？"约翰爵士揶揄道，朝着夫人眨了眨眼。在某些时候他很单纯，绝不会放过开玩笑的机会。

"喝下午茶的时候喝鸡尾酒！亲爱的约翰，这是多么可怕的想法啊！鸡尾酒，啧啧！我还记得父亲因为一个年轻人要在餐前喝鸡尾酒，把他赶出了家门！要知道，父亲的雪莉酒可是闻名全国的。这只会让事情更糟。我看，约翰，你在苏格兰场可养了不少坏习惯！"夫人貌似不快，私底下却为自己还能记起来年轻时候的乐事而沾沾自喜。马林沃斯勋爵轻敲桌面，以了然于心又云淡风轻的口气说："啊，是的，鸡尾酒。我听说这是从美国进口过来的，不分时段、不分场合均可享

4

用，对于某些社会阶层的人来说更是这样。对我来说，一杯好的雪莉酒最合我的口味，不过，美式饮料也不是不可忍受的。时光飞逝，我们处在一个快速变革的时代。在我年轻的时候，人们还有时间享受生活，就像品味陈年白兰地一样，在舌尖咂摸生活的滋味。现如今，年轻人都是一饮而尽。好吧，我们可不能阻挡前进的车轮！"马林沃斯勋爵靠着椅子，优雅地打着手势，似乎是在准许历史的车轮继续向前。

"你们回柴特谷过圣诞吗？"约翰爵士问道。

"回，明天就走，我们打算坐汽车回去，这时候如果坐火车的话，实在是太挤了。"

"见过你们达沃尔庄园的新房客了吗？"

"至今还未见过面，"伊丽莎白回答，"他的推荐信确实无可指摘，但是，他实在是个太出名的年轻人了。自打他租了这个房子，除了回答有关他的问题，我们别的什么也没干，是吧，赫伯特？这可太让人费神了！"

"这个著名的年轻人是谁啊？"奈杰尔问。

"也不算特别年轻，挺出名是真的，如果你想知道的话，他叫费格斯·奥布莱恩。"约翰爵士回答。

奈杰尔吹了声口哨："那个著名的苏格兰人！费格斯·奥布莱恩？那个传奇飞行员！那个神秘人物，退出他的冒险生涯去英格兰乡间隐居了。没想到，他居然选中达沃尔庄园作为避世之所！"

"如果你最近来看过你的姑姑，你就会知道。"马林沃斯夫人柔声抱怨着。

"可是，怎么没见有报道呢？那些报纸不总是像私家侦探一样跟着他吗？他们只是说他会在乡间某个地方落脚。"

"哦，他们被贿赂了，"约翰爵士说，"肯定是有原因的。好吧，你们两位，是不是能允许我们告退一会儿？我要带奈杰尔去书房一下，我们要谈些事情。"

夫人点头应允。奈杰尔和叔叔来到书房，各自坐到大大的真皮椅里。约翰爵士点上了他的樱桃木烟斗，那呛人的烟味一直都是他同事们的噩梦。

两个人的姿势截然不同。因身材不高，端坐在椅子里的约翰爵士显得格外矮小，但他话语简洁，手势有力，看起来就像一只机警的亚麻毛色的小猎犬，除了那双有些远视的目光迷离的蓝眼睛。一米八大个子的奈杰尔却整个人都陷在椅子里，有点儿紧张，前额有一缕沙色的头发垂下来，一脸幼稚的表情让人看起来还以为他是一个预科里的超龄学生。他的眼睛和他叔叔一样都是淡蓝色的，但他是近视眼，眼神里也看不出任何态度。其实两个人骨子里还是很相似的：谈吐幽默而略带嘲讽，笑容友好，慷慨，家境优渥，目标明确，浑身充满了力量但却懂得节制。

"嗯，奈杰尔，我给你找了个活儿，巧不巧，事关达沃尔的新租户。他一个星期前给我们写信，附了他最近收到的威胁信，总共三封，每封间隔一个月，是用打字机打印的。我派了一个人负责此事，但毫无头绪。给，这是复件。仔细读读，告诉我这些信到底想说什么，除了信里明确提到的，有人想要他的命，看看还有什么线索。"

奈杰尔接过复件，上面分别标着1、2、3，显然这是收到信的顺序。

第一封信是这样写的："不，费格斯·奥布莱恩，躲到萨默塞特去也没有用！就算长了翅膀你也插翅难逃，我一定会抓住你的，勇敢的飞行员，你会死得明明白白！"

"嗯，"奈杰尔说道，"太有戏剧性了，作者俨然以为自己是上帝的化身！这小子文笔不错！"

约翰爵士走过来，坐到椅子的扶手上："没有签名，信封上的地址也是用打字机打上去的，邮戳是肯辛顿的。"

奈杰尔拿起第二封信，上面写道："是不是有些疑惧呢？铁一般的意志也开始动摇了？我不会责备你，不过，我很快就会让地狱之门向你敞开！"

"酷！"奈杰尔嚷嚷起来，"越来越邪恶了，这周的新闻简报有什么消息吗？"

他接着开始大声朗读第三封信："我想，我们还是把日子敲定，我指的当然是你的死期，就在这个月吧！我已经都安排好了，不过，等你开完圣诞晚会之后再杀你，可能更为合适。这样的话，你就还有三周时间来好好安顿一下，可以祈祷，可以吃圣诞大餐。我可能会在节礼日[①]把你杀死。就像贤君温斯拉斯[②]一样，你会在节礼日外出。

[①] 节礼日（the Feast of Stephen），每年的12月26日，基督教节日，为纪念圣徒斯蒂芬。（译者注，下同）

[②] 贤君温斯拉斯（Good King Wenceslas），是一首圣诞颂歌中的主人公，在节礼日外出访贫问苦。

不过，亲爱的费格斯，不管你那时有多崩溃，也千万不要自杀啊！我煞费苦心安排这一切，要是不能当面告诉你，我有多恨你，我会很痛苦的！你这个无足轻重的英雄，无情的白脸魔鬼！"

过了好大一会儿，约翰爵士问："看出什么了吗？"

奈杰尔摇摇头，困惑地看着这些信说："我不是很明白，整个事情都很奇怪，感觉就像诺埃尔·考沃德①执导的一出老式闹剧。你听说过带幽默感的杀人犯吗？那个关于贤君温斯拉斯的俏皮话太有喜感了，我感觉我会喜欢这个写信人的。我想，会不会就是个恶作剧？"

"要我说，确有可能，但奥布莱恩觉得事有蹊跷，要不，他干吗把信寄给我们呢？"

"顺便问一下，这位勇敢的飞行员是什么反应呢？"奈杰尔问。

他叔叔又拿出一封复件，默默递给他。信的内容如下：

亲爱的斯特雷奇威，

冒昧致信还望海涵，我想请您帮我摆脱一个或许是骗局的麻烦。自十月以来，每月2号，我都会收到一份编了码的信。或许是疯子干的，也可能是我朋友的恶作剧，但也有可能确有其事。您知道，我曾有过一段放荡的生活，肯定会有很多人不想让我好过。您那里的专家或许能从这些信里发现什么，也可能什么也发现不了。不过，我并不想寻

---

① 诺埃尔·考沃德（Noel Coward, 1899-1973），英国演员、剧作家、流行音乐作曲家。

求警察的保护。我把家安在乡下，可不想天天被警察围着。如果您恰好认识某位聪明且和善的私家侦探，乐意来给我帮个忙的，还请不吝引介。您曾经提过您的侄子，不知意下如何？我可以给他提供一些线索，但这些线索太不清晰，我就不写下来了。如果他乐意的话，可以作为我的客人之一参加家庭圣诞聚会。如果他能来，请在22号到来，比其他宾客早一天。

您诚挚的，
费格斯·奥布莱恩

"啊哈，我明白了，这就是你叫我来的原因！"奈杰尔沉吟着说，"嗯，如果你觉得我符合聪明又和善的要求，我倒是乐意参与。听起来，奥布莱恩是一个有头脑的人，我还一直以为他是那种带点神经质的冒失鬼呢。你见过他，给我讲讲他吧！"

约翰爵士嘬了口烟斗，说道："我本想让你自己去了解他的。嗯，他有些落魄，带着点儿神经质，大概是上一次飞机失事的后遗症吧，看起来不太妙，但精神头很足。应该说，他从来没有主动寻求过公众的关注，但也确实有点儿放荡不羁，就像那些著名的爱尔兰人，比如国父迈克尔·柯林斯，他们骨子里就喜欢做一些浪漫的、出格的事情，难以避免。我敢说，他肯定在爱尔兰待了很长时间——"

约翰爵士打住话头，皱着眉头陷入思索。

"他真的是爱尔兰人？"奈杰尔问，"开国国王布赖恩·博鲁家族的吗？还是说只是不列颠的移民？"

"没人知道。他们说，他的出身是个谜。他是在战争初期，突然出现在皇家飞行队的，他从来不说自己以前的事。我想他一定有过人之处，比如，有真本事。现如今，英雄，尤其是空军英雄太多了，一块钱能买俩。这些人虽然有过风头，但很快就会被大众抛诸脑后，可他不同，即使考虑到他花花公子的性格、冒险经历中浪漫因素的吸引力，他也一定有些与普通'英雄'不一样的地方，才会持久地吸引公众的关注。"

"好吧，你还说想让我自己去了解他呢，"奈杰尔取笑说，"不过我确实很需要外援，如果你有时间，我还是很乐意了解些内部消息的，我都有点跟不上节奏了。"

"我还以为你知道那些最著名的细节呢。战争中他一共要了64个德国兵的命。经常独自行动，以云层为掩护，等着下手的机会。德国人都以为他会魔法。任何来自敌军的东西他都不放过，除了飞行表演。他的队友也开始有点害怕他。他就这样一天天飞出去，回来的时候机身被打得像筛子似的，有很多地方都给击穿了。他队里的麦卡利斯特告诉我，看起来奥布莱恩有点儿故意寻死的架势，但一直不能如愿。所有人都觉得，他已经卖身给了魔鬼。尤其是他做这些的时候，并没有喝酒，是完全清醒的。战争结束以后，他驾驶一架破飞机独自飞往澳大利亚，往往是飞一天，再花一天时间把零散的部件修理复位。他在阿富汗的英勇行动更让人感觉不可思议，居然单枪匹马夺取了当地的一个要塞。他还为电影公司做过特技飞行，在群山峻岭间穿梭游弋。不过，我认为他最伟大的壮举应该是营救了那个叫乔治娅·卡文迪什的女探险家，那可是深入非洲的大片蛮荒之地，又在不可能的情况下迫降，成功把她救出送回家。这件事之后，他似乎不那么疯狂了，飞机失事事件也让他收敛很多。总之，短短几个月之后，他就决定隐居乡野，不再飞行了。"

"嗯，"奈杰尔说，"这经历真是多姿多彩啊。"

"刚才说的那些事儿，小孩子都知道，还有更精彩的。很多都是官方不知道的，没有经过媒体公布，只是口口相传，这些才是真正的传奇。尽管很多有些夸大其词，有些传得神乎其神，但大多都有事实依据，所有这些传奇故事把他幻化成了一个不可一世的神秘人物。"

"比如？"奈杰尔问。

"嗯，就说一个荒诞的小细节吧。他们说，奥布莱恩穿着软毡拖鞋的时候战绩最好，说他经常带一双软毡拖鞋上飞机，当飞行到一千英尺高的时候，就穿上它。这个事不知道是不是真的，但已经和纳尔逊将军的望远镜一样成了传奇。还有就是他对高级军官的厌恶。当然，在军队里，当兵打仗的都烦当官的，但他行事更激进。在他当了飞行小队长之后，有一次，有个联队的军官指挥他的小队去对敌军的机枪群进行空中扫射，当时天气条件极其恶劣，这几乎是一项不可能完成的任务。你知道，就是为了让士兵们忙起来，为了证明军官指挥的正确性。结果，只有奥布莱恩拒不服从。自那之后，听说他把所有的空闲时间都用在开着飞机跟在部队后面，专找指挥车。只要发现一辆，就一直跟着骚扰，飞机轮子紧贴着汽车车顶，还常常把臭弹扔到军官汽车的后座上，可把军官们吓得够呛。因无法确定就是奥布莱恩所为，而且，奥布莱恩是全民偶像，他们也不敢把他怎么样。奥布莱恩蔑视权威，不服管教，终于玩过头了。战后，他的小队驻扎在远东地区，有一次接到命令，让他率领飞行小队去轰炸当地的一个村庄。他认为，仅仅因为一部分村民没有缴税就轰炸整个村庄，毫无道理，他让队员把炮弹扔到沙漠里，又回到村子里投放了很多巧克力。当局不会对此坐视不理——他自然要对此负全责，于是就被要求退役了。没过多久，他就飞了澳大利亚那趟冒险。"

约翰爵士身子向后一靠，看起来似乎对自己刚才的溢美之词有些赧然。

"看起来你也很崇拜他啊。"奈杰尔戏谑道。

"你小子说什么呢？嗯，好吧，确实有点儿，不过，我敢打赌，小子，只要你和他待上几个小时，你肯定也会服服帖帖的。"

"是的，我肯定会的。"奈杰尔叹了口气，站起来，迈着鸵鸟般的长腿在屋里走来走去，动作有点笨拙。这个小书房被真皮和运动海报装饰，弥漫着雪茄和良好教养混合的氤氲之气，其主人心中的暴力刺激内容，最多也就是晨报的头条罢了。这一切仿佛和他刚听到的奥布莱恩的生活毫无瓜葛。在奥布莱恩的世界里，是云中令人眩晕的翻腾，穷凶极恶的压榨和颠倒的价值观，对他来说，死亡就像马林沃斯勋爵书房里的地毯一样没有新意。但事实上，马林沃斯勋爵和奥布莱恩除了肾上腺素多少的差异，没什么本质的区别。

奈杰尔摇摇头，停止这些不切实际的念头，转向叔叔说道："还有几点我需要弄清楚，你刚才在喝茶的时候提到，由于一些原因，媒体对奥布莱恩的隐居地点都集体保持了沉默？"

"是的，除了飞行技术高超，他还对飞行理论和飞机制造感兴趣，正在设计一款新式飞机，据他介绍，可能会对飞行系统产生颠覆性的影响。目前，他不想让公众胡乱猜测。"

"但有可能其他势力也听到了风声，我是说，他真的应该让警察提供保护。"

"我也这么认为，"约翰爵士忧心忡忡，"但他性子太过倔强，宣称如果警方插手，宁肯把图纸烧了；还说他能保护自己，这倒是真的。无论如何，就目前的研究进展而言，其他人也无从得知他的设计理念。"

"我想，或许有可能，恐吓信和他的发明之间有某种关联。"

"嗯，有这种可能，但最好不要有这种先入为主的想法。"

"你对他的私生活有什么了解吗？他还没结婚，是吧？也没告诉你说谁会来参加圣诞聚会，是吗？"

约翰爵士摸了摸自己的沙色八字胡："是的，他没有说过。他没结婚，但我觉得他非常有异性缘。我和你说过，我们对他 1915 年参军前的生活一无所知。报纸就指望着这些秘辛来塑造神秘英雄呢。"

"这着实令人遐想。报纸肯定想尽一切办法挖掘过他那时的生涯，而他也定有迫不得已的理由要保护好这些秘密，不让它们公之于众。或许他战前摘过不少路边的野玫瑰，恐吓信便与此有关，这真是自己酿的苦酒，自食其酒啊！"

约翰爵士一脸震惊地举起双手哀号："天呐！奈杰尔！你这都是些什么比喻！"

奈杰尔咧嘴笑了起来:"嗯,还有最后一点:钱。他一定很富有,居然租得起达沃尔庄园。我想,你们对他的财产来源一无所知吧?"

"也不能这么说。作为炙手可热的公众人物,他有很多机会挣钱,但据我所知,他并没有怎么利用这一优势。这些疑问你都可以问他本人。毕竟,如果他把恐吓信当真了,就会对你坦白。"

约翰爵士站了起来:"好了,我得走了!今晚要和内政大臣吃饭,一个大惊小怪的老家伙!唉,他所说的晚宴就是炖羊肉和廉价的葡萄酒!"

他拉着奈杰尔向门口走去:"我要去告诉赫伯特和伊丽莎白,不要在乡下四处宣扬你就是小福尔摩斯。我也会写信告诉奥布莱恩,你会在22日启程。上午11点45分有一趟火车从帕丁顿出发,不耽误你到那里喝下午茶。"

"看来你把一切都安排好了,老谋深算啊!"奈杰尔说,"谢谢你给我提供的工作和——传奇。"

约翰爵士停在客厅门口,仍旧紧紧挽着侄子的胳膊,悄声说:"照顾好他!我本应该坚持派警力保护他的。如果真有什么事情发生,这些恐吓信会让我们的处境很难堪。如果你发现真有危险情况,立刻通知我,紧急状况下,我可以不顾当事人的意愿而采取行动。再见,孩子!"

第二章

飞行员的故事

计划赶不上变化,奈杰尔最终没有坐 11 点 45 分的那趟火车出行。21 日晚上,马林沃斯勋爵家的管家来电话说,主人夫妇因事耽搁,决定第二天早上再回柴特谷,他们很乐意捎着奈杰尔一起回去,会于上午 9 点准时来接他。奈杰尔想了想,明智之举还是接受这个约等于皇室的邀请,但一想到要在逼仄的车内听马林沃斯勋爵忆旧四五个小时,着实让人头疼。

第二天早上 9 点,司机开车准时出现在奈杰尔家门口。对他姑姑、姑父而言,汽车旅行也是一场不小的冒险,实在不可轻视。即使轿车密闭性很好，也像医院病房一样一尘不染，马林沃斯女士还是戴上了厚厚的面纱，穿了好几件衬裙，甚至还带了一瓶嗅盐：只要行程超过20英里，嗅盐就是必备之物。她的丈夫也是全副武装，穿着一件硕大的男士大衣，戴着布鸭舌帽和护目镜，看起来就像爱德华七世和阴谋家福克斯的结合体。这身打扮，要是让街头的孩子们看见，一定会马上聚拢过来，紧跟在身后起哄的。马林沃斯夫妇的贴身男仆和贴身女仆会带着行李坐火车过去，但轿车里面也塞得满当当的，各种装备足够来一场极地探险。奈杰尔钻进车里的时候，小腿先是磕到一个硕大的午餐篮，又不得不跨过很多热水瓶才勉强坐到座位上。

待到奈杰尔终于坐定，马林沃斯勋爵看了一下手表，摊开军用地图，拿出传音筒，以惠灵顿公爵命令全军开拔的口吻发出指令："考克斯，出发！"

一路上，马林沃斯勋爵的话匣子就没合上过。路过郊区的时候，他对路边的建筑极不满意，感觉它们就像20世纪文明一样都缺乏精雕细琢的精神，同时慷慨地表示，居住在这个地方的人也是社会运作不可或缺的一部分，在各自阶层都是值得尊敬的人物。到了乡间，他一会儿让同伴们看看这些"可爱的人儿"，一会儿让他们看看那些"优美的景致"，每到一处小镇，还不忘讲讲此处大户人家的逸闻趣事。他的妻子也跟着附和，还要详细考究一下这些大户人家的家族历史。每到一个岔路口，马林沃斯勋爵都要摊开地图，仔细研究一番，再发指令给司机。司机听到指令都会郑重其事地点点头，看起来根本不像已经走过这条路50遍了。这种似真似幻的景象搞得奈杰尔晕晕乎乎，头开始像鸡啄米一样一点一点的，最终沉沉睡去。

12点的时候，他被喊醒吃了顿简餐，一上车，就又睡了过去，由此错过聆听有关汉普郡恩德比家族的精彩故事。恩德比是他家族的最后一任继承人，在50岁的时候，隐居到庄园里一座高塔的顶层，几乎闭门不出，只在查理一世死亡纪念日那一天才会出现，从塔顶给佃户们往下抛撒亮闪闪的金币。当奈杰尔再度醒来，汽车已经驶离主路，行进在萨默塞特的乡间小路上。路很窄，路两边的荆棘几乎擦着车身。很快，车子左拐，驶入一座宏伟的大石门，门里的路弯弯曲曲，像发了神经的蛇一样，带着他们下到一条峡谷，又攀上一个长坡，最后来到一个岔路口，直行就是柴特谷塔了，右拐则是达沃尔庄园。考克斯先右拐把奈杰尔放到庄园门口。刚下车，奈杰尔就发现了一个新变化——大门左边的花园尽头矗立着一个军用小木屋。这让他十分好奇，奥布莱恩如何说服了马林沃斯勋爵，居然让他在庄园里建了一个这么大煞风景的东西。

奈杰尔站在大门前，等着有人来给他开门，突然想起来忘了向奥布莱恩通报来访时间的变化，这样一来，估计得到下午茶的时间才能见到他了。

门开了，出来一个身材高大、长相粗犷的男人，穿着一身干净的蓝色制服，鼻子扁扁的，形状像一小块法式薄煎饼。这个"大人物"扫了一眼奈杰尔和他的箱子，马上嚷嚷起来："不需要，不需要吸尘器，也不需要丝袜、擦铜油、鹦鹉粮。"男人边说边打算关门，奈杰尔赶紧上前一步说："我也不需要啊！我叫斯特雷奇威，刚搭顺风车从伦敦过来，还没来得及通知你们。"

"哦，抱歉，斯特雷奇威先生，请进。我叫贝拉米，大家都叫我阿瑟。上校出门了，喝下午茶的时候回来，我先带您去房间吧。我敢说，一会儿您肯定想去花园走走。"带着一副洞悉一切的表情，他接着说，"或者您想来一两个回合的拳击，长途旅行之后，都会想伸展伸展腿脚的。您是不是拳击爱好者呢？"

奈杰尔急忙否认，阿瑟看起来很失望，不过，很快又咧嘴笑了起来："没事的，萝卜白菜各有所爱。"

他摸了摸自己扁扁的鼻子："没事的，斯特雷奇威先生，我知道您为什么来这里。不用担心，先生，我不会乱说话的，我的中间名是牡蛎的意思，会牢牢闭上它的壳的。"

奈杰尔跟着"牡蛎"先生上楼，来到自己的卧室，边收拾行李，边环顾四周。这间卧室呈奶白色，家具是原色橡木的，看起来朴素、整洁。房间的墙上只挂了一幅画，奈杰尔有点儿近视，看不清楚，索性一手拿烟，一手掂着自己的裤子走向前去，发现这是肖像画家奥古斯都·约翰[①]画的一个女孩的头像。奈杰尔断断续续收拾了很长时间，时不时停下来去满足他天生的好奇心和窥视欲。他把柜子的每一个抽屉都拉开来，并不是要放什么东西，只是想看看上一任房客有没有留下什么罪证，只可惜，抽屉里空空如也。梳妆台上有个大碗，盛满了圣诞玫瑰。床头柜上有个盒子，里面装满了糖饼干。他随手拿了三块

---

① 奥古斯都·约翰（Augustus John，1878-1961），英国画家，在肖像画上很有成就。

放进嘴里，心里暗自评价："一定有个能力出众的管家操持。"他溜达到壁炉边，翻看炉台上的书籍：《阿拉伯荒漠之旅》，卡夫卡的《城堡》，《衰落与瓦解》，《约翰·邓恩布道文》，多萝西·赛耶斯的最后一部侦探小说《巴士司机的蜜月》，叶芝的《塔》。他把《塔》拿起来翻看，发现居然是第一版，还有诗人的亲笔签名：给我的朋友，费格斯·奥布莱恩。奈杰尔开始修正对主人的先入之见，认为他只是个莽撞、冒失的飞行员显然不太合适。

奈杰尔来到花园，远观达沃尔大宅。这是一幢很宽的两层建筑，有悬挑式的石板岩屋顶和白色的外墙，是一百五十年前在庄园原址上重建的，老宅被火烧了。修建这栋庄园的建筑师一定受了牧师的不断蛊惑，这栋房子看起来特别像那种老式的乡村牧师住宅。建筑面朝南，正面有一条贯通的长廊，一直延伸到宅子的东面。奈杰尔沿着房子走到东面，又看到了那个小木屋。木屋矗在那里，和周边的环境极不协调。太阳马上就要落山了，血红的光线印满了木屋的窗子。奈杰尔穿过草地，走到木屋窗前，往里窥视。里面的摆设像个工作间，有个巨大的餐桌，到处都是书和本子，还有几排书架、一个煤油炉子、一个保险柜、几把椅子，地上还有一双毛毡拖鞋。这里的环境与大庄园客房的环境截然不同，后者闲适、奢华，这里则杂乱、简陋，就是个干活的地方。奈杰尔的好奇心像小孩子一样不可遏制。他推了推门，微微吃惊地发现门居然没锁，于是走进去，东看看西看看，然后就注意到在他右手边的墙上有一扇门。这个屋子很大，他没想到还会有隔断墙，打开门，里面是个小隔间，只有一张小床、一张草垫子和一个橱柜。奈杰尔正打算从小隔间出来,却为橱柜上的一幅照片吸引,走过去细看:是一个身着骑行服的年轻姑娘的照片。照片有些发黄,看起来有年头了,但照片上的姑娘依然耀眼夺目。她没戴帽子,头发乌黑,嘴角挂着甜美而无邪的笑,眼神却带着一丝忧郁;脸庞瘦削,透着灵气,将来一定是个美人,慷慨大方但也惹是生非。

奈杰尔正研究这张照片,背后有声音响起:"这是我书房里的装饰。很高兴你能来。"话音轻快,音质有着姑娘似的清脆劲儿,但又透着让人不可思议的浑厚。奈杰尔急忙转过身,看到声音的主人站在门口,伸开双臂,唇含戏谑。奈杰尔走上前去,尴尬得话都说不利索了:"我,我,我实在是抱歉,像这样到处窥探,确实不可原谅。我这该死的好奇心。如果邀请我去白金汉宫,说不定我还会检查女王的信件呢。"

"啊,没事的,没事的!你就是为这而来的,不是吗?怪我外出,没接到你。没想到你来这么早。我想阿瑟已经带你看了房间。"

奈杰尔解释了为什么他会提前来,接着说:"阿瑟很好客,还打算陪我练练拳击。"

奥布莱恩笑了起来:"没事的,这表明他喜欢你呢。他喜欢谁,就欺负或者就想欺负谁,这是他表达感情的唯一方式。原来我身体好的时候,他每天早上都要把我摆倒,现在我身体不行了,他才不再这么干了。"

奥布莱恩看起来确实像个病人。两人在草坪上漫步,奈杰尔偷偷打量着他。说实话,奈杰尔此时还没有从偷窥木屋被发现的负罪感中解脱出来,心中勾勒的飞行英雄形象又被现实击得粉碎。他本以为会看到一个老鹰般的、肌肉发达的、高于常人的勇士,实际见到的却是一个小个子男人,衣服松松垮垮地套在身上,感觉像是身材一夜之间缩了水;脸色惨白,头发漆黑,一道可怕的伤疤从太阳穴穿过黑黑的络腮胡子直抵下巴,手却很是纤巧,与他的声音挺相配。他的长相实在平常,尽管有络腮胡子和惨白的脸色,与浪漫也毫不沾边。不过,奥布莱恩的眼睛很吸引人,是像紫罗兰一样的深蓝色,但又变幻莫测,就像有风的春日,一时生机勃勃,一时却阴云密布,变得孤僻呆滞,似乎被抽走了魂魄。

"快,快来看它!"奥布莱恩兴奋地指着一只知更鸟,那小家伙正在他们面前的草地上蹦来蹦去,"你的眼神没法像它停得那么快。它能一下停得稳稳的,你的眼神却不行,往往会越过它,落在离它一英尺的地方,你原来注意过这些吗?"

奈杰尔从来没有关注过这个。不过他注意到,飞行员兴奋起来的时候,爱尔兰口音十分明显。他脑海中浮现《古舟子咏》中的两句诗:"爱之深则祷之切;世界万物,既高大又渺小!"这首诗是说隐士的。这个飞行员正过着隐士一般的生活。奈杰尔感觉这个男人会给他带来全新的认知,让他看到以前仿佛从未看到的东西。他突然意识到,而且没有一丝的怀疑,和他在草地上并肩漫步的是个天才。

附近的灌木丛里突然传来两声枪响。奥布莱恩的手和手腕不由自主抖动了一下,头也跟着扭向身后。他不好意思地笑了起来,"这个习惯改不掉了,"他说,"如果在空中,刚才的枪响意味着飞机后方有敌人。这种感觉让人胆寒。你想想,他就在你身后,你还控制不住想往后看！"

"听起来像是有人在勒基特家的林子里打猎。我对这一带很熟悉，小时候每到秋天都和我姑姑来这里住，你去那儿打过猎吗？"

奥布莱恩眼睛里蒙上一层阴翳，转而又明朗起来。"我不去，为什么要去？我又不讨厌鸟类。不过，看起来有人正准备朝我开枪呢，不是吗？你已经看过那些信了吧？当然，我不会破坏你喝下午茶的兴致，我们晚些时候再谈这个事。来，让我们回去吧。"

晚宴时，阿瑟一直在餐桌旁为大家服务，虽然看起来十分粗笨，动作却出乎意料地敏捷、灵活，就像一头训练有素的大象。他也并不默默地、小心翼翼地为大家服务，相反，他很活跃，对每一道菜都赞不绝口，还对村里的每一个人品头论足，连牧师也难逃他辛辣的评说。晚宴过后，奈杰尔和主人移步客厅，来上一杯白兰地。

奈杰尔看着整洁干净的会客室，一切都井井有条，想起来自己卧室里的圣诞玫瑰和饼干罐，忍不住夸赞："你有一个好管家啊！""管家？"奥布莱恩有些疑惑，"我没有管家啊，为什么会这么想呢？"

"我感觉像有一个女士的手在操持。"

"是我的手吧，我想，我喜欢摆弄花花草草，操持家务。在我的胡子下面，有一颗老处女的心。我可受不了再来一个管家婆子，会引起竞争的。现在大部分的家务都是阿瑟干的。"

"没有别的仆人吗？那顿可口的晚餐也是阿瑟做的？"

奥布莱恩咧嘴笑了起来："侦探已经开始工作了啊！不是阿瑟做的，我有厨子，是格兰特太太，你姑姑推荐的，虽然有些小毛病，但瑕不掩瑜。如果有客人来，村里还有个姑娘来做清洁，但她挺邋遢，每天带来的灰尘估计比带走的还多。花匠也是当地人。你得换个侦查的角度。"

"我想，你后来没有再收到更多的信吧？"

"没有，这小子估计憋着劲等圣诞大餐节礼日到来呢！"

"你怎么看信上的话，相信它们是认真的吗？"

奥布莱恩的眼神又开始晦暗不明，他像小姑娘一样绞着手指："我不知道，说实话，真不知道！以前也遇到过类似的事儿，不止一次，不过，这次，这个人的表现方式不大一样，"他转过头，探询地看着奈杰尔，"嗯，如果我打算杀死谁，我想我也会这么写的。通常只有那些低能的人，才会在恐吓信里表达刻骨的仇恨，这其实是一种懦弱的表现，一点儿没有幽默感。记住，没有幽默感。只有那些做好慷慨赴死准备的人，才会去开玩笑。我们天主教徒是唯一会拿我们的信仰开玩笑的人。你听明白我的意思吗？"

"是的，我读最后一封信的时候也有同样的感触。"奈杰尔把杯子放到地板上，走到壁炉旁，靠在那儿。在台灯的光晕里，奥布莱恩惨白的脸色和漆黑的络腮胡格外显眼，看起来就像硬币上国王的大头像。奈杰尔突然有种感觉：他看起来那么无助，又那么坦然，仿佛一切都已结束，仿佛一个诗人正在构思自己的墓志铭，而死神就在眼前。奥布莱恩与世无争的表情给人一种感觉，他已经和死神签过了生死契约，缝好了裹尸布，订好了棺材，葬礼也已经安排完毕，就等着死亡降临，但死亡却又似和他毫无关联，也无足轻重。奈杰尔摆了摆头，收起这些荒诞的想法，开始回归正题。

"你和我叔叔说，还有一些疑虑，但不想在信里写出来。"

长久的沉默。最后奥布莱恩调整了一下坐姿，长叹一声："我不知道该不该说，"他慢慢说道，字斟句酌，"嗯，就是，有一件事，你注意到了吗，在第三封信里，他说，会等宴会结束之后再杀我。在收到这封信一个星期前，我已经开始准备这场宴会了。我一会儿再告诉你，为什么要组织这场宴会。关键是，我并不是那种喜欢组织家庭宴会的人，就像格兰特太太说的，我喜欢独处。这个我素不相识又想致我于死地的人，如果他不是我要邀请来参加宴会的人，怎么会知道我要举办宴会呢？"

"或者是你邀请的嘉宾的朋友。"

"是的，这也缩小了范围。我无法想象写信的人是我的客人。他们都是我的朋友。但我现在已经不相信任何人了。我可不想这么早死。"奥布莱恩眼里闪过一丝冷光，在那一刻，他更像传说里那个冷血飞行员，而不是眼前这个老处女一样的隐士，"所以，收到第二封信后，我就对自己说：'费格斯，你是一个有钱人，已经立了遗嘱，遗嘱里提到的人都知道他们是继承人。'在收到第二封信之后，我决定邀请主要的继承人来这里过圣诞，这样我好看着他们。我一向不喜欢有人持枪在我身后，我却看不见他。遗嘱就锁在我的保险柜里。"

"你的意思是，明天来的客人都是你的遗嘱继承人！"

"不，只有他们中的一个或两个。我不能告诉你他们是谁，我能吗？斯特雷奇威？这对他们不公平，或许他们都像婴儿的屁股一样干净呢，当然，也可能你最好的朋友会为了5万英镑谋杀你！"

发表完这一通让人瞠目结舌的言论之后，奥布莱恩看着奈杰尔，眼光充满挑衅。

"你想让我瞪大眼睛盯着，"奈杰尔说，"就像披着羊皮的看家狗，但如果你不告诉我该盯着谁，事情会非常困难！"

飞行员笑了，原本平淡、憔悴的面庞，展现出一种非比寻常的胜利姿态。"这正是症结所在。也是为什么我要请你、而不是别人来做这件事的原因。你一定要相信我，相信我有足够的理由不告诉你，到底谁会从我的死亡中受益。我关注你已久，老实说，这件事如果你做不了，就没人能做了。你不仅懂心理学，还有分析能力、常识和想象力。不要否认，你就是这样的才华横溢。"

奈杰尔尝到了花言巧语的滋味。那种热情的、极富个性的、孩子般直截了当的奉承恭维也只有爱尔兰人才做得出来。奈杰尔的表现，就像英格兰人惯常做的那样，眼睛紧盯着地面，急忙换了话题。

"对于作案动机，还有没有别的可能性呢？"

"我正在做一些设计方案。你知道，最近已经证实，无论什么型号的截击机，面对大规模的空袭都很难有所作为。轰炸机可以从更高的飞行高度，一万英尺或者更高，发起空袭。嗯，不管你的截击机爬升速度有多快，不等你爬升到那个高度，空袭就已经结束了。这意味着在未来战场，要想保护好你的大城市和战略要地，需要在空中的不同飞行高度持续布置飞机防护网。你能告诉我，这又意味着什么吗？"

小个子飞行员从椅子里跳起来，冲到奈杰尔身边，用手指反复指着自己的胸膛,"这意味着你的防护机群必须要有长时间的滞空能力。它们的速度必须要快,续航时间要长,还能像直升机那样垂直攀升。最重要的,必须要有一个非常低的油耗。按照现在战斗机的油耗,很难提供足够的油料让成建制的战斗机群在两周内都保持防空能力。我现在做的就是这个,改良版的旋翼飞机,油耗尽可能低。"

奥布莱恩又跌坐回自己的椅子,手指摩挲着自己的胡子:"我不该告诉你这些的,应该把这些秘密带进棺材,但我得到非官方的消息,有国外势力正在打探我的计划,而且雇佣了一个英国代理。我的计划还不成熟,即使他们偷走了,也没什么用。不过,他们可能觉得,在我完成设计之前把我干掉会比较稳妥。"

"你的设计计划在这里吗?"

"这些计划在世界上最安全的保险柜里——在我的脑子里!我对数据有超强的记忆力。所以我把重要的图纸和计算公式都烧了。"奥布莱恩叹了口气。灯光下他的脸看起来疲惫不堪,嘴角下垂,像是承受着莫大的苦难。"这是一场肮脏的游戏!"他接着说,"轰炸,被轰炸,释放毒气,被释放毒气——丛林法则以虚伪的'安全'之名招摇撞骗,博取尊重。人类还不够成熟,还无法掌控自己的发明创造。中世纪的教会试图遏制科学发现与进步,也并非就是反动与保守,这就像一个父亲把企图玩火的孩子手里的火柴夺走一样,或许也是好意。哦,这并非自欺欺人。我过去喜欢空战,记得有一次当我打掉敌人的飞机,看着它起火、旋转着坠落时,我高声唱了起来。"他的眼神望向远处,看起来很空洞,"但是,这是有原因的,有原因的。我陷得太深了。"

他试图把身体缩在一起,同时紧张地看了奈杰尔一眼,仿佛想判断一下他到底听明白了没有。

"陷得太深了?"奈杰尔慢慢问道。

"是啊,不是吗?口口声声说要和平,却在为更大规模的战争制定计划。"奥布莱恩悲愤地回答,"我想让世界上所有的飞机都报废,去他妈的'进步',可是,我太老了,一切习惯都固化了,除了能设计化油器,什么也改变不了。需要你们这一代去改变人们的想法,追求真正的和平。祝你们顺利!我知道战争的恐怖,但我太累了,什么也干不了,只想去死。我敢说,你肯定对弗洛伊德的死亡本能了解得比我多,我从内心也能感受到这种本能的存在。但你还这么年轻,肯定想活下去,你也有义务让人类活下去,即使要搭上我们这些老骨头也没有问题。"

奥布莱恩说得慷慨激昂,可奈杰尔感觉在这些慷慨激昂的词句背后却有着别样的情绪,一些私人的怨恨。长时间沉默之后,奈杰尔开口问道:"还有没有别的原因导致有人想杀你呢?"

奥布莱恩的眼神本来还在游离之中,突然犀利起来。奈杰尔感觉,这种眼神就像一个拳击手在谨慎地保护自己,防备突如其来的一拳。

"还有很多,"奥布莱恩说,"但我都不确定。我曾经四处树敌。我想,我做了那么多错事,最终会自食其果的。我杀过男人,爱过女人——难免留下些风流债,但即使我想,也给你提供不了更多详情。"

"匿名信的口吻读起来像是个人恩怨。如果想为钱杀人,或者为了拿到那些设计,不会这样用这样的口气来写的。"

"不会吗?难道这不是最好的隐藏真实动机的方式吗?"

"嗯,也算是吧。给我讲讲您的客人吧。"

"给你讲一点儿吧,但你最好直接研究他们,不带任何偏见。客人之一叫乔治娅·卡文迪什,是个探险家,我曾经在非洲把深陷泥潭的她救出来,之后就成了好朋友。她非常优秀,你会看到她绝对配得上'优秀'二字。她的哥哥,爱德华·卡文迪什,是城里的大人物,看起来像个堂会理事,圣母玛利亚的信徒,但我感觉他还是个没长大的孩子。另一个客人叫诺特–斯洛曼,在战争中官派十足,现在经营着一家俱乐部。菲利普·司达林——"

"你说谁?他是万圣学院的老师吗?"奈杰尔兴奋地叫起来。

"是他。你认识他吗?"

"怎么会不认识呢,他是我年轻时代的老师,差点儿让我讲话变成希腊口音。一个伟大的小个子男人。他不会有作案嫌疑。"

"太不专业了!"奥布莱恩揶揄道,"好吧,就这些吧。不,不,还有一个,差点儿忘了。露西拉·斯瑞尔,一个高级交际花。你最好小心点儿,要不她会缠着你不放的。"

"我会想尽办法离大利拉[①]远一点儿,嗯,还有什么注意事项吗?"

"啊,已经够多了,够多了。"奥布莱恩慵懒地伸展四肢,"我有枪,还没有忘了怎么用。我有种感觉,写恐吓信的人会信守诺言,让我安安静静吃完圣诞大餐。你听过地主考森和山羊的故事吗?"

---

① 大利拉(Delilah),《圣经》中的妖妇。

剩下的时间奥布莱恩讲了很多大人物的八卦新闻，充分展现了他蔑视权贵的风格。晚些时候，奈杰尔在床上听到前门"砰"的一声响，接着就听到有脚步声向着花园里小木屋的方向走去。他的脑子现在乱得很，主人各种截然相反的性格特点交织在一起，让他感觉似乎有线索可循，但就是抓不住，无法形成清醒的认识。梳理现有的线索可以发现，首先，奥布莱恩非常重视这些威胁，要比叔叔介绍的重视得多。其次，他虽然提供了一些线索，但却留下了更多悬疑。第三，不管怎么说，即将举办的宴会都十分诡异。要是奈杰尔能透过木屋的窗户看到躺在小床上的奥布莱恩，看到他脸上讽刺的笑容，听到奥布莱恩向着夜空的喃喃自语——那些伊丽莎白时期的戏剧家所写就的热情奔放的诗句，或许他会有新的想法。

第三章

圣诞节的故事

奈杰尔被"咚咚"的擂门声惊醒,第一个念头是:"啊,天哪,真的发生了!"紧接着脑海里浮现出一幅可怕但清晰的画面:一个哨兵躺倒在岗位上,就像自己这样。他舔了舔嘴唇,哑声道:"进来!"阿瑟·贝拉米的脸出现在门口。这张脸先是露出一副天使般的微笑,看到奈杰尔的表情后,立马转变为关心,看起来很有喜感。"天啊,斯特雷奇威先生,您看起来像是病了,脸色惨白,您,您没事吧?上校说,早餐在上午9点。可是,您是否需要在卧室吃呢?"

"没事,阿瑟,"奈杰尔的声音还有些颤抖,"我没生病,只是,只是做了个噩梦。"

阿瑟拍了拍自己的扁鼻子，一副了然于心的样子："啊，肯定是喝了太多上校的白兰地，头脑发昏了。您想想，要是胃滞住了，会有什么后果呢？脑袋失灵，先生，噩梦！唉！"

奈杰尔正想与他争论这些言论的科学性，忽然听到窗外传来歌声，悠扬的男中音："在红色的斯莱尼谷背靠背——"阿瑟·贝拉米立刻扭过头去，用尖利忧郁的假声回应了一段低声部。奈杰尔在这种场合从不甘于人后，马上高声和了一段伴奏。山那边的村子里，不知道是一条还是两条狗也加入进来。在柴特谷塔庄园，马林沃斯勋爵的卧室里，勋爵克制着自己的不满，用手指在羽绒被上轻轻打着节拍。

表演结束，阿瑟退了下去。奈杰尔走到窗边往外看。费格斯·奥布莱恩正站在外面的草地上，腋下夹着一捆冬青，眼睛盯着一只篱雀，那只鸟儿正像老鼠一样向他窜过去。很快又有两只画眉、一只乌鸫、一只知更鸟聚拢到他身边，都羽毛支棱着抵御寒冷，等着他从口袋里拿面包喂它们。奈杰尔遐想着：好一幅祥和的田园画面，似乎已远离噩梦，直到飞行员转过身来，露出了另一只鼓鼓的口袋，分明是一把左轮手枪的形状。一切又打回现实，他们身处其中的、危险而迷雾重重的现实。奥布莱恩抬起头，看见站在窗边的奈杰尔。

"不要站在窗边，"他大声嚷嚷，"得了感冒会要命的！"看上去非常担心。

事儿妈，绅士，英勇的飞行员，温柔，鲁莽，大惊小怪，粗俗幽默，残忍无情——这些互相矛盾的特点集中在一个人身上，着实让奈杰尔头晕。这个男人到底是个什么样的人呢？该如何了解他呢？他，奈杰尔·斯特雷奇威，要去保护这个男人，但这种保护就像去保护水银、蜻蜓或风中的影子一样，给人不着边际的感觉。

一整个早上他们都在为圣诞节装饰房间。奥布莱恩十分投入，关注每一个细节，拿着冬青、槲寄生和常青一会儿到这个房间看看，一会儿到那个房间转转，一会儿冲上楼梯，一会儿又站在那里像个指挥家一样抬起手审视自己的装饰成果。奈杰尔跟在他身后，不动声色，事实上，他正在用心记忆整栋建筑的结构。这大致是一栋T形建筑物，那一长横是主楼，仆人居住的部分构成那个短竖道。主楼一楼中间面南的部分是客厅，昨晚他们就在那儿聊天。客厅右边是饭厅和一个小书房，看起来，书房并不常用。客厅左边就只有一个大大的起居室，朝南和朝东的位置都是大落地窗，刚好对着花园里那个木屋。客厅西北边有个台球室，刚好处在T字形横道的一角。对着台球室有两间盥洗室。楼上有七个卧室，奈杰尔发现它们是这样分布的：沿着楼上的走廊，自西向东，分别是露西拉·斯瑞尔和乔治娅·卡文迪什的房间，正对着盥洗室。之后是爱德华·卡文迪什的房间，奈杰尔自己的房间，菲利普·司达林的房间和诺特-斯洛曼。当奈杰尔和奥布莱恩走到走廊尽头的时候，奈杰尔说道："有个房间是空着的。"

"嗯，不完全对。"奥布莱恩回应道，眼睛亮晶晶的，看起来就像是一个上学的小男孩马上要做一个恶作剧的样子。他带着奈杰尔走进房间："这是我睡觉的地方。"

"我以为您在木屋里睡呢！"

"我是在木屋睡。我已经习惯了战争中的清苦生活，发现回到正常环境中很难入睡。不过，"他压低声音，像是要说什么机密一样，"今晚和明晚，我会在这里睡。圣诞夜和以后的日子我会假装在这里睡，但实际上我会跳到游廊顶上，然后下到花园去，把自己锁在木屋里。如果那个想暗杀的傻子来这个房间朝床上行凶，第二天早上发现我安安稳稳地在那儿喝粥，定会大吃一惊。"小个子飞行员站在那里，兴奋地搓着双手，"无论如何，这样的话，晚上我是安全的。白天的话——"他紧抿着嘴唇，唇边露出凌厉的线条，拍了拍鼓鼓的口袋，说道，"我能自己照顾好自己。除非他们要投毒，而且能过了阿瑟·贝拉米那一关，那就可以给我收尸了！"

"事实上，我什么事也做不了，只能观察和祈祷。"

"那就对了，小伙子，"奥布莱恩说道，抓紧奈杰尔的胳膊，"尤其要注意观察！"

门悄无声息地开了，一个花白头发、长相不佳的女人站在门口。

"奥布莱恩先生，今天有什么安排，晚上想吃什么？"

奥布莱恩事无巨细，一一安排。奈杰尔在旁边默默打量这个女人：她的手瘦骨嶙峋，紧紧交叠着放在身前的围裙上，嘴唇非常薄。她走了之后，奈杰尔说道："这位就是格兰特太太吧，不知她在房门外待了多久。我感觉她对您有些不满。"

"啊，不要这样，她是有点儿老顽固，但没有威胁性，我真的认为您太紧张了，奈杰尔！"他取笑道。

他们的房间装饰在中午告一段落，奈杰尔来到外面，四处闲逛。他发现楼后面有个院子，里面有马厩和车库。车库里停着一辆拉贡达跑车，马厩里堆着很多废旧物品，还有一个老人。老人正盯着一个铁锹把儿，目光呆滞，似乎在思索神秘的永恒。奈杰尔猜对了，老人是这里的花匠，名叫耶利米·佩格鲁姆。他打小就在达沃尔庄园的花园里工作，还负责弹奏管风琴，到复活节就已经满50年了。奈杰尔感觉，耶利米年纪太大了，不可能再去策划什么谋杀。他正打算往回走，花匠却拉住了他，红红的双眼闪烁着兴奋的光。他接下来的话让奈杰尔大吃一惊："先生，一定要照顾好奥布莱恩先生啊！现在的情况对他很危险，就是这个圣诞节。他来这里之后，我就跟老婆子说，'老婆子，'我说，'达沃尔的新主人将不久于人世。暴风雪就要来了。'当东风吹到柴特谷时，对于像我们这样的老人和病人，都将是一个难捱的时刻。他看起来病得很厉害，先生是个非常好的绅士，但如果不赶紧开车离开这个地方，东风会摧毁他的！"

奈杰尔绕过花园里的厨房，来到主楼的东面。寒风着实刺骨，他在木屋的背风处躲了一会儿，透过木屋的窗户往里面瞄了一眼，感觉屋里少了什么东西，正打算再好好看看，突然看到前门驶来一辆出租车，从里面跳出来一个胖胖的小个子男人，穿着无可挑剔，这个形象，就算奈杰尔眼睛近视，也绝不会认错。

"如果你再不给你所谓的交通工具安一些新弹簧，我就向交通部告发你！"小个子男人语带嗔怒地说。奈杰尔高声打着招呼："您好啊，菲利普！"

菲利普·司达林，万圣学院的老师，英格兰最有名望的荷马文明及文学方面的权威，看到奈杰尔也高叫起来："天啊！难道是奈杰尔！"他急急忙忙地穿过草地，来到奈杰尔身边，用肩膀撞了他一下，笑着说："你这个家伙，你来这里做什么？哦，我差点忘了，你有个贵族亲戚住在这一片儿，对吧？米林矛司？马斯马洛？马尔皮特？马林司博科？到底叫什么来着？不不，不要告诉我，我能想起来，马林沃斯！我还不认识他，你得我给介绍认识。"

奈杰尔果断打住菲利普的话头："不，事实上，我现在住在奥布莱恩这里。可是，究竟什么风把您吹来了？"

"名人的势利！老朋友，我对贵族的了解已经足够多了，所以，打算聚焦名人——他们中的大多数都十分令人生厌，不过，我对这个飞行员还抱有希望。一个好人，我感觉，但我只见过他一次，在教堂组织的晚宴上，我碰巧喝多了。你知道，那里的酒都不怎么样，所以，我的判断可能不准。"

"只是在宴会上见过你一次，就请你来参加这次的圣诞宴会？"

"我想这是我的魅力使然。相信我，我这次是受邀来的，不是擅自闯来的。感觉你不大相信！你呢，你是作为秘密警察来的吗？是来保护钱还是什么别的东西？"

"人！"奈杰尔忍不住说道，但成功克制住了接着往下说的欲望。司达林超乎寻常的坦率极有感染力，他曾经让三届大学生毫无保留地坦白了自己的私生活，奈杰尔对此已经习惯了。

"这个，不完全是吧，"他说，"不过，看在上帝的分儿上，菲利普，千万不要跟其他客人说我是个侦探,这至关重要!"

"好的,老朋友,好的!我绝对会保守秘密的,就算紧闭双壳的河蚌也要比我饶舌呢!你知道,要不是当了大学老师,我也会当侦探的。我热衷了解生活中肮脏的一面,当然,高级教员公共休息室里也随处可见龌龊之事,也就没必要再去当个专业侦探了。你听说了吗,有人发现,圣詹姆斯学院的院长居然偷拿给别的老师准备的纸!"

他们相伴回屋,菲利普不停讲着自己的各种糗事,奈杰尔有一搭没一搭地听着。午餐时分,知名飞行员和知名学者热烈地讨论大明星葛丽泰·嘉宝和伊丽莎白·伯格纳各自的优点长处。这两位都极为健谈,奥布莱恩虽没受过专业训练,但极有渲染气氛的天赋;司达林科班出身,谈话技巧炉火纯青。奈杰尔边听,边暗自思忖,这简直就是谈话艺术的绝唱,当然,谈话中的精巧微妙,很难在当下无处不在的鼓噪声中存活太久。他默默吟诵着:

"谁杀了知更鸟?"

"我",约翰·瑞斯说,

"会献一个花环。

我杀了知更鸟。"[1]

---

[1] 《谁杀了知更鸟》是一首著名的英国童谣,内容描述知更鸟原本被天上所有的鸟儿喜爱,最后却在小鸟审判中死亡的故事。

午饭后,奥布莱恩驾驶着他的拉贡达跑车,一路绝尘去车站接露西拉·斯瑞尔和诺特－斯洛曼。奈杰尔发现,后者一看就不好对付,长着一双蓝眼睛,一张嘴喋喋不休。露西拉·斯瑞尔倒与奥布莱恩"交际花"的形容相符。她下车的架势就像埃及艳后克莉奥佩特拉从她光彩熠熠的王位上缓缓走下,萨默塞特阴冷的空气都因浸润着她身上的香水味儿而散发着爱的气息。作为女性,她个子挺高,头发金黄,身材丰满,看到她袅袅婷婷走来,奈杰尔低声吟诵:"哦,对安东尼来说,也是难得一见啊!"[1]

菲利普·司达林听到他吟诵莎士比亚的句子,申斥道:"胡说!周末在布莱顿,两便士就能找来这样的!衣品太差,毫无特色!"

"你得承认她还是很亮眼的,仪态万方,菲利普!"

"呵呵,走起路来就像得了肠绞痛的豹子,"小个子教员话说得十分恶毒,着实令人奇怪,"奈杰尔,你的品味太俗套了!"

两人回到客厅。诺特－斯洛曼正喋喋不休说着他旅途中遇到的各种烦心事。菲利普·司达林完全无视他的存在。让奈杰尔大吃一惊的是,菲利普径直走到露西拉身边,拍拍她的肩膀说:"你好啊,老相识,还干着老本行?"

露西拉·斯瑞尔面对刁难应对自如,她拧了一下司达林的脸,拖长调子:"哎呀,真的是菲利普吗?你那些可爱的大学生们都还好吧?"

"你不在那儿住之后,他们好多了,露西。"

---

[1] 莎士比亚戏剧《安东尼与克莉奥佩特拉》中的台词。

奥布莱恩一直在饶有兴趣地旁观，这时打断他们，逐一介绍大家。奈杰尔发现，露西拉一直在仔细地打量自己，感觉像是在精确估算他钱包的厚度和可能的价值。过了一会儿，她绿色的眼睛不再盯着奈杰尔，略带挑衅地转向诺特－斯洛曼，说道："我觉得费格斯看起来不大好，你觉得呢？费格斯，我一定要担负起照顾你的责任。"她不容置疑却又温柔地抓住奥布莱恩的胳膊。诺特－斯洛曼看起来正郁闷着，他的逸闻趣事总被司达林打断，那小子在听完对他的介绍后，只是敷衍地点了点头，这也让他不满。奈杰尔感觉到那二人之间升腾而起的怨怼和厌恶：一个主张谈话要有来有往；一个只想唱独角戏。

"司达林？"诺特－斯洛曼问，"我在哪儿见过你的名字吗？"

"我估计没有，"教授回答，"你并不读《经典评论》，对吧？"

有人来领着刚到的这两个人回各自的房间。奈杰尔和司达林继续待在客厅。

"我不知道你认识那个姑娘。"奈杰尔开口道。

"斯瑞尔小姐吗？哦，认识，她过去住在牛津。"

菲利普没再说下去，这很罕见。奈杰尔本以为，抛出这么一个八卦的好话题，他至少可以因此获悉露西拉是副首相私生女之类的消息。

到了喝下午茶的时间，远处传来叮叮咣咣的响声，奈杰尔透过窗户往外看，外面的景象绝对不同凡响：车道上开过来一辆老式两座车，车上能塞东西的地方都塞着行李。开车的是个女士，肩膀上立着只绿色的鹦鹉，身边趴着一只巨型猎犬。猎犬旁边有限的空间里还坐着一个中年男人，穿着粗花呢便装，看起来很腼腆。车子咣当一声停了下来，看起来更多是因为动力不足，而不是刹车使然。这位女士从车上蹦下来，马上风风火火地把绑行李的绳子解开。阿瑟·贝拉米急忙去帮忙。

"好呀，阿瑟，你这个老无赖，"女士高叫着，"你还没有挂吗？"

阿瑟开心地笑起来："好像还没有，卡文迪什小姐。您看起来气色不错，阿贾克斯也挺好！这是您的哥哥吗？很高兴见到您，卡文迪什先生。"

乔治娅·卡文迪什冲进屋子，投进奥布莱恩的怀抱，黝黑、顽皮的脸上满是兴奋。这行为和她的声名倒是相符呢，奈杰尔看着她，不禁莞尔。

圣诞节，晚上7点半。过去的这两天，奈杰尔一直在用心观察奥布莱恩邀请来的客人：丰姿绰约的露西拉，活泼的乔治娅·卡文迪什，她那身材发福、举止得体的哥哥，脸上始终带着职业化微笑的诺特-斯洛曼，菲利普·司达林和费格斯·奥布莱恩。所有这些人他都反反复复审视了多次，没什么特别的发现。他自己的情绪也在怀疑和忧虑中来回摇摆。节礼日马上就要到了，这种忧虑感越来越强。很显然，客人与客人之间也暗流涌动。但奈杰尔想寻找的线索却至今没有发现，实在令人不可思议。奈杰尔坚信，一个人不可能一边想着如何杀死某人，一边又能坦然自若地和那人相处。可是，据他的观察，不管奥布莱恩在不在场，人们的表现没有太大变化。这种情况的出现有几种可能：要么是这个人有超强的情绪控制力；要么威胁来自其他地方，不在客人之中；要么整个事件就是一出恶作剧。

马林沃斯夫妇也受邀参加今晚的宴会，奈杰尔早早下楼准备迎接他们。当经过起居室时，他听到里面传来低低的谈话声。那浑厚的声音、毫不在乎的语气带着幽默和一丝不耐烦，一听就知道是谁。

"不，今晚不行。"

"可是，费格斯，亲爱的，我想在今晚，很安全的，为什么我不能——"

"我说你不能，所以你不能。好了，当个好姑娘，按我说的来做，不要问问题，问了也是白问。"

"哦，你太无情了，太无情了——"是露西拉的声音，和她平常冷冷的、慢慢的调子差别很大，差点儿没听出来。话音一落，奈杰尔急忙从门边往后退几步，紧接着就见露西拉冲了出来，从他身边跑走了，根本没注意到他的存在。好吧，你也有现世报的一天啊，奈杰尔想着，奥布莱恩为何不让你来他的房间呢，因为他是要住在木屋的……

圣诞晚宴已经过半。坐在主位的奥布莱恩，黑色的络腮胡衬着惨白的脸色，看起来就像亚述国的国王。他兴致很高，不遗余力地奉承着马林沃斯夫人，老太太高兴得乐不可支。

"奥布莱恩先生，我敢说，你是天底下最会奉承人的！"

"我才不是。马林沃斯夫人现在和她少女时第一次参加舞会一样青春美貌。我说得不对吗？乔治娅？"

乔治娅·卡文迪什穿着绿宝石颜色的天鹅绒礼服，鹦鹉立在肩头，一脸俏皮地朝着奥布莱恩眨眼睛，笑起来像个小精灵。桌子的另一头，马林沃斯勋爵正以爱德华式的殷勤举止试图引起露西拉的注意。后者身着白色的低胸晚礼服，看起来光彩夺目。尽管露西拉刚刚经历过情感打击，却也没表现出任何异常来。对马林沃斯勋爵的俏皮话，她反应冷淡，但奈杰尔可以看到，她的目光一直瞟向奥布莱恩，而当她的目光落到乔治娅身上时，会有一瞬间的凌厉。乔治娅的哥哥在和菲利普·司达林探讨高级财务问题。奈杰尔第一次听他谈自己的本行，毫无疑问，是个头脑灵活、反应机敏的家伙。奈杰尔注意到，在菲利普说话的时候，爱德华·卡文迪什的目光总望向露西拉。单就露西拉今晚的光彩夺目而言，这种关注本也无可厚非，可是他的眼神分明是一种防范——就像打牌的人看完自己手里的牌之后刻意保持的缄默。奈杰尔也注意到，露西拉感受到了这些关注，却努力不予回应。诺特-斯洛曼正试图与马林沃斯勋爵竞争，把露西拉的注意力吸引过去。他淡蓝色的眼睛既透着愚蠢又极不安分，不断瞄着露西拉的嘴唇、肩膀，让人感觉粗鄙、放肆。他不断提高声音压制马林沃斯勋爵，又抛出一个又一个逸闻趣事，成功吸引了露西拉的关注。不可否认，尽管这种方式野蛮直接，倒也有其粗砺的魅力，以及利己主义者丝毫不加掩饰的"个性"。

奈杰尔四周的聊天声此起彼伏，就像大风天的喷泉，被刮得忽左忽右。但他逐渐意识到，在这一切的中心，极度的兴奋之下是极度的紧张。显然，这不是因为宴会十分成功而累积起的兴奋，这种紧张和兴奋都自一个人辐射出来。奈杰尔懊恼地甩甩头：这会不会是自己看到时间接近零点，感觉奥布莱恩离危险越来越近，因忧虑导致的幻想呢？奥布莱恩看起来也十分古怪。他突然站起来，举起手里的酒杯，意味深长地看了奈杰尔一眼，高声说："举杯吧，为那些不在场的朋友——和在场的敌人！"

短暂的沉默，气氛有些尴尬。乔治娅·卡文迪什咬着嘴唇；她哥哥看起来有些担心；马林沃斯勋爵用手指轻敲桌面；露西拉和诺特－斯洛曼两人面面相觑；菲利普·司达林被这种尴尬局面逗乐了。马林沃斯夫人打破沉默："好滑稽的祝酒词，奥布莱恩先生，我想是传统爱尔兰式的吧，真是个心血来潮的民族！"老太太咻咻笑了起来，抿了一口酒，其他人也跟着效仿。正当大家准备把杯子放下时，灯灭了。奈杰尔的心一下子沉了下去，该来的终于来了。但很快他就暗自责怪自己像个神经质的老妇人，这时阿瑟·贝拉米手捧着一个火光熠熠的圣诞布丁①走进来，把它放在奥布莱恩面前。尽管他刻意压低了声音，但还是清晰可闻："我用了一盒火柴去点这个该死的东西，上校！格兰特太太一定偷喝了您的酒，然后往瓶子里面灌了水！"阿瑟退了出去，把灯打开。奥布莱恩带着歉意看了一眼马林沃斯夫人，但老太太显然并没有受到惊吓。

"你的管家真是一个有趣直率的人，有个性！不，我一滴也不喝了，我打赌，你想灌醉我，哎呀，好吧，再来半杯吧！"老太太咯咯直笑，盯着奥布莱恩，拿扇子轻敲他的手臂，说道："你的脸让我想起一个人，我很久以前见过的一个人。赫伯特，"她大声喊道，"奥布莱恩先生让我想起了谁呢？"

---

① 布丁上浇了白兰地，可拿火柴点燃。

赫伯特·马林沃斯吓了一跳，摸着他丝滑的小胡子："我不知道啊，亲爱的，或许，可能是你的哪个倒霉的追求者。我不记得我们有幸见过爱尔兰奥布莱恩家族的人啊，您是爱尔兰哪里——"

"先王的王座，"奥布莱恩非常庄重地回答，"位于伟大的爱尔兰国王布莱恩·博茹皇宫所在之处！"

诺特－斯洛曼大笑起来，但看到奥布莱恩投过来的冰冷眼神，立刻止住笑声，咳嗽起来。乔治娅·卡文迪什厌恶地皱起自己的小鼻子，对奥布莱恩说："我想你们家族不仅有城堡还有班西[①]吧。你可从来没有给我讲过这些。"

"班西？是一种仙女什么的吧，是吗？看不出仙女和'老拖鞋'[②]有什么关系。"诺特－斯洛曼说道。奈杰尔在心里琢磨，奥布莱恩还有"老拖鞋"这么个怪绰号。看到大家都一脸茫然的样子，奥布莱恩赶紧解释："班西是一种女妖，如果家族里有人快死了，她就在附近嚎叫。所以，如果大家今晚听到有嚎叫声，那就是为我而嚎的。"

"等我们大家冲下楼一看，发现只是阿贾克斯做噩梦了！"乔治娅接着说道，声音里透着恐惧。露西拉·斯瑞尔身体也在微微颤抖。

"哎呀，"她说道，"宴会越来越不正常了，死神一定特别像个中产阶级，虚伪陈腐，我说，这真是太糟糕了。"

"亲爱的女士，"马林沃斯勋爵急忙接过话头，带着爱德华式的豪

---

① 班西（banshee），爱尔兰传说中预报死讯的女妖。
② 原文 old Slip-Slop，Slip-Slop 作动词时意为穿着拖鞋走。

气,"您不用害怕,死神只消看您一眼,就会像我们一样,臣服在您的脚下。"他优雅地摆了个臣服的姿势,面向大家接着说道:"死神威胁的传说并不限于爱尔兰,我记得我的老朋友豪斯沃特子爵家族也有类似的传说。他的庄园里有个破败的礼拜堂,如果夜间那里有钟声响起,就表明家族里的一家之主要死了。有一天晚上,可怜的豪斯沃特就听到了钟声。他当时身体还挺好的,但很不幸,他是个音盲,以为这钟声是报火警的钟声,立刻从房间冲了出去,没有穿衣服——请女士们原谅我直说——不着寸缕。那天晚上天非常冷,他受了风寒,转为肺炎,两天后便死了。可怜的家伙,悲惨的结局。不过,这提醒我们,不要太不把这种超自然的警告当回事了!天地之大,无奇不有,霍拉肖[①],是的,我也如此认为。"

这时马林沃斯夫人觉得最好请女士们去起居室坐一坐。男士们则聚拢到主人身边。

"要咖啡吗,马林沃斯勋爵?咖啡,奈杰尔?"奥布莱恩边说,边给大家递杯子,"传一下葡萄酒,想吃核桃就自己拿,我不大知道你们的喜好。诺特-斯洛曼,法夸尔的货送晚了,你一定要让大家看看你的厉害,我敢打赌,你是唯一一个能用牙把核桃咬开的人。"诺特-斯洛曼顺从地显摆了一下,其他人则毫无例外地都失败了。奥布莱恩接着说道:"马林沃斯勋爵,我看您是莎士比亚的粉丝,您有没有读过后伊丽莎白时代戏剧家的作品?写得非常精彩。如果说莎士比亚让

[①] 莎士比亚戏剧《哈姆雷特》中的人物。

数以千记的人死在他的笔下，韦伯斯特[1]笔下死去的就有上万人。我得说，我喜欢看到戏剧演到最后一幕，舞台上遍布尸首。多么有诗意！蚕儿吐丝是为了——"奥布莱恩开始背诵诗句，眼睛投向无限的远方，声音温柔而尖利。他没背完就停了下来，为自己仅仅因为这些佳句就情难自已而难为情。马林沃斯勋爵用手敲击桌面，以表达不同意见："很动听，毫无疑问，但不是莎士比亚的，不是莎士比亚，我可能有些老派了，我认为莎翁是独一无二的。"

很快他们就去和女士们会合了。后面的事情奈杰尔记得不是很清楚：他们玩了会儿无聊的纸牌游戏，讲了很多耸人听闻的鬼故事，聊了聊赛马。后来他越来越困，一般宴会之后他都是这样。不过，有一件事他记得很清楚：奥布莱恩浑厚的声音、富有感染力的笑声，与之形成鲜明对照的是他眼睛里古怪的神情，以及那种望向世界尽头的眼神。夜里11点，马林沃斯夫妇告辞离开了，有几名男士去了隔壁的台球室，奈杰尔回房睡觉。他太想休息了。不管是不是恶作剧，他还是想离木屋近一些。奥布莱恩应该能照顾好自己，但人多力量大。奈杰尔心下思忖着，但意识逐渐模糊，木屋……12点……"你会照顾好他吧？"叔叔的嘱托尤在耳边……人多力量……12点……奈杰尔进入了梦乡。

---

[1] 这里应该是指英国悲剧作家约翰·韦伯斯特（John Webster, 1580-1625）。

第四章

死者的故事

奈杰尔从睡梦中醒来,开始一点点恢复意识,首先他感到有光,然后觉得四周一片沉寂。亮光似乎是从天花板上倾泻而下,在冬日的早晨这着实有些奇怪。侧耳细听,却并非纯然的沉寂,而是所有的声音,无论是狗叫声、马具叮当声、车轮滚滚声、鸡叫声还是行人走路的声音,似都因浸润了湿气而低沉下来,又好似某个巨大的软踏板压了下来,盖住了整个乡村。奈杰尔暗自猜测,难道是吃了药的副作用吗?仔细想了想,自己并没有吃药啊。慢慢地,大脑运作恢复正常,他突然醒悟到:是雪!走到窗边往外看,是的,昨晚下雪了,下得不大,房顶和树枝上没有什么积雪，但足以让大地变白，让乡间沉寂。奈杰尔的心头突然一紧，奥布莱恩！木屋！他急忙跑进奥布莱恩假装休息的卧室，走到窗边往外看那个木屋，有一道被雪掩盖的若隐若现的脚印从游廊通向木屋。游廊顶上也有一层薄雪，光滑平整。"谢天谢地，一切正常，"奈杰尔喃喃自语，"除了奥布莱恩没有人出去过。一切正常。"回到自己的房间，奈杰尔看看手表，已经8点40分了，看来是起晚了。似乎奥布莱恩也起晚了，通常情况下，这时候他应该在喂鸟的。好吧，经过昨晚宴会的闹腾，你还想怎么样呢？可是，奈杰尔还是觉得不太安稳，有一丝疑惧。如果有变化，应该会有人告诉他，或者阿瑟·贝拉米本应该告诉他的。但阿瑟还没有去木屋，或者他去了，还没有回来。可他为什么不叫自己呢？

奈杰尔急忙穿上衣服。一种噩梦般的感觉正撕咬着他，这种感觉，就像孩童时梦见上学迟到一样。他冲下楼。楼下，爱德华·卡文迪什穿着外套在游廊上重重踱步，"为了吃早饭有个好胃口。"他说，"今天早上所有人都很能睡，根本没人叫我起床，我本来想着，这样的大宅子不应该出现这种情况的。"他的语气有些不高兴。

"我正打算去看看我们的主人醒了没有。"奈杰尔说，"一起去吧？"

奈杰尔的紧张情绪一定是传染给了卡文迪什，后者走得很快，绕过房子东边墙角的时候，甚至超过了奈杰尔。在他们面前，那行脚印清晰可见，从落地窗下延伸到木屋门前，大约50码[①]远。奈杰尔走得

[①] 英制单位，1码等于3英尺，约为0.9144米。

很快，并没有意识到自己避开了那行脚印，卡文迪什走在他前面不远处。两人来到木屋前，奈杰尔敲门，没有人应，绕到旁边的窗户外面往里看，窗户里面的景象让他跳起来，冲向门口，撞开门，踉跄而入。巨大的餐桌还在，上面堆满了书本和纸张，油炉和椅子的位置也没有变，和他上次看到的一样。地上有一只毛毡拖鞋，另一只在奥布莱恩的脚上，奥布莱恩自己倒在餐桌旁。

奈杰尔蹲下来，摸了摸奥布莱恩的手，已经冰凉了。即使不看他胸前干了的血迹、黑色翻领和白衬衣上焦糊的弹痕也能知道，费格斯·奥布莱恩已经死了。在他的右手边，僵硬的手指旁边，有一把左轮手枪。奥布莱恩眼神空洞，黝黑的络腮胡倔强地直竖着。他的死状很古怪，嘴唇含笑——半是调皮，半是讽刺。12个小时前，他在餐桌前俯瞰众人时也是这样笑的。奈杰尔忘不了那副表情，似乎是在原谅他的失败，又似乎是请他对死神的捷足先登一笑了之。奈杰尔实在笑不起来。这几天，他对奥布莱恩已经有了感情和深深的尊重，原来他只对叔叔有这种感情和尊重。他失败了，彻头彻尾地失败了，这激发了他一定要弄清事实真相的决心。

"别动，也不要碰任何东西！"他厉声告诉同伴。卡文迪什并没有动任何东西的打算。他背靠着墙，用手绢擦着脸，喘着粗气，盯着尸体和手枪，仿佛在等尸体跳起来，等着手枪开火。他哼唧着，努力控制自己的声音："究竟怎么回事？为什么他——"

"我们会查清楚的。关上门，不要让任何人看见。不！不要用手去关，用肘部。"

奈杰尔快速查看了一下外面的房间和隔壁的小隔间。隔间里的小床没有人睡过，东西也未见动过的痕迹，窗户都是关闭锁好的，钥匙在门内。奈杰尔摸摸炉子，像奥布莱恩的手一样凉，整个木屋都是冰凉的。奈杰尔困惑地环顾四周，感觉有什么东西不在了。

"好奇怪，他的——"

"是贝拉米，"站在窗边的卡文迪什突然打断他，"要喊他吗？"

奈杰尔心不在焉地点点头。卡文迪什高声喊着："贝拉米！"但没有人回应，再喊，还是没有人回应。奈杰尔用手绢包着门把手，把门打开。阿瑟·贝拉米正站在游廊那儿，望着太阳，拿他的大拳头擦眼睛。

"阿瑟！"奈杰尔喊他，"来这里，注意不要踩着那行脚印，你没有听见我们喊你吗？"

"门关着的话，听不见。"阿瑟慢吞吞地踩着雪过来，"上校做了隔音处理，说他工作的时候不想听到公鸡母鸡之类的禽鸟在旁边喳喳叫。"

"这就是没人被枪声惊醒的原因。"奈杰尔暗自思忖。

"呃，怎么了？斯特雷奇威先生？"阿瑟问，这时他离木屋的门已经很近了，也感受到了不同寻常的气氛，"上校不在里面吗？我来叫他起床，我睡过了，你会说——"

奈杰尔的表情让他住了嘴。"是的，上校在里面，但他不会再工作了。"奈杰尔轻声说，侧身让贝拉米进来。

这个高大的男人跟跄了一下，好像撞着墙一样，"所以他们还是得逞了！"他扯着喉咙、哑着嗓子喊道。

"谁'得逞'了？"卡文迪什一头雾水地问。没人理他。阿瑟弯下腰看着自己的主人，又努力站起来，像他往常一样，站得笔直，就像大力士阿特拉斯①用尽全身力气扛起摇摇欲坠的天空，这几乎耗尽了他全身的力气。他脸上满是泪水，但语气坚定："如果让我查出来谁干的，我要把他打成面团，我要——"

"别说了，阿瑟，很快就会有其他人出来，"他把阿瑟拉到一边，压低声音说，"我们知道这不是自杀，但肯定很难解释清楚。不如暂时让其他人感觉，我们认为是自杀，这不会有坏处。打起精神，做个样子出来。"

阿瑟马上进入角色："什么？先生，您确定是自杀吗？啊，枪在那儿，衣服上也有弹痕，我想您是对的。"

卡文迪什看向门外，说："有人到游廊上来了，他们肯定听见我们的叫喊了。您最好跟他们说不要踩着脚印。哦，天哪，露西拉，一定不要让她看见这些。"

奈杰尔走到门边，招呼那些人："在原地等一分钟。是的，你们所有人。阿瑟，绕木屋一周看看，看看木屋后面有没有别的脚印。我们要先摸清楚情况，以免他们踩来踩去把痕迹破坏了。"

阿瑟领命而去。"可是看看这里，斯特雷奇威，"卡文迪什有些抵触，"您不能让那些女士进来看到——"他打了个寒战。

———
① 阿特拉斯，是古希腊神话中的擎天巨神，被主神宙斯降罪用双肩支撑苍天。

"我能,我也打算这么做,"奈杰尔不想多说。他不想错失这个观察众人反应的好机会。阿瑟回来说,木屋后面没有脚印。奈杰尔对聚拢在游廊的客人们喊着:"你们可以过来了,但注意不要踩着那行脚印。奥布莱恩这边出事儿了。"

大家都很震惊。乔治娅·卡文迪什第一个往这里跑过来。大部分人都穿戴整齐,只有诺特-斯洛曼只穿了件睡衣,外面套了个大衣;露西拉·斯瑞尔外面穿了件灰色的貂皮大衣,里面似乎什么也没穿,配着她金色的头发,雪白的脖子,冷艳的表情,就像个白雪皇后。

奈杰尔背靠着木屋里面那堵墙,说:"你们可以进来,但进来之后站着别动,也不要碰任何东西。"

众人鱼贯而入,在那儿站成一排,就像业余演员刚上舞台一样,都有些手足无措。有那么一瞬间,他们不知道该看哪儿。很快,乔治娅伸出颤抖的手指,咬着嘴唇,悲伤低语:"费格斯,哦,费格斯!"之后便陷入死一般的沉默。诺特-斯洛曼一脸紧张,淡蓝色的眼睛石化一般:"天哪,死了?他死了!谁干的?他自己吗?"菲利普·司达林噘起嘴唇,长哨一声。

"他确实死了,"奈杰尔说,"所有的证据都表明是自杀。"

露西拉·斯瑞尔原本面无表情的脸,突然整个垮了下来,张开鲜红的嘴唇,撕心裂肺地喊叫起来:"费格斯?费格斯!你不能啊!这不是真的!费格斯!"她脚步踉跄,倒进诺特-斯洛曼怀里。在场的人都被露西拉的表现惊到了,纷纷让开。奈杰尔看了看乔治娅,她正望向哥哥,表情难以捉摸。意识到奈杰尔的审视,她眼睛望向地面,开始往外走，路过奥布莱恩的时候，弯下腰，摸了摸他的头发。

"看看，斯特雷奇威，"诺特-斯洛曼怒气冲冲地喊，"你到底想干什么？让这些女士进来，来——简直岂有此理！"

"你们都可以出去了，"奈杰尔面无表情地说，"请待在室内，准备接受正式的问询。我马上给警局打电话。"

诺特-斯洛曼脸色铁青，青筋暴露，咆哮着："你给谁下命令呢？简直受够你了！"奈杰尔定定地看着他，和昨天那个温顺、可爱的旁观者完全不是同一个人，孩子气的表情已经与玩笑和大话一起留在了昨晚。现在的他，淡黄色的头发因盛怒而根根直立，眼神也像机枪的枪口一样透着危险。诺特-斯洛曼立马屈服了，低声抱怨着退回了主屋。其他人也都跟着回去了。露西拉·斯瑞尔利用这个机会尽情展示着自己的情感，就像一个出演悲剧的女王，由乔治娅和菲利普搀着回主屋去了。

奈杰尔让阿瑟守着木屋，同时看看屋里有没有丢什么东西或者有什么东西的位置变了。他自己回到主屋给塔维斯顿警方打电话。布里克利警司接的电话，答应会带着法医和其他人手马上过来。塔维斯顿离这里有15英里，趁着这个时间，他给伦敦的叔叔打了个长途。约翰·斯特雷奇威爵士听到这个消息的表现符合他一贯的行为方式。

"枪击？像是自杀？你认为不是，所以……好吧……如果他们给苏格兰场打电话，我会派汤米·布朗特过去……不，不要自责，孩子，你已经做得够好了，他没给我们机会……这会引起轩然大波，我得看看如何安抚住媒体……就这样吧。如果需要什么直接跟我说，哦，好的。"

谁？西里尔·诺特－斯洛曼，露西拉·斯瑞尔，爱德华和乔治娅·卡文迪什，菲利普·司达林，好的，我让他们查查……再见，照顾好自己。"

十分钟后，警察来了。布里克利警司中等身材，推平了的后脑勺和打蜡的小胡子表明他曾经在部队待过。他的脸红彤彤的，能听出来萨默塞特口音，步态不是特别灵活，应该是自耕农出身。部队的纪律严明和自耕农与生俱来的自由放任在他身上交替显现。紧跟着他下车的还有一名警长、一名警员和一名法医。

奈杰尔迎了上去："我叫斯特雷奇威，我叔叔是副总警监。作为私家侦探我已经做了一部分工作。我这几天一直和奥布莱恩在一起，一会儿会告诉您细节。我们是在上午9点45分在木屋发现奥布莱恩的。他被枪杀了。没有动过屋里的任何东西。只有一行脚印通向木屋，没有别的了。"

"这是什么呢？"布里克利问，指着其他客人的脚印，"似乎是蜂拥而至啊！"

"是其他几个客人的。他们非要到这里来看看，我让他们注意远离那行脚印。"奈杰尔没有实话实说。

他们进入木屋。布里克利盯着阿瑟，一脸怀疑；阿瑟瞪着布里克利，一脸挑衅。法医先对着尸体从不同角度拍了照片，然后开始工作。他不苟言笑，但无论是服装还是手法似乎都不够专业。检查之后，他站起来说："看起来是典型的自杀。看到这些炸药的烧灼痕迹了吗？枪口离心脏只有几英寸的距离。这是子弹，布里克利，应该和手枪的型号相符，否则我会大吃一惊的。唯一有个环节和自杀结论相悖，那就是他手里没有拿枪。通常自杀的情况下，人们会紧紧握着自己使用的武器，这叫尸体痉挛。当然，也不是没有例外。尸体除了右腕有一些擦伤，没有别的伤痕，应该是一枪毙命。"法医看了手表，"嗯，死亡时间应该是昨晚10点到今早3点之间。尸检会有更准确的时间。我想，救护车马上就到了。"

"这些擦伤，医生，该作何解释呢？"奈杰尔询问，弯下腰查看奥布莱恩右腕下两道轻微的紫色擦痕。

"我想是倒地的时候磕着桌边儿了。"

布里克利看着奥布莱恩的双脚，若有所思："显然他不是穿着拖鞋来这儿的。"说着，他开始在木屋里四处查找，不一会儿，就在左墙边的椅子后面发现了一双漆皮晚礼服宴鞋。"这是死者的吗？"他厉声询问阿瑟·贝拉米。

"是上校的鞋子。"阿瑟闷闷地回答，眼神仿佛要把鞋子看穿。

"上校的？什么上校？"

"他说的是奥布莱恩。"奈杰尔说。

"好吧，我们最好趁雪还没有化，抓紧看看外面的脚印是不是这双鞋留下来的。"

布里克利垫着手帕小心翼翼拿起鞋子。奈杰尔摸了摸鞋底，鞋底很干燥。他们一起出来查看，鞋子和脚印完全契合。而且由于雪是在脚印出现之后开始下的，脚印已经看不出来还有什么特殊之处，只有一点，脚尖的印迹要比脚跟的印迹深一些，不过在警司看来，结论已经很清楚了。

"就是这双鞋！"他说。

"等等，先不要急着下结论，"奈杰尔说着，从记事本里拿出夹在里面的恐吓信和奥布莱恩附上的便签，"读读这些。"

布里克利惊讶地拿出一副夹鼻眼镜戴上，又夸张地抖了抖这些纸，才开始看。看完之后，他脸上的表情几经变化，官方姿态和人的好奇心在他脸上缠斗了片刻，他开口道："为什么没人通知我们呢？好吧，一会儿再说这个。这件事太奇怪了，奥布莱恩相信这些恐吓信里说的吗？"

"我认为他信。"

"当真吗？嗯，我还从来没有遇到过这种案子。您知道，先生，这个案子会引起轰动的。奥布莱恩先生这样的人物，如果——可是，不，这不可能，你绕不开脚印这些证据。不过，还是得再确认一下。斯蒂芬斯医生，你在尸检的时候，能不能特别注意查看一下有没有别的证据，能证明不是自杀。"法医讥讽地笑了一下，耸了耸肩。"哦，救护车来了。你去提取指纹吧，乔治！之后把尸体拉走。再见，医生，谢谢你！好了，乔治，"他对着警长说道，"去木屋提取指纹，尤其注意手枪、鞋子，还有那个保险柜，不过，那么多人都来过了，不一定有多大价值。"他接着补充说，口气格外严谨。

"我告诉他们不要碰任何东西，"奈杰尔说，"我看得很紧，确信他们没有碰过任何东西。"

"好吧，这还差不多。现在，你，你叫什么名字？"他突然转向一直在后面站着、默不作声的阿瑟。

"阿瑟·贝拉米，前空军飞行员，1930年退役，英国皇家空军重量级拳击冠军。"大个子一口气自报家门。布里克利像在练兵场上发号施令的腔调让他不由自主地立正站好。

"你在这里是干什么的？"

"我是上校的贴身仆人，警官。"

"你都知道什么？"

"我都知道什么？我知道上校盼着出事儿呢。我昨晚本来要一直跟着他，可他警告我，如果我接近这个木屋，就要我的命。我昨天困得要命，根本睁不开眼，我太困了，忘了锁前门。等我醒来，已经是今天早上9点了。我就知道这些，如果要让我知道是谁干的，我一定把他的头拧下来！"

"所以你认为上校——奥布莱恩先生，不是自杀？"

"自杀个——"阿瑟粗鲁地回答，"他不会自杀的，就像他不会杀害那些小鸟一样，他过去每天早上都用面包糠喂它们。"阿瑟的声音因回忆起过往而有些颤抖。

"好的，这是奥布莱恩先生的手枪吗？"

"是的，毫无疑问。"

"嗯，谁有可能会来这个木屋呢？"

"上校不想让任何人进来。如果附近有人，他会把木屋锁起来。我基本每天会过来打扫。除了他和斯特雷奇威先生，没人来过这里。"

"这样说来，如果发现有其他人指纹的话，就很可疑了。我们已经有奥布莱恩先生的指纹了，我会提取贝拉米和你的指纹，斯特雷奇威先生,如果你们不反对的话。我并不是怀疑什么,只是,我们要按程序办事。"

他们配合着提取指纹。布里克利又说:"乔治,你要注意一下,看看能不能找到半截袖扣,奥布莱恩右手腕部的袖扣只剩下一半儿了——估计是摔倒的时候碰碎了。博尔特,你跟着我来,去记笔录。"

奈杰尔不由高看了警司一眼,也许他是个乡下胖子,但确实有几分观察力。

"首先我们得确定什么时候开始下的雪,"他们边往主屋走,布里克利边说道,"我们那里大约是午夜时分,你们这里呢,您知道吗,先生?"

"恐怕我和阿瑟一样,在该工作的时候睡着了。"奈杰尔郁闷地说道。

布里克利注意到了奈杰尔语气中的愤懑,机智地换了话题:"那个乔治,是个好小伙儿。他父亲和我父亲曾经在同一个农场干活儿。先生,在我询问其他客人之前,您能简单给我说一下他们的情况吗?"

奈杰尔简明扼要地介绍了一下客人们的情况。为了不让别人听到,他带着布里克利绕过厨房、花园和马厩,等走到后门时,刚好讲完。他讲得太投入了,没有注意到,厨房窗口里有一张令人生畏的面孔正死死盯着他和布里克利。他们走进厨房,听到有刺耳的声音响起:"如果你们能把脚擦干净,不弄脏我打扫干净的走廊,我将十分感激。"格兰特太太站在门口,手指紧扣,放在围裙上。奈杰尔的神经本来一直高度紧张,听到这番话,不由得狂笑起来。格兰特太太冷冷地盯着他："那边还有个死人躺在那里，这样的玩笑态度，实在不合时宜！"

"谁告诉你，你的主人死了？"警司不紧不慢地问道。

格兰特太太花岗岩般灰色的眼睛里有微弱的火花一闪："我听到那个女人在叫喊。"

"哪个女人？"

"斯瑞尔小姐。她一踏入这个家门，就带来了晦气，这个贱人。我原来干活的人家都是体面人。"

"好了，好了，你家主人刚刚去世，你怎么能说这种话。"布里克利说道，对格兰特太太的态度着实感到震惊。

"他自作自受，谁让他和这个荡妇厮混。这是上帝的惩罚，凡是有罪之人都会死去。"

"好了，"奈杰尔说道，此时，他已经恢复正常，"以后再从神学的角度讨论这件事吧，现在关注的是证据，格兰特太太，你能告诉我们，什么时候开始下雪的吗？"

"我不知道，我11点准时锁后门上床睡觉。那时还没有下雪。"

"你昨天晚上没有看到或者听到有无关人员出现在这里，对吧？"布里克利问。

"那个懒婆娘，奈莉，做完清洁就回村子里的家了。之后，除了奥布莱恩先生的朋友在客厅鬼哭狼嚎，没什么别的声响。"格兰特太太话语尖刻，"请让我回去干活，谢谢，我可没空和无聊的人一起八卦！"

他们从厨房退了出来，布里克利直挠头。客人们都在餐厅，露西拉已经穿戴齐整，但情绪还很激动，乔治娅正劝她喝点儿咖啡。其他人也正努力吃着东西，听到开门声，都紧张地扭过头来看。警司还不适应与上流社会打交道，有些紧张，惯常来说，他接触的多是些偷猎者、小贼、醉汉和不守规则的司机。

他摆弄着自己的小胡子，说："女士们、先生们，不会麻烦大家太长时间的。看起来，奥布莱恩先生是自杀，但我需要弄清楚一些细节，以便顺利结案。首先，不知哪位先生或者女士能告诉我，昨天晚上什么时候开始下的雪？"

先是一阵骚动，然后松懈了下来，每个人都以为会问更可怕的问题呢。司达林和诺特－斯洛曼对望了一眼，后者开口道："昨晚大约11点到11点半的时候，我和卡文迪什在玩桌球，司达林来看我们玩儿。大约12点5分的时候——我之所以记得这个时间是因为我听见大厅的钟响了——司达林说'哇哦，开始下雪了'，他当时就站在窗边，对吧，司达林？"

"这个回答让人满意，"警司说，"那时雪下得大吗，司达林先生？"

"先是小雪片，很快就下大了。"

"有没有人注意到雪什么时候停的？"

很长时间没有人吭声。奈杰尔注意到，乔治娅看了看她哥哥，犹豫了一下，最后还是下定决心开口说道："大约1点45分的时候，我记不太准了，我的表出了点儿问题。我去了哥哥的房间，想要一些安眠药。他把药放到行李箱里了，他还没有睡，就起来帮我去拿。我注意到当时雪片已经很小了，可能很快就停了。"

"谢谢,卡文迪什小姐。你那时候正准备睡觉吗,卡文迪什先生?"

"哦,不,我12点以后就上床了,但一直睡不着。"

"事情已经很清楚了,还剩一个问题。验尸官想知道,你们最后见到奥布莱恩先生的时间,那时他有没有表露出来——要干点儿什么?"

一番讨论之后,大家认为,马林沃斯夫妇离开客厅之后,奥布莱恩又在那儿陪了露西拉和乔治娅15分钟左右的时间。大约11点15分,女士们回去睡觉了。奥布莱恩去桌球室待了大约20分钟,然后说他困了,要上楼睡觉。

"所以,最后见到奥布莱恩先生的时间大约是在11点45分。"布里克利总结道。

至于另外一个问题,意见分歧很大。卡文迪什和诺特-斯洛曼没发现什么异常,倒是觉得奥布莱恩情绪很好。菲利普·司达林觉得,他看起来有些奇怪,而且像劳累过度的样子。乔治娅也认为他情绪很好,但感觉他脸色比原来要差,有些病恹恹的,在愉快的外表下似乎承受了很大压力。问到露西拉的时候,她又开始歇斯底里,哭喊着:"为什么要折磨我?难道你们看不出来,我,我,爱他吗?"一说完,似乎被自己的表白吓醒了,她用极不自然的平静口吻问道,"木屋?他在木屋干什么?"

奈杰尔立刻打断了她:"好了,我们已经问完了,是吧,布里克利?"

警司心领神会。他告诉大家这一两天不要离开柴特谷,然后就和奈杰尔、博尔特一起从客厅出来,又来到木屋。他们发现警长干得很投入，也很有成效。他已经在桌子腿后面找到了破损的袖扣，还发现了四组指纹。一组推测是奥布莱恩的，在手枪柄上、保险柜上和屋里其他地方都有。鞋上没有指纹印。布里克利知道，另外两组的指纹应该是奈杰尔和贝拉米的，只需要专业鉴定进一步确认。可第四组指纹印是谁的？这些留在窗棂上、书柜上、雪茄盒上的指纹是谁的呢？奈杰尔的心怦怦直跳。这里出现了一个未知的某人，一个尚未证明其存在的某人。突然，他恍然大悟。爱德华·卡文迪什和他一起来的木屋，他就在书柜旁边站着，然后又走到窗边，几乎可以确定，他就是那第四个人。他把推论告诉警司。他们回到主屋，把卡文迪什叫到一边，告诉他，需要提取他的指纹，以便和窗棂上的指纹比对。尽管有些紧张、慌乱，卡文迪什没有提出异议。再度回到木屋，布里克利对着奈杰尔难过地摇了摇头。

"不，先生，没有任何有用的线索。他们说，死人不会说话，但也并不绝对。现在事实已经很清楚了，虽然我认为像奥布莱恩先生这样优秀的绅士是不会自杀的，但找不到相反的证据。"

"证据，"奈杰尔慢慢说道，"我想，即使只是基于现有的证据，我也能让这个死者告诉我们一个完全不同的故事。"

第五章

扭曲的故事

警司摸着自己的小胡子,不置可否。年轻的斯特雷奇威先生表现出来的镇定、自信给人一种压迫感。他的军旅生涯让他对"官员阶层"的智慧抱有不合时宜的信任,虽然他自己并没有意识到这点。会有什么结果呢,如果——布里克利决定不妨听听奈杰尔的想法。这可能是他这一生中做的最明智的决定。他让乔治带着指纹尽快回塔维斯顿警局加以确认,让博尔特去主屋给奈杰尔取些早餐过来。

奈杰尔开始讲述他的猜想,手里一会儿拿着一串香肠,一会儿拿着果酱勺子边比画边说:"首先假设奥布莱恩的案子是一场谋杀,来看看证据是否契合。您可以作为赞成自杀的一方，如果认为我的分析有偏差或自相矛盾，可以随时打断我。如此，我们应该可以把案情分析得很透彻了。现在开始，首先，心理学上的证据——"

布里克利郑重其事地捻着自己的小胡子。斯特雷奇威先生认为他理所应当知晓那些专业词汇，这让他心满意足。

"凡是熟悉奥布莱恩的人都会告诉您，他绝不会自杀。虽然我和他认识没多久，也坚信这一点。他与众不同，也许有人会说，他有些古怪，但并不出格。我承认，他有自杀的胆量和能力，但同样有克制自己不自杀的精神勇气。我相信，如果想取人性命，他不会有丝毫犹豫。我们都知道，在空中作战时他非常冷血，我想，如果有足够的理由，比如为了复仇，他也会杀人不眨眼。经历过那么多生死，他一定有强烈的要活下去的愿望。现在您却让我相信，一个有如此强烈求生欲望的人会安静地走到一个角落，结束自己的生命。"

"侦探先生，他也没那么安静吧，好几个人都说，他昨晚似乎很烦躁，特别亢奋。"

奈杰尔的眼睛在镜片后面闪着光，他用力挥舞着手里的香肠，说："嗯，这正是问题所在。如果奥布莱恩企图自杀，是不是应该表现得心不在焉、少言寡语，时不时上唇僵硬来两下神经质的狂笑？他才不会这样。他一向都开开心心的，兴致很高，但并不神经质。那掩饰不住的兴奋和慷慨赴死的眼神，正是一个勇敢的人该有的样子，一个准备迎接战斗的勇士该有的模样。这才是他。那个人的最后通牒在午夜就过期了，遗憾的是，奥布莱恩低估了对手的能力。"

布里克利挠了挠膝盖，不大愿意承认奈杰尔最后的推理有些道理。他努力调整思路，说道："或许如此，侦探先生。但您记得吗？恐吓信里提到，让奥布莱恩千万不能为了要阻止复仇，就去自杀。或许，奥布莱恩恰恰正是这样做的。"

"这个想法听起来很高明，布里克利，为了防止某人报复，先发制人，这符合奥布莱恩幽默的性子。但我不相信。您没有看到吗，某人可能是故意把事情往自杀那儿引，他计划谋杀，但想制造自杀的假象，故意让我们相信这不是谋杀而是自杀。"

"很奇妙的想法，斯特雷奇威先生，"警司坚持自己的看法，"可坦率地说，都只是想法，没有证据，先生。"

奈杰尔跳起来，走到保险柜前，把咖啡杯放到柜子上，挥舞着手里的勺子："好的，嗯，想坚守己见。可是，如果奥布莱恩想自杀的话，为什么，为什么他会让我来帮他制止这场谋杀？如果他想死的话，干吗还大费周章阻止某人来杀他？"

这个观点显然打动了布里克利："这一点很有意思，先生。我想，他是有自杀的打算，但并不想让那个恐吓他的人逃脱法律的制裁。"

"我认为这不可能。一面时刻不忘随身带着手枪，还伪装自己在主屋休息——哦，我忘了告诉您，"奈杰尔把奥布莱恩的计划说了一下，"现在以巴赫、贝多芬和勃拉姆斯[①]之名发问，如果他想求死，为什么还要想尽各种办法来阻止别人杀他呢？"

[①] 巴赫、贝多芬和勃拉姆斯均为德国著名作曲家。

"我并不了解，呃，您提到的那些绅士，"布里克利谨慎地说，"但这说不通啊。"他进一步强调："确实有很多地方说不通啊。一个人一直防着有人暗杀他，也不想被暗杀，却让凶手径直走到自己面前，对着自己就是一枪，还是用他自己的枪。这说不通啊。"布里克利的胡子激动地翘动着，"当时地上的积雪有一英寸厚，凶手却能离开木屋而不留下任何痕迹。这怎么解释呢，先生，是超自然现象，确实只能解释为超自然现象了。"

"一定是一个他绝对不会怀疑的人。"奈杰尔字斟句酌，"可还是很奇怪。他之所以举办这场特殊的宴会，就是因为他怀疑凶手就在这些宾客当中，他对他们中的某几个人，或者说所有人都有怀疑。"

"什么意思，先生？"警司坐直了身子，一脸疑问。

"我真糊涂了。我这么讲着，理所当然认为，我知道的您都知道。"于是奈杰尔把奥布莱恩的遗嘱以及他的飞机设计方案全盘托出，"所以，您看，不是自杀的理由很充足。还有一个理由奥布莱恩没有讲。您还记得格兰特太太说起过露西拉·斯瑞尔吧，嗯，我碰巧知道，她是奥布莱恩的情妇，我指的是露西拉，不是格兰特太太。"布里克利听到这里忍不住狂笑起来，不过马上又恢复了一本正经。"昨天晚上，露西拉想劝奥布莱恩带她回房间，出乎意料，奥布莱恩拒绝了她，她讨了个没趣。假设奥布莱恩挡了别人追求美女露西拉的路，那人家肯定不会高兴。或许这种不快会演变成谋杀。以前以发生过类似的事。恐吓信也透着私人的仇怨。"

"啊，情爱。"警司意味深长地说，"红颜祸水啊。这就是为啥我家老婆子上周对我还算不错，就因为——"一阵似真似假的咳嗽打断了他的吐槽，阿瑟·贝拉米进来了。阿瑟对着奈杰尔耳语了一阵，就离开了。他离开前，眼睛盯着布里克利，像是在分辨面前的到底是一条蛇蜥还是蝰蛇。

奈杰尔盯着自己的鼻尖，出神地说着："奇怪，一个穿马服的女士不见了，她去哪儿了呢？为什么？"

"怎么回事，先生？一个年轻女士不见了？是离开主屋了吗？她叫什么名字？"

"我不知道她的名字。确切地说，她并不是在主屋不见的。直到昨天她还在木屋——不！"他突然失声高叫起来，吓得布里克利紧紧抓住椅子把手，"我想起来了，我来解释一下。在你来之前，我让阿瑟把木屋检查一遍，看看有没有丢什么东西。刚才他来告诉我，小隔间里的橱柜上原来有一幅女孩子的照片，现在不见了。"

"可能是奥布莱恩在自杀之前把照片销毁了。自杀的人经常——"

"嗯，但是，我记得客人来的那一天，我碰巧从窗户往木屋里看，当时就觉得有什么东西不见了。头一天下午我见过那张照片。当时刚好看见菲利普·司达林来了，就没想起来照片这回事。现在想来，当时感觉不见的东西就是这张照片。可是，为什么奥布莱恩要拿走照片呢？"

"照片中的女孩儿不是来的这些女士中的一位吧？"

奈杰尔摇摇头。

"这样的话，我想照片和这件案子就没什么关系。"警司慢慢站起来，伸了个懒腰。可能觉得自己太容易被奈杰尔牵着鼻子走，去轻信一些不符合逻辑和犯罪学教材的论调,布里克利又开始打起官腔:"斯特雷奇威先生,我会牢记您的建议,但我认为没有足够的证据证明——"

奈杰尔大踏步走上前,按住布里克利的肩膀,友好但坚定地把他按回到椅子里。

"是的,你的确没有。"他咧嘴笑道,"我还没说完呢。刚刚只是理论建构,先来点儿铺垫,然后才是干货嘛。现在就要回归实际,聚焦到确实的证据了。来,来,最好先喝点儿咖啡,吸会儿烟,我好掰开了揉碎了细细道来。"

面对奈杰尔的幽默和熟不拘礼,布里克利不好再摆出警官的架子,索性也放松下来,笑眯眯吃起吐司。"好了,"奈杰尔准备开场了,他戴着镜片厚厚的眼镜,头发蓬乱,衣服发皱,语气坚定专注,手势灵活,活像个在讲亚里士多德的大学老师,"好吧,我承认并不知道这些脚印的来历,或者可以说,对此一无所知。我们先把这个放一放。先来看奥布莱恩昨晚的举动。昨天晚上 11 点 45 分,他告诉台球室的客人们说去睡觉了。他原计划从卧室的窗户跳到外面的游廊顶——只有几英尺宽——从廊顶跳下来再去木屋,把自己锁在木屋里,可能还带着枪。从下雪的情况来看,他大约在凌晨 1 点半左右才出去。为什么要在卧室里待到那个时候呢?其他人在一个小时之前就已经上楼回卧室了。为什么要在明知危险的情况下,等到节礼日开始一个半小时之后才走呢?还有一个奇怪的问题:为什么他不按计划从窗口走呢?"

"你怎么知道他没有从窗口走呢?"

"因为今天早上下楼前,我从窗户往外看,没发现游廊顶有被人踩过的痕迹,雪很平整,这意味着什么?"

"可能在雪下大之前他就从窗户出去了——"

"那样的话,他就不会在草地上留下脚印了。"奈杰尔激动地打断他的话。

"或者在雪快停的时候,他下楼从前门走的。"

"对,现在让我们来看看,如果奥布莱恩想死的话,为什么不待在卧室,等着杀手来呢?如果他不想死的话,为什么要改变计划,明知有杀手在瞪大眼睛、张着耳朵等机会,还要走出卧室门,走下楼梯,穿过客厅去找死呢?他这是主动暴露自己啊!"

"是的,先生,"布里克利挠着头说,"如果这样的话,看起来他确实在下雪之前就已经去木屋了。"

"那是谁留下的脚印呢?"奈杰尔像是不经意地问。

"什么,那不是显而易见嘛,那个想杀——可恶,您让我一步步跟着您的思路走到这一步,居然会说出我根本不认可的——"

奈杰尔两眼放光,笑眯眯地看着布里克利,就像温和慈爱的教师看着最喜欢的学生掉进自己设的陷阱里。

"但是,鞋呢?斯特雷奇威先生,你怎么解释鞋的问题呢?"警司找到一个反击的突破口,"他怎么拿到奥布莱恩的鞋呢?您解释一下。"

"我们并不确定那就是他的鞋。我们只知道,奥布莱恩的鞋子与脚印相符,或许脚印只能说明奥布莱恩和那人穿同样大小的鞋子。"

布里克利抽出笔记本,做着记录,但越写越慢,最终停了下来。"我想我有点糊涂，"他气呼呼地说，"我差点儿忘了那些脚印是去木屋时留下的，不是从木屋出来时留下的。这可不太妙啊，先生。"

"是的，还没说到这一点呢。通过脚印只能看出来，留下脚印的人是跑着去的，你也看到了，脚尖的痕迹要深于脚后跟的痕迹。但不管是奥布莱恩还是杀手都有可能这样做，他们都不想被人看到去木屋，所以都会尽可能快速赶到那儿。无论如何，我对这些鞋子有自己的看法，一会儿再告诉你。"奈杰尔接着以专业的口吻往下陈述，"假设奥布莱恩在午夜时就到了木屋，假设，按你的说法，他想自杀。他锁上了窗户，却没有锁门——我们来木屋找他时，门并没有锁上。矛盾一：为什么只锁窗户不锁门？他脱了鞋子，又换上了拖鞋。会有人像他一样，都打算自杀了，还去换鞋子吗？"

"或许只是习惯使然罢了。"

"有可能，不过这是一个值得关注的点。我叔叔曾经告诉我，如果奥布莱恩要升空作战的话，就会换上毛毡拖鞋。这样说的话，换鞋可能是他预感到要准备作战了，与未知的敌人作战。"

"我看您这话题跑得越来越远了。"布里克利抗议道。

"或许值得这样跑呢。"奈杰尔低语道，引用了约翰逊[①]的话，"考虑到左轮手枪上的指纹，就更有意思了。"

警司砖红色的脸上没有任何表情。

"假如奥布莱恩想自杀，一种可能是他决心已定，一到木屋就拿起

---

① 塞缪尔·约翰逊（Samuel Johnson, 1709-1784），英国作家、诗人和文学评论家。

手枪给自己一枪,根本不必换鞋。一种可能是,他在最后一刻还在犹豫彷徨,那样的话,他会紧张地摩挲着枪,那就会在枪口等部位留下指纹。但是,他的确换了鞋,枪上除了手柄的地方,也的确没有留下指纹。"

"听起来很有道理,先生,但还无法下结论,无论如何。"

"证据会积少成多,你知道的。还有一点,你听说过有多少起自杀案件里自杀的人是对着自己心脏开枪的?他们大都是对着自己的太阳穴开枪,或者把枪口放到嘴里。"

"嗯,这一点我也觉得奇怪。"

"接着往下说,按你的说法,他开枪自杀,在倒下去的时候,手腕碰着桌子边沿,擦伤了,还碰碎了袖扣。我有两点异议:这样的碰撞只会产生一道擦伤,而不是两道;袖扣的连接不会这么脆弱,胳膊软塌塌落到桌子边沿就能碰断它。设想这个烟斗是一把枪,我拿枪指着你,你用右手抓着我的手腕试图把枪口别开。当然,你也可能会用左手把它推开。来,试一试,使劲儿!你看,你的大拇指和其他几个指头在我手腕上留下两道淤伤,和奥布莱恩手腕上的淤伤位置一致,这种撕扯之下,我的袖扣很可能会被扯断。"

布里克利气冲冲地捋着自己的胡子:"好吧,先生,我相信您是对的。杀手进来了,奥布莱恩立刻开始怀疑他的身份,也或许是说了几句话之后开始怀疑这个人的身份,于是拔出手枪。凶手不知用什么方式转移了他的注意力,趁机抓住了他的手腕,掉转枪口,因为近身肉搏,所以一枪射中了心脏。杀人之后,凶手清理了打斗现场,把枪口的指纹都擦干净,做出奥布莱恩自杀的样子。之后说不通了,怎么办呢？我想可能是飞回主屋了吧。"

奈杰尔对这一点避而不谈："回到鞋子的问题，你们在哪儿找到它的？"

"就这那边的地板上，被椅子遮住了一半儿。"

"您刚才说遮住了一半儿，不是四分之三，也不是八分之七，或者全部？"

"那我可说不准，先生，我只是不用挪开椅子就能看到鞋后跟罢了。"布里克利气呼呼地说道。

"好吧，今天早上，我确认奥布莱恩死了之后，就好奇他是穿什么鞋子来的。我环顾了一圈——当时没时间打开衣柜看，也看了那把椅子四周，我发誓当时没有看到鞋子。"

警司的表情变得很痛苦，就像一个人在吃野鸡肉，嚼得正香的时候，突然咬到一粒沙弹，为了把沙弹筛出来，舌头开始在肉糜里翻搅。

"天哪，"他最终开口道，"哎呀，那意味着——"

"让我们把各种信息汇总来看。首先，鞋子上没有指纹；其次，尽管炉子早都熄灭了，鞋底却很干燥。这一点——老福尔摩斯叔叔会说——说明很多问题啊。"奈杰尔停顿了一下，"但是，法庭不会采信这些说法，甚至很难拿它来说服你们局长再深入调查下去。不过，还有一件事，"奈杰尔似乎在自言自语，"如果对不上的话，我看起来就像个小丑了。"他抖抖肩膀，像是把一切犹疑都抖掉，"布里克利，你是不是个开保险柜的高手？这能节省时间，也能解开我的焦虑。"

警司走到保险柜前，研究了一会儿，说道："感觉能打开，就是个时间和耐心的问题。我有个朋友叫哈里斯,在伦敦警察总局工作,他教过我。您想打开它干什么呢?"

"奥布莱恩告诉我,他把遗嘱放到保险柜里了。如果保险柜是空的,那大概率可以推断是他杀,动机问题也就一清二楚了。"

布里克利花了半个小时的时间开这个保险柜。他的手法很细腻,头歪着,像小提琴手在调琴。奈杰尔则不停地走来走去,一根接一根地吸烟,拿拿这本书,动动那本书,还乱放一气。终于,伴随着布里克利的咒骂,"啪嗒"一声,保险柜开了,里面空空如也。

第六章

教授的故事

布里克利此时已经被说服,继而陷入奈杰尔比不了也不想比的暴躁之中。奈杰尔有个特别厉害的本事,能心无旁骛投入到手头的工作中,这也是他能够做侦探的优势所在。刚才他正全力争取达到第一个目标:驳斥布里克利的自杀说,那时他所有心思都在梳理各种证据上,不会让任何情感、情绪干扰自己。他要以令人信服的方式把证据梳理好,即使本能已经告诉他唯一的答案,也要以符合逻辑的方式找到问题的答案。死亡让一切归零。对奈杰尔来说,目前所有的证据都是一样的,不能带有情绪。一个数学家在解决问题的时候,不能去想 7 是希伯来人的幸运数字，13可太不吉利。所以，奈杰尔只关注那些确凿无疑的事实。奥布莱恩现在就是一具尸体，和游廊房顶的雪或手枪柄上的指纹一样，只是摆在那里的事实。可现在，就像装死的狗一样，奥布莱恩在奈杰尔眼里又活了起来，有了生命。如此一来，奥布莱恩就成了事件的中心：他鲜活的性格足以指引他们找到杀人凶手。奈杰尔从木屋出来了，警司留下来接着完成剩下的工作。他们已经达成一致，尽可能拖延告诉客人们奥布莱恩的真正死因。当然，他们中的某一个人已经知道了，但可以让他认为，警察还不知道真相，还受他的迷惑在花园尽头侦查呢。奈杰尔在花园里大踏步走来走去，搁置刚才的推理，聚焦到奥布莱恩的个性上来。

雪化得很快，奈杰尔在雪上大踏步踩来踩去，布里克利开始安排各项工作。首先，派博尔特去偷偷监视主屋：诺特-斯洛曼驾驶着一辆破旧不堪的两座车向村子方向去了；乔治娅·卡文迪什和她哥哥在花园里散步。布里克利给警察局长打电话，汇报整个事件，并请求下午和局长面谈，接着他和总部联系要求增援，之后，又回到木屋，开始又一遍认真细致的检查。这次，他争取到了贝拉米的帮助。两人发现，他们都曾在印度的同一个部队里服役，于是开始合起伙来诅咒那个军需官，二人的关系迅速破冰。布里克利这次检查的主要目的是想发现更多打斗的证据，他请贝拉米看看，有哪些东西改变了位置。

"我想起来了，"贝拉米说，"您发现鞋子在椅子后面，可平常不是这样的。上校一向把它放在门旁边的柜子里。上校对待这些日常生活中的细节总是一丝不苟的。"

布里克利暗自兴奋。他的——他和斯特雷奇威先生的看法又得到了进一步的证实。他指着桌子，问道："奥布莱恩先生不怎么整理这些纸张啊？"

"啊，他就这样散放着不管。有天，我曾经想整理一下，老天爷，他把我好一顿骂，好一场听觉盛宴。'走开，别动那个桌子，你个——崽子，'他说道，'我这是乱中有序。'现在好像还能听到他说，'如果再动这些东西，绝饶不了你！'呵呵，就像名言警句一样。"

"所以你看不出来这上面的东西有人动过没有，是吗？"

阿瑟·贝拉米在桌边站了一会儿，手摸着自己的方下巴，"呃，"他说道，"这个，这个是怎么回事？上校过去总把信在那儿堆成一堆，那个写着'信件'的盒子却是用来放草稿纸之类的东西。现在所有的信都放进了盒子里，稿纸却堆在外面。"

阿瑟没有发现别的异常情况，警司很满意，让他先回去。走之前，阿瑟哑着嗓子低声说："斯特雷奇威先生和您要是抓住了凶手，给我五分钟的时间单独和凶手在一起，就要五分钟，非官方的那种。您可以告诉法官那家伙是想逃跑,然后撞着货车了,兄弟,讲点儿交情啊！"

阿瑟使了个眼色，看起来像一头马上要发疯的犀牛，然后走掉了。布里克利又翻找了半个小时，但一无所获，没有遗嘱，也没有图纸或方案。这时增援到了。他派一个人去村子里旁敲侧击地问问，昨天晚上有没有人来过这个花园，最近有没有看到有陌生人来过这个地方。他并不期望能有什么新发现，但排除各种可能性是警察分内的工作。他让另一个人守着木屋，第三个人把博尔特换下来，好让他跟着警司一起去主屋。

奈杰尔·斯特雷奇威在心里又把前因后果捋了一遍,一抬头发现自己差点儿走到姑父家里。柴特谷塔庄园是典型的英格兰式建筑,其建筑风格,还有那毫无逻辑性可言的名字都彰显了这一点。一代又一代马林沃斯家族的成员在建筑师的教唆、帮助下,不断发挥自己的奇思妙想,毫无章法地把各种风格的建筑混在一起,有栏杆、穹顶、扶壁、城垛,还有各种哥特式和洛可可式的点缀,让人眼花缭乱。这个庄园唯一没有体现的建筑风格,不消说,就是塔。尽管如此,奈杰尔不得不承认,就像一个曾经放荡不羁的没落贵族,庄园还是展现了一种不同寻常的恢弘大气、机智与魅力。

按过门铃之后,他被请进大厅。大厅其实挺大的,但客厅四壁挂满了鹿头,像是在齐刷刷瞪着人看,给人一种强烈的幽闭恐怖之感。鹿头给人的那种傲慢感觉,在管家身上体现得也很充分,说实话,如果配上破败的毛和两只犄角,他的头也能和其他鹿头一起挂到墙上,不会有丝毫违和。庞森比管家先是表示,欢迎斯特雷奇威先生再次光临,又以极为官方的口吻期望有个好天气,接着像一只上了油的曲轴,优雅无声地走向起居室。奈杰尔此时的感觉就像一个在喜马拉雅群山里迷路的地质学家,正饥肠辘辘、心烦气躁,很有可能会冲到山坡上,拿起小锤向大山发起徒劳的进攻。他突然有个疯狂的想法,想给管家一锤子,看看能不能激发出他作为人的天性。他抓住管家的胳膊,悲伤低语:"达沃尔庄园出大事了,庞森比,奥布莱恩先生中枪了。他死了。我们正在考虑最恶劣的情况。"管家的情绪略有变化,但这种变化还不如地质学家拿锤子敲击喜马拉雅山脉引发的变化剧烈："是吗！真让人难过，您一定想跟勋爵通报这一噩耗吧。"

奈杰尔放弃了。他在起居室找到姑父，告诉他这一噩耗。马林沃斯勋爵大瞪着双眼，说不出话来，"上帝保佑，"他终于叫了出来，"死了，你说？枪杀？可怜的小伙子，可怜的小伙子。真是个悲剧。想想就在昨晚，他还坐在宴会桌的首席，谈笑风生。俗话说得好，暴力引发暴力。他这暴力、多彩、冒险的一生啊——对这一生而言，任何别的死法都是扫兴的结局。伊丽莎白会非常难过的，她很喜欢这个年轻人。我称他为'最后的伊丽莎白时代的人'，自我感觉描述得很准确。也刚好和他另一个身份完美结合，我想是爱尔兰皇室奥布莱恩家族成员，你知道——"

短暂的惊慌失措之后，马林沃斯勋爵镇定下来，开始着手写讣闻。午餐的时候，马林沃斯夫人也知道了这个消息，虽然起初大吃一惊，但和她看起来纤巧、精致、脆弱的外表大为不同的是，她很快恢复了镇定，表现得很务实："我得过去看看那个善良的姑娘卡文迪什，如果她还有心情见人的话。但我估计她会很崩溃。"

奈杰尔忍不住在心里偷笑，那么一个坚强的探险家会"崩溃"？

"为什么她会特别难过呢？"奈杰尔好奇地问道。

马林沃斯夫人点着他，食指轻摇，纤细的手指上戴着宝石戒指。

"唉，你们男人啊，你们男人！你们从来不注意这些事。尽管我老了，至少还能看出来一个姑娘是不是陷入热恋。那么魅力四射的一个姑娘，称不上美人，或许行为方式还有一些离经叛道，带着鹦鹉参加宴会，确实不够——但是，时代不同，风俗不同，一个年轻姑娘，天天行走于蛮荒之地，得给她点儿宽容。我年轻那会儿，确实不鼓励这种行为。我说到哪儿了？哦，是的，这个姑娘爱上了可怜的奥布莱恩先生。本来是天造地设的一对儿，但他居然就这样让人把他杀了，真是太不省心、太欠考虑啦，那个可怜的姑娘估计心都碎了。"

"伊丽莎白一直以来都乐意当媒人。是不是呀，亲爱的？"

"我说，姑姑，"奈杰尔问道，"您刚才说'让人把他杀了'是什么意思？法医说他无疑是自杀啊。"

"那他就是个傻子，"老太太激动起来，"我从来没听过这种可怕的胡言乱语。这是个意外，就像赫伯特不会自杀一样，奥布莱恩先生也绝不会自杀。"

赫伯特先是吃了一惊，之后洋洋自得地捋着自己的小胡子。马林沃斯夫人接着说道："下午我会去拜访卡文迪什小姐。还需要我做什么吗，奈杰尔？"

"是的，是的，昨天晚上您在宴会上说，原来好像见过奥布莱恩，或者见过一个和他长得很像的人。我想让您好好回忆一下，是在哪儿见的。这一点非常重要。"

"好的，奈杰尔，我会好好想想。但我不想让他因此陷入流言蜚语，这可不行，你得答应我。"

奈杰尔答应了。但事实上，流言蜚语已经满天飞了，只是这位太太还一无所知罢了。

奈杰尔这边聆听着姑父的葬礼演说，警司那边开始又一轮对客人的问询。警司看到司达林和露西拉待在客厅里，露西拉很神奇地不知从哪儿弄了一套衣服，让人感觉像是寡妇的丧服，同时还带着股招蜂引蝶的劲儿。司达林，坐在壁炉的另一边，看着不施粉黛的露西拉，不得不承认，这妞儿确实有几分姿色，看起来也着实悲伤，宛如深爱丈夫的好妻子。当然，也不是完全不施粉黛，小个子教授不怀好意地思忖，露西拉眼睛下方那两处黑眼袋，估计不是悲伤所致，极有可能是故意为之。警司问他们两个："你们谁听说死者曾经留下过一份遗嘱吗？有人告诉我，他所有的私人文件都在小木屋里，可是我在那儿没找到。"

露西拉站起来，身姿如雕塑般优雅，圆润的胳膊遮住双眼："为什么还要来折磨我呢？我关心遗嘱做什么？又不能把费格斯还给我。"她用一种低沉、喑哑、痛苦的声调说道。

"别装了，露西，"司达林尖刻地说，"是警司想找到遗嘱，又不是你。话说回来，为什么你不想找到遗嘱呢，虽然遗嘱不会把费格斯还给你，但说不定会给你一笔不义之财呢！"

"你这个卑鄙的小侏儒！"她破口还击，"这世上有比金钱更重要的东西，当然，你根本理解不了这些。"

司达林气得满脸通红："哦，天哪，别再演了，好姑娘！你在舞台上就没有成功过，现在想复出，也太老了！"

露西拉看起来要动手似的，布里克利赶紧调停，安抚道："好了，好了，我们都有些过度紧张了，我想，司达林先生，你对遗嘱一无所知吧？"

"你说对了。"小个子教授气哼哼地说完,转身上楼了。看到爱德华和乔治娅兄妹从外面散步回来,布里克利抛出了同样的问题。爱德华表示从未听说过这个遗嘱,乔治娅想了一会儿,说道:"我不知道他把遗嘱放到哪儿了,但他确实和我说过,给我留了一些钱。"

"为什么不问问他的律师?"哥哥问道。

"时候到了我们自然会与他的律师联系的,先生。"

卡文迪什看着布里克利,有些不解,布里克利连忙接着发问:"你们知道死者有什么可以联系的亲戚吗?"

"我不太清楚。他从来没有和我们中的任何人提过他的亲戚,只听他说过,他父母已经去世挺久了。哦,好像听他说起过一次,他有个表亲住在格罗斯特郡。"

过了几分钟,诺特-斯洛曼也回来了,警司在花园碰见他。"开卡文迪什的车出去兜兜风,"他主动交代行程,"吹散阴郁之气,又在村子里停下来喝了几杯,蜂巢酒吧不错,我强烈推荐。"

布里克利说:"想问问您知不知道奥布莱恩遗嘱的事儿,我们没找到那份遗嘱。"

"不,我不知道,怎么了?"

"啊,先生,是这样的,您是死者的朋友,我想,您说不定见证过它的存在。"

"说到这儿,你想知道什么?"诺特-斯洛曼问道,眼神警惕而冷漠,"你以为我想隐瞒什么吗?就因为——让我告诉你——"

"哦,不,先生,当然不,就是个例行询问。"

即使如此，诺特-斯洛曼还是气冲冲地走了，同时一副若有所思的样子。布里克利气恼自己居然犯了这种策略错误。对遗嘱公证人的询问，会引发各种猜想和流言，一旦流传开来，会给人一种印象，警方并不完全认可自杀的说法。

午饭后，奈杰尔回到庄园，找到菲利普·司达林，后者正在写一篇檄文，揭露《皮提亚颂》编辑的无能，奈杰尔让他先停笔，把他拉到自己房间。

"听着，菲利普，我必须了解这些客人的方方面面，您可能知道一些，跟我说说。作为回报，我会给您独家新闻，这个信息目前还是保密的。首先，我还想问您一个问题，您和露西拉之间是怎么回事？"

司达林原本一脸的愤世嫉俗、高傲自大，看上去还挺吸引人，听到最后这个提问，立马垮下脸来，眼睛望向别处，轻描淡写地说："我喜欢性感金发美女，可露西拉不喜欢小个子男人。"

司达林的口气似乎没什么变化，和原来讲那些八卦丑闻时一样，但奈杰尔知道，他现在很严肃。

"懂了。"他说，"我很抱歉。不过，我也不觉得您有什么损失啊。"

"哦，上帝，当然没有，她就是个婊子，世界上最不要脸的自欺欺人的婊子。看看她现在的表演吧，就像战地英雄的遗孀走在送葬队伍里。既然无法让奥布莱恩在现实中和她结婚，就要在天堂办个婚礼。天哪，真让我恶心！"

"奥布莱恩会不会给她留一笔钱呢？"

"或许可能。她抓他抓得很紧，在掘金这一行，她可是个老手。

布里克利和你都对遗嘱特别上心,到底怎么回事?"

"奥布莱恩是被人杀害的。"奈杰尔点了根烟,故作轻松地说道。

菲利普·司达林吹了一声长长的口哨,最后说道:"好吧,你早知道了吧。"

"如果您把这个消息传出去,就会有第二起谋杀,"奈杰尔笑着说,"现在再多说点露西拉的事。"

"几年前,她来到牛津,在保留剧目轮演公司做演员。演得很蹩脚,但她床上功夫很好,成功补偿了在舞台上的失败。学监们快被逼疯了,不得不设法让她离开那里。她的脸蛋让很多学生破了产。"

"然后呢?"

"然后她去了伦敦,没什么正经事儿干,但有很多金主,卡文迪什就是最后一个。后来为了奥布莱恩,她把卡文迪什甩了。这个卑鄙小人,对别人的资金状况非常敏感。你知道,今年卡文迪什的财务状况很糟糕。我不确定她是不是真的爱上了奥布莱恩,这是她第一次主动追求男人,肯定不讨厌吧。奥布莱恩对她还算不错,但她也开始意识到相较于以前的金主,奥布莱恩给不了她更多。露西拉居然成了被抛弃的一方,这实在是有趣,不过,她不会甘心失败的,或者——"

"停,停,停!"奈杰尔喊道,两只手捂着耳朵,假装厌烦,"我一次只能处理一条线索,您已经给了我三条线索。爱德华·卡文迪什可能会谋杀奥布莱恩,因为:首先,奥布莱恩抢了他的姑娘;其次,他觊觎奥布莱恩的财产,或者姑娘、财产都想要。露西拉可能杀了奥布莱恩,一个上当受骗的姑娘什么都干得出来。您干脆告诉我,乔治娅是奥布莱恩被抛弃的情妇，而诺特－斯洛曼是个特务，那就完美地把所有人一网打尽了。哦，还忘了格兰特太太，她的动机应该是宗教狂热。"

"我呢？就这样被排除在外，实在很丢脸啊。我一直感觉自己具有杀手的潜质。训练有素的大脑能够应对现实生活中的各种问题，你知道的。"司达林的表情既任性又幼稚，但他的眼神依然犀利，看起来就像一个成人版的天才儿童。

"我会把您列在嫌疑人名单首位的，菲利普，只是我实在想不出您能有什么动机。"

"是的。亲爱的奈杰尔，假如我想谋杀这里的人的话，那应该是诺特－斯洛曼。一个卑鄙小人。战时是个头头，现在经营着一家破店。我绝不相信还有比他更恶心的人。他痴迷奇闻异事，一日三餐之外还要吃一堆坚果。估计但丁都要专门给他定制一层地狱，哼！"

"他的破店在哪儿？"

"伦敦附近，大概肯辛顿那一片儿吧。豪华气派，很受欢迎。他很擅长这种事。私底下对女人动手动脚，打情骂俏，表面上又装得衣冠楚楚，人模狗样。"

"我很好奇，奥布莱恩怎么会认识他的？"

"就知道你会问的，老伙计，可能是敲诈。有行家怀疑斯洛曼和露西合伙干这一行。他以敲诈勒索出名。"

"啊，"奈杰尔语带讽刺，"我就等着故事朝这个方向发展呢。现在轮到乔治娅了，给她安排一个完美、劲爆的动机，我会欣喜万分的。"

"不，不。我热衷于打听各种丑闻，这一点无人能及。不过，乔治娅是个好姑娘。女人的所有美德她都有：虽不漂亮但很迷人，有点儿离经叛道但并不古怪，聪明机智，厨艺高超，理性与感性兼而有之，忠诚守信，博古通今，我听说，她从狃狳到骆驼无所不知。"

"的确完美，除了不是一个性感金发美女。"奈杰尔开玩笑。

"如你所说，确实如此。我并非不想破例去追她，只是她已经名花有主了。奥布莱恩，你知道的，他很喜欢这个姑娘。她也深爱他，对别人根本不屑一顾。很奇怪他们为什么没有结婚。"

"你说她很忠诚，就是指这个吗？"

"对她哥哥也很忠诚。他哥哥比她大十岁，但她照顾他就像照顾自己的独生子。我唯一一次见她在宴会上惊慌失措，是她哥哥晕倒了，当时她那样子就像世界末日来临一样。是的，上帝才知道为啥她这么宠爱爱德华，他就像个体面的老小孩，能力有限。"

"我想他还是有一定头脑的。"

"是的，尤其在金融方面，足以使他暴富，但却不足以守住这些财产。这几年乔治娅都得把心思用在他身上。这小子已经快崩溃了，这一早上都拉长着脸，两手抖个不停，让人看了很不舒服。唉，在牛津工作已经够让人发狂的，可与证券交易所比起来，牛津就是安乐乡啊。"

"其他人的反应呢？"

"嗯，露西拉摆着各种适合在葬礼做的姿势：悲剧与闹剧相伴——失独的鸟儿为她的爱人而哀悼[①]，'失独'是礼貌用法，'鸟儿'指向妓

---

① 英国诗人雪莱长诗《查理一世》中的一句。

女身份。我相信,这妞儿肯定在为什么事儿难过,要是表演,她可演不了这么好。诺特-斯洛曼,谢天谢地,他大部分时间都不在主屋,就算在屋里,也很少说话——现在的气氛不适合一个拈花惹草、夸夸其谈的人。可怜的乔治娅来回游荡,看起来就像一个无所适从、无能为力的游魂。我实在不忍心看她这样,简直想让人大哭一场。这姑娘尽管自己悲伤难捱,仍是大家的主心骨:像个天使一样照顾爱德华的一切,像训练有素的护士一样照顾露西拉。照顾露西拉一定特别辛苦,想想她一直不断地哭哭啼啼,哀叹自己的英雄死了,自己的心碎了,根本没想过乔治娅的痛苦要百倍于她。"小个子教授气呼呼地控诉着。

"是的,"奈杰尔附和,"真正的心碎绝不会广而告之。"

"爱是不自夸。"

"也是不张狂。"[①] 奈杰尔接着说,"不过,有时候可以玩玩寻章摘句的游戏,有时候还是不要玩了吧。菲利普,我们现在还是不要再引用《圣经》为好,用您训练有素的脑袋解决一下实际问题吧。您动脑筋想想,50码的距离,一英寸厚的雪,一个人如何能走过这么长的距离而没有留下任何痕迹呢?"

"意念,老伙计,是意念。悬浮术。这人是个瑜伽术士什么的。不过很有可能使用了高跷。"

"高跷?"奈杰尔有点儿兴奋,"不,不对。高跷也会留下痕迹的。布里克利全面排查过,如果是高跷的话,他肯定会发现的。现在我在想,

---

① 这两句对话出自《新约圣经》的《哥林多前书》。

雪鞋[①]留下的印迹是什么样的。不论用了什么,都会留下可见的印迹。一定是什么简单到荒唐的玩意儿。"

"如果你给我足够的语境,我理解的难度就会小很多,"司达林学究气十足地说,"那儿还是有一行排列规整的脚印的吧。"

"可惜行走的方向不对。除非凶手突然发现自己穿过魔镜进入到了另一个虚幻世界,为了实施自己的计划,不得不从主屋再走过去。"

菲利普·司达林又生气又无奈:"哎呀,从某种意义上来说,他就是这么做的。你的希腊语作文,奈杰尔,尽管通常写得还不错,不足在铺陈太多,刻意去表现风格,反而会犯很低级的错误。盲点,所谓的——"

"哦,上帝,"奈杰尔打断菲利普的话,"没想到还要再听您上课。"

司达林不为所动:"要不是因为你小时候不好好听讲,在牛津的时候光顾着在小酒馆喝咖啡虚度光阴,就会想起来赫拉克勒斯的冒险,比如,卡库斯和他的公牛的故事。"

奈杰尔把脸埋在双手里,痛苦地呻吟:"我还不如去养兔子算了。"

"卡库斯,"教授不带感情地接着往下说,"每一个学生都知道他偷公牛的故事。赫拉克勒斯,古希腊时代的侦探德拉蒙德[②],奉命去找回这些公牛。卡库斯虽然长得魁梧出奇,心思却十分缜密,拽着公牛尾巴,把它们倒着拖进洞穴里。赫拉克勒斯,按照习惯思维,以为公

[①] 可固定在鞋上,是用于雪地行走的鞋具。

[②] 英国作家萨珀(Sapper, 1888-1937)的小说《猎犬大侦探德拉蒙德》中的侦探角色。

牛是往外走的。他有时候和德拉蒙德确实很像，都那么狡诈、愚蠢、贪婪、残酷、傲慢，毫无幽默感可言。"

"好了，好了，不要再戳我的痛处了。我承认我犯了最愚蠢的错误。不过，这让问题更加复杂了。假设这人是倒着回到主屋的，这就可以解释为什么脚印的脚趾部分的痕迹要比脚后跟部分深一些，同时由于没有其他痕迹，他一定是在雪下大之前出去的，也就是大约12点5分到12点半之间。嗯，如果这人知道我们发现了他的诡计，会发疯的。"

他们又接着讨论了将近一个小时，直到夜幕开始降临，黄油吐司的画面在脑海若隐若现。司达林开口道："奈杰尔，我觉得你应该注意到，在宴会上奥布莱恩——"

突然楼下一阵嘈杂声打断了他。一个女人在捂着嘴尖叫，有快速跑动的声音，长时间的沉默，接着有人大叫："斯特雷奇威先生，斯特雷奇威先生！"有人咚咚跑上楼来。奥布莱恩在宴会上说的不会又重演了吧。奈杰尔打开门，博尔特在门外，因激动而满脸通红。

"警司找您，侦探先生，"他慌慌张张地说，"格兰特太太在储藏室发现他的——她本来要去那儿拿喝茶的点心——他的头盖骨几乎都裂开了。太可怕了，先生。"

"上帝啊，警司被袭击了？没死吧？"

"您误会我的意思了，侦探先生，不是警司，是奥布莱恩先生的人，他叫什么来着？啊，贝拉米，对，是贝拉米，正躺在血泊里！"

第七章

告密者的故事

没想到阿瑟·贝拉米这么快就以这种方式与凶手见面了。但他对见面过程所知甚少,因为凶手是从他身后发动袭击的,就在连接主屋和厨房、洗涤室的过道里。过道很黑,即使再早几个小时,天还不黑,他也看不清袭击者的长相。过道连着主屋的那一端有个弹簧门,把主屋和用人的活动场所区分开。血迹集中在弹簧门另一端的石砖地上,然后沿着过道一直到储藏室的门口都是血污。没人试图清理这些血污,储藏室门前那一大摊血还没有干。布里克利警司很快还原了事情的经过:袭击者要么尾随贝拉米进入通往厨房的过道,要么就藏在弹簧门的后面准备袭击，后者的可能性更大。他不知用什么东西敲了贝拉米一下，这个凶器目前还没找到；敲晕之后，就拽着他的脚——如果拖拽身子的话会把血沾到自己身上——把他拖进储藏室，扔到地上，关上了门；袭击者估计还为自己这么干净利落的办事效率而洋洋自得。警司知道贝拉米是被拖拽过去而不是被搬过去的，因为过道地板上一道拖拽的血迹清晰可见。

可惜，目前警司也就知道这么多了。本以为格兰特太太会知道点儿什么，可是人家当时在卧室睡午觉，而且清楚地表示，她一向在该睡觉的时候睡觉。奈杰尔怀疑，就算是最后审判的喇叭吹响，也不能让她少睡一会儿。她似乎并不太关心贝拉米的死活，更关心现场的一片狼藉。目前形势很不明朗，而且不知什么时候能明朗起来。发现贝拉米的时候，他还有呼吸，被紧急喊来的当地医生说，有救活的可能。警司为安全考虑，想送贝拉米去医院，但医生表示，依贝拉米目前的状况，不适合运送那么远的距离。经过一番争论，布里克利做出让步，决定把贝拉米抬回他自己的房间，由警员把在门口，除了警司、医生和马上派过来的专业护士，谁也不能进。

布里克利派了一些警员去搜查厨房、房屋外围，自己引导着宾客们去餐厅，准备调查询问。他首先问宾客们是否同意搜查他们的卧室，接着表示他会去申请搜查证，但这种情况下时间紧急，想来宾客们也没什么东西要隐藏的，等等。几个小时前，在木屋和奈杰尔讨论的时候，布里克利还表现得和蔼可亲、懵懵懂懂，现在却完全换了一个人。脱离具体行动的思考对他而言没什么意义，但现在不同，一切行动步骤尽在掌握,他思路清晰,朝着明确的目标心无旁骛地开展工作。开始询问前,奈杰尔和他聊了几句:"嗯,现在看来形势明朗了一点儿。"

"是的,侦探先生。早上我居然表现出对遗嘱感兴趣,现在想来着实愚蠢。不过,这也让那个人跳了出来,没想到他这么快就采取行动,真希望贝拉米能挺过来。"

"您是说,这表明贝拉米是见证遗嘱的两个公证人之一吗?"

"是的,先生。如果他是公证人,他就会知道另一个公证人是谁,也可能会知道遗嘱的内容。凶手拿走了遗嘱,正是因为知道遗嘱的内容会显露他的作案动机,而这对他极为不利。"

"如何从保险箱里把遗嘱拿出来的呢?"奈杰尔插话道。

"他一定知道密码,先生。这意味着,凶手一定是奥布莱恩先生的好朋友,这样的推断和我们前面的推断是一致的。"

"唔,这个推理并非无懈可击,不过您先接着往下说。"

"好的,假如杀人犯不想让这份遗嘱的内容泄露出去,"在他说"这份"的时候,奈杰尔突然像是明白了什么似的使劲点着头,"或许,试图除掉贝拉米便是显而易见的事了。既然他知道贝拉米是公证人之一,那他就是另外一个了。"

"并不一定如此。我们必须明白,遗嘱公证人是无法从遗嘱获利的,所以,如果凶手是为了遗嘱里的钱而实施谋杀,那他就不会是公证人。"

"嗯,如果杀人犯不是公证人之一,但知道谁是——如果他不知道,也就没必要杀贝拉米了——那另一个公证人很快也会有危险的,我们得看紧点儿啊。"

"上帝啊，是的，我们必须睁大双眼。也有可能第二个公证人和杀人犯是一伙的。"

"杀人这个事很少有共谋的，先生，像杀人这种秘密行动，很少有人会信任别人。"

"麦克白和他的妻子，汤普森和她的情人①。一旦牵涉了情爱，同谋的事就多了。而且这场宴会也牵扯了太多和情爱相关的事情。"

布里克利走进餐厅准备再次询问那些客人，脑海里还萦绕着奈杰尔提出的邪恶无比的假设。尽管脑子里翻天覆地，他枣红色的朴实面庞上却是波澜不惊。没人对搜查自己的卧室提出反对意见。布里克利安排警员开始搜查，之后和奈杰尔、博尔特一起来到小书房，留一个警员在餐厅门口喊人，同时让其留意客厅里客人之间的谈话。格兰特太太已经作证，直到下午2点半左右贝拉米都在厨房附近，之后她就停工去睡午觉了。菲利普·司达林也被排除在外，从下午2点20分开始直到有警情发生，司达林都和奈杰尔在楼上谈话，所以没有嫌疑。他自己反复声明不知道遗嘱的事，也不认识奥布莱恩的律师。

接着传唤的是露西拉·斯瑞尔。她身姿摇曳地走了进来，走到桌子另一头，像个女王一样落座到为她准备的椅子上。博尔特的倾慕之情溢于言表。奈杰尔感觉，就连警司自己也精神一振。对于这种默默的仰慕之情，露西拉表现得很矜持，只是微微扬起了头，唇边、眼角

---

① 在莎士比亚悲剧《麦克白》中，麦克白和妻子合谋杀死了苏格兰国王后篡位。汤普森和情人是现实中的人，1922年，两人合谋杀死了后者的丈夫，1923年均被处死刑。

隐隐透着骄傲，是漂亮女人对待仰慕者的一贯表现。布里克利捋了捋自己细高跟鞋跟一样的小胡子，又整了整领带。他首先问了问年龄、职业等基本信息，然后，"吭吭"咳嗽几声，开始步入正题。

"斯瑞尔小姐，我想您不会介意再回答一些别的问题。博尔特（博尔特赶紧挺了挺已经很直的身体）会全程记录，之后会请您查阅证词，如果无误，还请您在证词上面签字。"

露西拉优雅地点了点头。

"首先，斯瑞尔小姐，请您详细说一下，您今天早上提到的有关奥布莱恩先生遗嘱的事吧。"

"详细说？怎么详细？"她问道，话语冷淡、沙哑，还带着一点儿傲慢，"费格斯——奥布莱恩先生——从来没有向我提起过他的遗嘱。"

"换一种方式说，您认为您会是遗嘱的受益人吗？"

"有可能。"露西拉一副漠不关心的样子。

警司有些恼火，身子前倾，接着问道："您与被害人是什么关系？"

露西拉的脸一下子就红了，高傲地仰起头，盯着布里克利，像是要看穿他，她回答："我是他的情人。"

一声压抑不住的低呼，好像是"我的天啊"，声音来自博尔特。

"嗯，这样啊，是这样。好吧，回到昨天的场景，女士，您上床休息之后没有听到可疑的声响吧？"

"我一上床就睡着了，有什么可疑的声响吗？"

奈杰尔把烟掐灭，平声静气地对警司说："我想斯瑞尔小姐还不知道奥布莱恩是被谋杀的。"

露西拉双手捂着嘴，倒抽了口气，苍白的小脸看起来更加苍白，似乎还皱到了一起。

"谋杀？哦，上帝啊！费格斯——是谁杀了他？"

"我们还不知道。或许您可以和我们说说，他是不是有什么仇敌。"

"仇敌？"露西拉垂下眼睑，长长的眼睫毛也跟着落下，原本优雅平静的姿态似乎也变得僵硬，"这样的男人总会有仇敌的，我也只能说这么多。"

布里克利停了一会儿，又轻快地说："按照程序，现在还要请您详细讲讲您下午的全部活动。"

"我在客厅待到 3 点，然后上楼休息，直到听到楼下的嘈杂声才下来。太可怕了，太可怕了！这栋房子里没有一个人是安全的！谁会是下一个？"

"别担心，女士，一切都在我们掌握之中。都有谁和您一起待在客厅里呢？"

"午饭后，卡文迪什小姐和我一起待了一会儿。在我上楼之前大约 15 分钟，她出去了，我不知道去哪儿了。"露西拉冷冷地说，"我想，诺特-斯洛曼先生曾进来看过一眼，是的，大约在 2 点 50 分左右，他进来对表。"

"好的，还有一个问题，斯瑞尔小姐，希望您能理解，这是例行的交叉询问。您能否证明，从下午 3 点（他看了一眼记录本）到听到有人报警的叫喊声，您一直都待在卧室里？"

"不，我不能，"她说得又快又决绝，太快了一点儿，像是已经预见到这个问题，提前想好了答案，"我没有证人证明我全部的行踪。"

"这是我们的损失。"奈杰尔故作殷勤地低语。露西拉冷冷看了他一眼，拂袖而去。第二个进来的是诺特－斯洛曼，吸着雪茄，心情不错，脸上的殷勤讨好之态就像在欢迎进他店里的客人。

"哎呀呀，"他搓着手开口道，"这就是问询喽，没我想得那么可怕。这可是我们在前线的时候最讨厌的事儿。"

他自我介绍叫西里尔·诺特－斯洛曼，51岁（"但，一个男人认为自己多大，他就多大，不是吗"），单身，菲兹与弗洛里克俱乐部的老板，就在肯辛顿附近。他对奥布莱恩的遗嘱一无所知。也没想过自己会是继承人（"我打赌露西拉会是继承人，她下手快得很，那小娘们"）。当被问到昨天晚上有没有听到什么声响的时候，他紧盯着布里克利，说道："啊，我也是这么想的。今天早上你就露馅了，警司，你认为奥布莱恩不是自杀，对吧？嗯，我也认为不是自杀。他才不会选这么容易的路走呢，可怜的老拖鞋！真无法想象他归西了，他人很好。我希望能帮到你们，但我整晚都睡得死死的。"

"您能想想为什么会有人要杀奥布莱恩吗？他是那种四处树敌的人吗？"

"任何人得了一大笔钱都有可能会干坏事。该死，不该说这些，听起来好像我在影射露西拉。当然是无稽之谈，那姑娘连一只蚂蚁也捏不死，就当我没说好了。我想不出来有谁会想杀了他，每个人都喜欢他，不由自主那种。不过，上一次见他的时候，觉得他有点儿怪怪的。"

"在哪儿见的？"

"在法国。1918年后就没再见过他。去年夏天的一个晚上，他突然和露西拉一起来我的俱乐部。"

"很好，先生，现在，您能不能讲讲从今天午饭时间开始，您都干了些什么？"

诺特－斯洛曼眯起眼睛："很难回忆起来每一件事，你知道，不过，我试试。午饭后我和卡文迪什打了一会儿桌球，大约从2点打到3点多。"

"那段时间你们两个一直都在桌球室，是吗？"

"当然，必须得时时提防对方在分数上搞鬼啊。"诺特－斯洛曼嬉皮笑脸地说道。

"那可能是斯瑞尔小姐搞错了，她说你在2点50分左右去过客厅。"

诺特－斯洛曼稍微迟疑了一下，不好意思地笑了起来，露出一口足以打广告的白牙："是的，我真是笨呢，就说很难记住每一件事吧。我去客厅对了下表，因为我需要写几封信，不想错过下午的邮寄时间。看到时间不早了，就不打球了，来这里写信，写完就带着信去村里邮寄，直到你们发现可怜的贝拉米之后才回来。他怎么样了？希望已经苏醒了。"

警司说，贝拉米还是有康复可能的，接着问诺特－斯洛曼，他在书房写信的时候，书房里还有没有其他人。

"有，卡文迪什小姐也在书房，也在奋笔疾书。"

布里克利正打算让诺特－斯洛曼离开，奈杰尔原本一直躬身坐在椅子里，不置可否地看着地面，此时却像突然醒过来一样，开口问道："您说战争期间就认识奥布莱恩，您也在皇家空军服役吗？"

诺特-斯洛曼傲慢地看了一眼奈杰尔:"侦探里也有先知吗?好吧,好奇无处不在。如果你想知道的话,我就告诉你。1916年以前我一直都是飞行员,然后去了参谋部,1917年夏天,我做了奥布莱恩所在部队的指挥官,在那里遇到了奥布莱恩。现在满意了吗?"

"奥布莱恩所在的那个队里还有没有活下来的人,你能提供他们的姓名和地址吗?"奈杰尔不紧不慢接着提问。

诺特-斯洛曼倒是吃了一惊:"让我想想,安斯特鲁斯,格力乌斯,费尔,马克里瑞,哎呀,他们都死了!啊,有一个,吉米·霍普。我记得上次听说,他就住在这附近,在布里吉维斯特乡下的一个养鸡场,好像是一个叫斯特恩顿的地方。"

"谢谢。您对飞机发动机感兴趣吗?"

诺特-斯洛曼傲慢地打量着奈杰尔:"不太感兴趣,你感兴趣吗?"接着转向布里克利说,"可能还要等你的助手问完之后,我才能走吧。"

布里克利以目光询问奈杰尔,后者怒气冲冲地说:"行吧。如果先生感兴趣,明天我们再来一遍!"

诺特-斯洛曼瞪了他一眼,走了。布里克利抬眼看了看奈杰尔,刚想说点儿什么,进来一个警员报告说:在焚化炉里发现一根拨火棍,目前上面没有任何痕迹表明这就是袭击贝拉米的工具。但格兰特太太指天发誓,午餐时她曾用它通过炉灶,并咬牙切齿地,即使像奈莉这样的懒婆娘也不会把拨火棍放到焚化炉里。奈莉不在现场,她一般清洗完午饭的餐具后就回家了。布里克利立刻安排人把她叫回来。

"焚化炉在洗涤室里,"布里克利说,"到底是谁会去厨房拿一根拨火棍,用完再穿过厨房把它藏到焚化炉里呢?他可真幸运,格兰特太太当时正好在楼上睡午觉。她肯定睡得很死,没错,整个过程都在死睡。"

"如果她确实是在睡觉的话。"奈杰尔以一种让人毛骨悚然的口吻说。

警司吓了一跳,默想了一会儿,笑起来:"不,先生,你不能这样开玩笑的,格兰特太太可能是个老——但她不会去杀人,也不会拿拨火棍打人的,我敢拿我的养老金打赌。"

"我们还是继续吧,下一个,卡文迪什小姐。"

布里克利开始问乔治娅问题,奈杰尔则在一旁偷偷观察她。他感觉,菲利普·司达林对乔治娅的形容十分准确。一天前,那双眼睛还洋溢着幸福、喜悦、动人的神采,现在则满是悲伤,困惑,绝望。她拖着步子走来,像是浑身都受了伤,但仍展现出钢铁般的意志和不屈服的精神。

"是的,"她开始回答布里克利的提问,"费格斯确实和我说过,要给我留一些钱,其实我不缺钱,只是我们曾经开玩笑说,如果他死了,我还怎么筹足够的钱去亚特兰蒂斯[①]。他病得很厉害,你知道,没想到——"

她开始哽咽,又强迫自己停下来。奈杰尔心想,估计乔治娅现在唯一想探险的地方,就是奥布莱恩去的地方。

乔治娅对遗嘱一事只知道这么多。当得知奥布莱恩是被谋杀的,

---

① 传说中已经沉落的神秘岛国,据说位于欧洲到直布罗陀海峡附近的大西洋里。

她沉默了一会儿，说："是的。"说完之后身子剧烈颤抖，像是终于接受了早有预料的一击。接着她攥起拳头边敲击桌面，边喊道："不，谁会谋杀他呢？他没有敌人。只有懦夫和暴徒才会被谋杀。他病得那么厉害，医生说他活不了多久了，为什么不能让他安安静静地走呢？"

布里克利身子向后靠，眼神专注地盯着乔治娅："很抱歉，小姐，但自杀的迹象似乎并不明显。不过，你是他的朋友中唯一没有说他绝不会自杀的人。"

一番发作之后，乔治娅恢复了平静，心不在焉地回答布里克利的提问。她证实露西拉说的不错，吃过午饭她就和露西拉一起待在客厅，直到2点45分，之后她去了书房写信。诺特-斯洛曼3点过一点儿也来到书房，确切的时间她记不住了。她写完信上楼去了，那时诺特-斯洛曼还在书房。她一直待在自己的房间里，直到听到下面的嘈杂声。她没有证人证明这一切。她跑下楼的时候，露西拉跟在她后面。布里克利问完，奈杰尔接着问："卡文迪什小姐，我要问的问题可能不太礼貌，但您是否能告诉我，您和奥布莱恩之间到底有什么纠葛？"

乔治娅盯着奈杰尔看了半天，像是对他进行了一番测试，待测试通过之后，便友好地对着他笑了笑说："我们彼此相爱。自从在非洲相遇之后，我们便相爱了，至少，当时我爱上了他。但直到最近我们才确认彼此的感情。我，我一待确认之后，就想结婚，我喜欢走极端，"她接着说道，嘴角挂着她特有的顽皮笑意，"但费格斯说，医生告诉他，他快死了，他不想拖累我。我觉得那都是托词，但他很坚持，说不想让我成为照顾病人的护士。所以我们只是，只是情人关系。"

"我明白了,"奈杰尔微笑地看着她,语气很严肃,"请原谅我的冒犯,我相信您所说的都是真实的,但您说的和斯瑞尔小姐的证词以及,呃,行为举止有相抵触的地方——"

"确实很难说清,"乔治娅说着,双手紧紧握在一起,塞进两腿之间,"事情是这样的,她是,她曾经是费格斯的情妇,很漂亮的一个姑娘。不过,当费格斯和我,我们知道了彼此的感情,他就想离开她了。有些不合常理,但确实如此。他请她来,一方面就是来和她谈分手的,当然是用很绅士的方式。可显而易见,她并没有明白费格斯的意思,看看她穿着正式的丧服就知道了——不,我怎么能搬弄是非,她也确实爱他,为什么不爱呢?哦,该死!"

乔治娅陷入苦恼之中,布里克利趁机让她离席,并请她叫她哥哥进来。门一关,他就意味深长地看着奈杰尔说:"这让斯瑞尔小姐的处境很难堪,对吧,先生?"

"我们并不能确定奥布莱恩已经正式和她分手了。"奈杰尔回答,但乔治娅的证词无疑为案件指明了调查方向。

爱德华·卡文迪什走进来,还是一脸困惑、受伤的样子,从奈杰尔和他发现尸体以来,他就一直是这个样子。他一屁股坐在椅子上,看起来可不止53岁。警司开始询问他的职业、住址,接着问他,作为奥布莱恩的老朋友,能不能提供一些和谋杀案有关的线索。

"你弄错了,警司,"他说,"我不是奥布莱恩的老朋友,我们今年才认识,是我妹妹介绍我们认识的。"

"好的,先生,那就说是'朋友'吧,我想你们一定很熟悉吧。"

"并不熟,他偶尔会就投资咨询我的意见。他资产丰厚,但我们并不相熟,兴趣也不一致。"

"亚里士多德所谓的'利益之交'。"奈杰尔一面喃喃低语,一面眯缝着眼睛偷偷观察卡文迪什:一张大圆脸,修理得干干净净,脸色有些苍白;无框眼镜后面的眼睛保持着商人惯有的谨慎,但似乎也难掩忧虑不安;前额的皱纹也透着焦虑;头发不多,涂着发油;嘴唇看起来有些性感也带着冷酷。但整体看来,却还是有一种奇怪的孩子气,这无疑激发了妹妹的母性和保护欲。

布里克利开始询问他午饭后的行踪。

"我和诺特‐斯洛曼玩桌球玩到快3点,然后就去花园转了一会儿。"

"路上有没有碰见什么人?"

"不,应该说我没碰见,非常无力的不在场证明,"他试图硬挤出一个笑容来,"大约在4点到4点15分之间我回来的,一个警员告诉了我贝拉米的事。"

"诺特‐斯洛曼先生一直都和你在桌球室玩桌球吗?"

"是的,哦,不,我想起来,他曾经出去对过表,之后过了十分钟,我们就不玩了,是的。"

"就去客厅对了对表,就回来了,对吗?"

"嗯,应该不是,出去了至少五分钟的时间。"

警司不由得吃了一惊,博尔特正在记录的笔也停在半空中。

"你确定吗,先生?"布里克利问,尽可能保持镇定。

"是的,为什么不能确定?"卡文迪什有些困惑地看了看布里克利,接着神色大变,似乎在克制自己不要说太多。他舔了下嘴唇,接着说道:"你看,警司,你能确定这是一场谋杀吗？我想说,就不可能是自杀吗？该死的,我无法相信有人——"

"抱歉,先生,按我们目前掌握的证据,不会是自杀。"

卡文迪什看看布里克利,又看看奈杰尔,双手握紧又松开,像是在权衡什么事,"证据,"他低语,"假如我——"

还不等他透露,一个警员走进来,就像希腊悲剧中的信使一样满脸凶兆,拿给警司一张字条。

"在奥布莱恩卧室发现的,"他低声告诉警司,"被叠起来用做窗户的楔子。"

布里克利看了一眼字条,眼睛立刻瞪大了,打了蜡的小胡子不停地抖动。他拿着字条问卡文迪什:"你能认出这是谁的字迹吗,先生？"

"是的,呃,这是斯瑞尔小姐的字迹,可是——"

"乔治,带斯瑞尔小姐进来。"

警员去请露西拉,奈杰尔趁机凑过来看看字条上写了什么,只见上面用潦草的大字写着:"我今晚必须见你。难以忘怀我们的曾经——等其他人休息之后去木屋见我。求求你,亲爱的,请一定来！露西拉"

露西拉·斯瑞尔趾高气昂地走进来,还在门口停了一下,仿佛在等掌声平息。但这次没有掌声,布里克利站起来把字条拿给她看,厉声问道:"是您写的吗,斯瑞尔小姐？"

她拿手捂着嘴,脸刷地红了。

"不！"她叫起来，"不！不！不！"

"但卡文迪什先生证实是您的笔迹！"

她转向卡文迪什，身体前倾，手指像爪子一样弯曲着。她的声音冷酷、嘶哑，渐渐转为尖利、发狂的叫喊："你证实的，对吗？你想出卖我，是吗？你嫉妒了，我去找了更好的人，不要你了，你就嫉妒了！你这个卑鄙的白脸骗子，假装高贵，你恨费格斯！是你杀了他，我知道是你！我——"

"好了，斯瑞尔小姐，够了，是您写的字条吗？"

"是的，是的，是的！是我写的，我爱他！但我没去木屋，我没有。我告诉你，他不让我去——"

她环顾四周，看到的都是冰冷、怀疑的眼神。

"这是陷害！"她朝着卡文迪什咆哮，"你在陷害我！"继而指着卡文迪什，转向布里克利，"你听不到吗？他在陷害我，是他在下午把字条放到我的房间的，我看见了。"

"不是在您的房间发现的字条，斯瑞尔小姐。如果您的其他证词也像这个一样是虚假的，您的处境会非常尴尬。"

"等等，布里克利，"奈杰尔插进来，"卡文迪什，你今天下午去过斯瑞尔小姐的房间？刚才你可没有提到这一点。"

卡文迪什脸颊通红，像是被露西拉掌掴了一样。尊严和愤怒相互打架，都想争上风。奈杰尔心中不由得浮现出一个被指控监守自盗的典狱官的形象。这个男人开口说话了，愤怒和尊严交织："好吧，就这样吧，既然斯瑞尔小姐选择做这种无理的指控，别怪我不顾她的颜面。我今天下午确实在她的房间里，现在我就来说说为什么会在她的房间里。"

"不，爱德华，求求你，不要，我太难过了，口不择言了！你知道我其实不想这样的。"露西拉结结巴巴地恳求着，但卡文迪什丝毫不为所动。

"当诺特-斯洛曼对完表回到桌球室，他告诉我，露西拉——斯瑞尔小姐——想在她的房间见见我。我们就不玩了，我上楼去找她。斯瑞尔小姐向我提出，要我给她一万英镑，否则她就对警察说，她曾经是我的情妇，她手里有我的信。她说，如果公布了我们的关系，我的公众形象会大打折扣。而且警方正在收集奥布莱恩被谋杀的证据，如果警方知道是奥布莱恩从我手里抢走了她——她是这样说的——就会认为我有充足的理由杀了他。我告诉她，我不习惯被敲诈勒索。她接着发誓，会告诉警方是我杀了奥布莱恩，这样我便可以从遗嘱中获利，同时能让自己摆脱目前的困境，也报了奥布莱恩夺女友之仇。我回答她，如果奥布莱恩是被谋杀的，警方就会深入调查每一位客人的情况，我的财务状况也就瞒不住了。我自然不想让大家知道这件事。这也是为什么我说我出去散步了，而事实上我却在斯瑞尔小姐的房间里。当然，后来我也确实出去走了一会儿。既然斯瑞尔小姐选择公开指责我，我也没有必要再帮她掩饰。我并不想反击，但事已至此，警司，我建议你问问诺特-斯洛曼能从这一万英镑里受益多少！"

第八章

棘手的故事

那天晚上,奈杰尔和布里克利一起驱车去塔维斯顿。当时雪已融化,却起了雾,直到半山腰都是雾蒙蒙的,就像一件羊毛连衫裤——这种毫无浪漫气息的比喻,奈杰尔也就自己在心里想想。路很崎岖,他们一会儿沿山盘旋而上,一会儿又盘旋而下。往上走的时候,穿越雾霭之后便是清澈干净的夜空,但往下走的时候,则到处都是雾气。现在他们正在下坡,感觉一头扎进雾霭之中,除了汽车引擎盖,什么也看不见。开车的警员在雾里穿行,完全就是在冒险,当他终于穿雾而出,自己都忍不住低声欢呼起来。布里克利打算当夜就回去,觉得守在现场更放心一些，但前提是他们能穿过这么重的雾霭，天越晚，雾会越重的。奈杰尔当时想的却是，即使是开天辟地之初的浓雾，也无法和他心中的层层迷雾相提并论。

他们现在所收集到的各种线索，就像黑屋子里一闪而熄的镁条，只会亮瞎了人眼。每一个新的线索都指向一个不同的方向，还不等有什么结论就又断了。奈杰尔第五次强迫自己冷静下来，把整个事件再回顾梳理一遍。露西拉·斯瑞尔否认卡文迪什的指控，她承认午饭后卡文迪什是在她的房间，但两人只是聊了会儿天。即使奈杰尔觉得卧室不是聊天的场所，但也确认不了什么。露西拉强调自己昨晚没有去过木屋，并反复重申这一点，直到歇斯底里，以至于布里克利不得不请乔治娅来把她带走，同时为了防止她逃跑又派了一个人去盯着她。诺特－斯洛曼得知卡文迪什指控他与露西拉合谋敲诈，气得大声咆哮，威胁要采取从人身攻击到法律赔偿等各种行动；待到冷静下来之后，又宽宏大量地表示会忘了这一切，因为老爱德华这几天确实有点儿崩溃。可怜的爱德华却坚持自己的意见，但也给不出明确的证据表明诺特－斯洛曼和露西拉合伙设计了这次敲诈。至于诺特－斯洛曼到底离开了桌球室多长时间，两人的看法也始终不一致。

奈杰尔高速运转的大脑又想起来贝拉米遭袭的事。除了菲利普·司达林，屋里的每一个人都有作案的可能。露西拉可能的作案时间是在2点45分之后——那时乔治娅已经离开客厅，卡文迪什还没来她的房间，但要刨除诺特－斯洛曼来客厅对表的时间（是五分钟吗）；还有一种可能是诺特－斯洛曼和露西拉合伙袭击了贝拉米：前者负责用钝器袭击，后者负责望风。乔治娅无法证明，从3点到发现贝拉米被袭这一时间段她都干了什么。她哥哥有可能趁诺特-斯洛曼出去那一会儿，偷偷溜出台球室，尽管这个可能性不大，因为他并不清楚诺特-斯洛曼什么时候会回来；不过他也可能从露西拉那儿出来之后再发动袭击。诺特-斯洛曼除了可能和露西拉合谋敲诈外，也有可能在乔治娅离开书房之后去袭击贝拉米，袭击完之后再去邮局寄信。综合考虑下来，袭击者是个男人的可能性大。从受伤的部位看，袭击者个子应该挺高，但也并不见得。一个女性拽着贝拉米的脚把他拖进储藏室也不是完全不可能。总之每个人都有嫌疑，包括格兰特太太。

这么多的可能性，但都无法确认。奥布莱恩才租了达沃尔庄园几个月的时间，现在的客人之前都没有来过这里。除了格兰特太太，其他人对这里一无所知。总的来说，女性更有可能了解厨房的布局和格兰特太太的习惯，了解拨火棍和焚化炉在哪儿。话又说回来，如果整件事是提前谋划好的，男人也同样可以提前踩好点。接下来就是袭击的时间问题。奈杰尔设想，袭击者一定是看着贝拉米从厨房通过双开式弹簧门出去了之后，赶紧跑到厨房，拿了拨火棍，藏在弹簧门后面，等着贝拉米回来。现在唯一能确定的就是，袭击的武器是拨火棍。奈莉从村里回来接受布里克利的询问，她先是怒气冲冲地指天发誓，接着声泪俱下地表明，她绝不会把拨火棍放到焚化炉里的，格兰特太太那个坏脾气的老太婆，要是知道她摸过拨火棍，肯定会剥了她的皮。在奈杰尔看来，格兰特太太作案的可能性最大，但他实在想不出来她为什么要这么做。加尔文教派的厨娘会因为一个坏娘们袭击退役军人，太离谱了。加尔文教徒或许会从信念上遣责别人,但很少会采取人身攻击的方式。

现在又转回到动机问题上。总的来说,假设贝拉米遇袭的原因是他了解遗嘱内容,有人想让他闭嘴也是合理的。重点是,袭击就发生在警司表露出对遗嘱的兴趣之后。如果贝拉米是因为其他原因威胁到了杀人犯,按理说杀人犯应该把他和奥布莱恩一起杀了,没有必要再等15个小时,因为这反而会给贝拉米很多揭露他的机会,而且在白天采取行动风险也更大。但也有可能不是这样的,也有可能贝拉米在今天早上发现了什么,让杀人犯感觉到了威胁,比如关于飞机设计计划,或者关于情感纠葛,后面这个原因会使找寻动机更为复杂难办。话又说回来,也或许袭击贝拉米和奥布莱恩谋杀案之间并没有什么关联?想着可能要追踪两条线索,奈杰尔忍不住大声抱怨。

"真是个棘手的问题,是不是,先生?"布里克利说,"不过我们接手这件案子还不到12个小时,时间还很充裕呢。"

"你知道吗,"奈杰尔说,"我越来越确信,我们必须先了解奥布莱恩,然后才有可能真正解决问题。对我们来说,奥布莱恩才是真正的神秘人物。我得好好研究一下。我们对他所知甚少,不了解他的父母,不知道他战前是干什么的,也不知道他的钱是从哪儿来的。"

"会知道的,先生,会知道的,尽管还需要时间,但会知道的。我一到总部就会发问询函。特别是要了解他的律师是谁,如果他确实有律师的话。现在最困扰我的是,斯特雷奇威先生,我们还没有确凿的证据证明这是一起谋杀案。你和我知道它是,但公诉人需要更多的证据而不是理论推测。比如说这些脚印，如何能让陪审团相信这是有人倒着走弄出来的呢？他们肯定会说，我们读侦探小说读多了。如果我们无法证明下雪之前奥布莱恩已经去木屋了，我们甚至无法立案。"

到了总部，警司忙着查看刚送过来的各种报告。验尸报告证实了法医的推断：死亡是由枪击心脏导致，警方的专家也证实了射击的枪支就是在木屋发现的那把手枪。验尸报告还证实，奥布莱恩身患重病，活不了几年了。法医没有明确奥布莱恩死亡的具体时间，但私下里推测，可能发生在午夜到凌晨2点之间。他还提到，最初对手腕上擦伤的解释不尽合理，他同意擦伤或许是在争夺手枪的过程中导致的。烟头上的指纹是奥布莱恩的，木屋里其余的指纹分别属于贝拉米、奈杰尔和卡文迪什。

派去村里询问消息的警员报告说，圣诞夜有个流浪汉去了教区长的家，在那儿吃了饭，但奇怪的是没有请求过夜。有人看到大约在夜里11点的时候他出了村子，往塔维斯顿方向去了，这样的话他沿途会经过柴特谷公园大门口。教区长说，那个流浪汉脑子好像不很清楚，在喝了很多酒之后，隐约谈起他知道在哪儿能设法捞到一大笔钱。布里克利听得很仔细，安排人立刻找到这个流浪汉，了解具体细节。警员说，昨天晚上村里的人都没有去过公园那儿；他还了解到，有个样子像诺特-斯洛曼的人下午匆匆去了邮局买邮票。英国乡村邮局的女办事员往往消息灵通，据她说，她注意到诺特-斯洛曼的大衣口袋鼓鼓的，后来在整理信件的时候，碰巧看到一个又大又鼓的信封，信封上的笔迹很陌生。凭着她的聪明才智和受人追捧的公共服务精神，她还关注了信件的收件信息。收件人写的是西里尔·诺特－斯洛曼先生，地址是菲兹与弗洛里克俱乐部，肯辛顿附近。信件上还标注着"不得转交"。

布里克利和奈杰尔不约而同想到了一件事。布里克利赶紧给伦敦警察总局打了个长途电话，请求在明天早上先检查一下这封信再投递，如果信里涉及计划或图纸之类的东西就不要投递了。

"斯特雷奇威先生，他肯定知道，一旦我们怀疑是谋杀，就会来个彻底的搜查，所以想尽快处理掉有关证据。"

"我们还可以往前再推一步，不等我们放出怀疑是谋杀的风声，诺特－斯洛曼就去邮局寄东西了。你想想，除非他知道是谋杀而且搜查随时都有可能开始，否则他为什么急着处理东西呢？他怎么知道是谋杀呢，除非——"

"确实如此，先生，这个推断很合理，确实合理，但是通过邮寄的方式处理不会太冒险吗？"

"我们并不知道信封里是什么，或许只是件寄给阿米莉亚阿姨家金丝雀的印花睡衣，但我们得记住，当他寄信时，并不知道我们已经知晓了奥布莱恩的发明或发明设想，所以我们不大可能去检查他寄出的东西。"

"但如果他是凶手的话，一定也是他寄的恐吓信。他一定会想到，奥布莱恩有可能会把这些信给警方，警方必定会询问谋杀动机。如此说来，奥布莱恩的设计计划在那时就已经为警方所知了。"

"我不这样认为，我不认为如果他的目标是设计图纸，还要写那些恐吓信。即使是以恐吓信这种间接的方式也会让奥布莱恩产生警惕，这样的举动太过愚蠢。我同样不认为，如果他的目的是偷这些设计，他还会去策划谋杀。倒是有一种可能，他偷设计图纸时被奥布莱恩发现了，后者拿枪指着他，在争斗过程中，奥布莱恩被诺特-斯洛曼近距离射杀。"

"是的，有可能是这样的，"布里克利说，"嗯，五分钟后我要去见局长，你要不要一起去？"

带着热忱和一股子烟味，斯坦利局长欢迎了他们的到来。他身材高大，穿着邋遢，但很机警，颇像个乡下土财主；灰白的络腮胡因长期吸烟已经熏黄了，手似乎要更干净一点儿。不过，他身上洋溢的平和以及父亲般的慈爱，让人感觉很容易亲近。他既不媚上也不欺下，和警局里的人关系都很好，看见两个人进来，连忙招待上雪茄和饮料。

"非常感谢您和警司能让我参与此事。"奈杰尔说道。

"别客气，斯特雷奇威，你已经参与其中了，像他们说的，打一开始就参与了。如果没有你，我们不会有这么大的进展。当然我也不介意告诉你，我给副总警监打了电话，以确认你是他的侄子，心智健全，说话得体，等等。"斯坦利局长开怀大笑，还因喝了起泡酒打了个巨大的嗝儿，"好了，布里克利，现在详细跟我说说案子的进展情况，利索点儿啊。"

警司用手卷着自己的胡子（奈杰尔心里嘀咕着，他是不是在晚上睡觉的时候，还要用石膏给他的胡子定个型），把各种证据一一道来。他说的基本都是可以确定的事实，只是在对自己采取的措施加以解释时才捎带一些猜测，不过从这些陈述也可以清楚判断他的怀疑方向。

"嗯，"等警司讲完了，斯坦利局长说道，"感觉你还是更想去玩填字游戏，是吧，布里克利？不过，我觉得你已经做得很好了，目前也做不了什么了。真相会慢慢浮出水面的。在我看来，斯瑞尔小姐和那个叫什么来着，诺特-斯洛曼，嫌疑最大，爱德华·卡文迪什也有嫌疑。问题是，我们现在没有充足的证据证实奥布莱恩是他杀。布里克利在电话里和我说了，你如何证明是他杀的，听起来很聪明。需要注意的是，即使我认为你是对的，这些猜测对于陪审团里那些乡里乡亲来说也很难理解，他们只相信确凿的证据，投票决定那些乡下佬和缺斤少两的小商贩的胜负，哎呀，我扯到哪儿了？是的，既然无法确认是他杀，我们就无法采取行动。斯瑞尔小姐写的那封信，猛一看确实很诡异——你们遇到的真是一群奇怪的骗子，斯特雷奇威——但律师可能会辩护说，如果一个女人要谋杀一个男人，她会写这样的字条吗？这样的字条如果不立刻销毁的话，会让她彻底暴露的；而且可以直接见面说，为啥要写字条呢？"

"关于这个字条，似乎有两种可能，"奈杰尔捋了捋浅黄色的头发，接口道，"一种是奥布莱恩在晚饭前收到了这个字条。我听到了奥布莱恩和她的对话，以及奥布莱恩的回答，你记得吗，他说'今晚不行'——说完之后，他漫不经心地把字条折了起来，随手塞到他房间的窗缝里。我觉得这种可能性不大，因为很容易被人发现，而且奥布莱恩不会让一个女士处于这种尴尬境地的。第二种可能是，他把字条放口袋里了，凶手发现了这个字条，就把它塞在窗户缝里，希望被人发现，这样如果凶手被怀疑的话，能把嫌疑引到露西拉身上。哇哦，这口酒喝的，像吃了干姜似的，不好意思打断您了，斯坦利。"

"没事儿。第二种可能性听起来比较合理，斯特雷奇威。无论如何，现在针对斯瑞尔小姐采取行动还为时过早，你觉得呢，布里克利？"

"我也这样认为，局长。"

"从动机来说，爱德华·卡文迪什嫌疑最大，但是没有任何证据。顺便问一下，他穿多大码的鞋子啊？"局长漫不经心地追问，整个脸隐在烟雾中几乎看不见了。

"和奥布莱恩的鞋码一样，诺特－斯洛曼要小一码，司达林小一码半，女士们就更小了，"布里克利回答，略有得色，"对于奥布莱恩的个子来说，他的手脚都挺大。"

"啊哈，"斯坦利局长很高兴，"有备而来啊！这么说的话，他们每个人都有可能穿着奥布莱恩的鞋子制造这些脚印。应该关注这一点，要了解一下谁有可能在第二天早上把鞋子放回到木屋去。穿着这样一双鞋走来走去看起来太显眼了。当然，也有可能这些脚印并不是奥布莱恩的鞋子弄的。如果不是，那卡文迪什嫌疑就最大。再说说诺特－斯洛曼，这似乎不是什么好货色。会不会他在偷奥布莱恩的设计时被抓了个现行，或者正如卡文迪什提到的敲诈——他和露西拉想敲诈奥布莱恩？奥布莱恩想教训一下他，拿着枪威胁他，可是诺特－斯洛曼反击，结果就成了这样。不过，我并不想让你跟着我的思路走。我只是想，再来一杯，布里克利——你看，宾客们都不是本地人，是不是应该联系一下警察总局？我不是质疑你的能力，但单靠我们的力量显然不够，媒体又有可能对此大做文章——这是他们利用奥布莱恩博取眼球的最后机会。你觉得呢，布里克利？"

听了这个建议，布里克利并不觉得被质疑和冒犯，相反有些如释重负。事情就这么定下来了，局长立刻给总局的副总警监打了电话。布里克利和奈杰尔完成任务可以离开了。布里克利回家去收拾一些晚上用的物品。这在期间，奈杰尔和布里克利太太攀谈起来。布里克利太太看起来不像是城市里长大的女性。她准备了一大壶茶，还有一大串因雾中驾车导致车祸死亡的具体数字。看到警司穿着便服、拿着包裹走出来，她哑着嗓子说："布里克利，你真是个傻子，在这样天气的晚上出门。我刚跟这位先生提到，上个月刚有个游览车在富力沙姆角冲出去了，就在一个像这样的大雾天。太吓人了。对了，我刚买了两块特价的法兰绒布料，可以给你做身新睡衣。你会支持我的意见吧，先生，是吧？"

"没事的，老太婆，不要大惊小怪，我对这条路了如指掌。"布里克利边说，边响亮地亲了亲自己的老婆，就出门了。布里克利把来时开车的警员留在了警局，打算自己开车回去。雾确实更浓了，不过出了城之后，他们感觉路况还可以，能见性还行。奈杰尔坐在后排发呆，感觉路边的行道树和树篱就像被巫师施了魔法的魂灵，无缘无故就对他们发起了攻击。浓雾里，汽车大灯的光线变得很微弱，忽明忽暗的，就像压力不足的灯光喷泉。时不时对面就有汽车大灯黄色的微光逼近，这时布里克利就会靠边让对方先过去。过了一会儿，他们离开主路，开始爬坡。这时雾没有那么浓了，光线还可以，他们也可以提一点儿速了。不过，看起来布里克利还是凭借感觉在开，而不是真正的心中有数。奈杰尔是坐车的，自然可以闭上眼睛，无视可能出现的问题。他感觉累得要命，但睡不着，前面开车的布里克利时而低声发出诅咒，时而来个急刹车，让他睡意全无。在汽车灯微弱的光线下，可以依稀看到路边躺了个人，一半身子在路上，一半身子在马路牙子上。

"哦，上帝，"奈杰尔喃喃道，"不会又死人了吧，这太离谱了！"

上帝显然听到了他的祈祷，情况还不算太糟。布里克利跳下车去查看，躺在地上的身体慢慢爬了起来，是个流浪汉。他踉跄了一下，眨了眨眼睛，用沙哑但绅士的口吻说："上帝啊，北极光！"

他又擦了擦眼睛，看清楚了是车灯，说道："抱歉，先生，有那么一刻，我还以为回到了冰天雪地的北极，站在我的爱斯基摩犬后面。容我自我介绍一下，我叫阿尔伯特·布伦金索普。你们看我现在很落魄，正如诗人所说，我已风光不再。"

他彬彬有礼地抬了抬他的圆顶帽，丝毫不介意自己只拿下了帽檐，帽子还在头上。

布里克利盯着他，感觉像中了彩票大奖一样。奈杰尔赶紧掐了他一下，低声说："交给我吧！"他转向流浪汉，说道："我们能捎您一程吗？尽管我也不知道是不是顺路。"

"不管你们去哪儿都和我同路，老伙计。"阿尔伯特·布伦金索普回答，表现得礼貌又得体。这个浑身褴褛的家伙带着他的行李和奈杰尔并排坐到后座上。他往后靠着靠背，从破破烂烂的衣服里拿出一个烟屁股，抽了起来；心满意足地嘘了一口烟后，挥舞着胳膊开始了他的演讲。

"我刚才说了,我也有过好日子,最终却活成了笑话。时间和生活曾让我品尝她丰沛的馈赠,却又无情地夺去了这一切。听起来很苦涩,你会说,但真实无比。别看我现在这么落魄,说了可能让你吓一跳,我其实是个有钱人。是的,我现在就能带你去莫斯科的银行,我有几十万卢布在那儿的保险柜里锁着。大革命开始的时候,我刚好在那儿。我曾帮助一个公爵逃跑,就不说他的名字了,作为感谢,他给了我几十万卢布。这老贵族确实慷慨,但依照我们文明世界的标准,也确实残暴。可惜,很快布尔什维克就听到了风声,要不是有个漂亮的小姑娘、一个迷恋我的芭蕾舞剧团的群舞演员给我通风报信,我就脱不了身了。不过,因走得匆忙,我只带出来了几个卢布、一本假护照、一张沙皇的签名照片,这张照片我藏在了鞋底里,没有被发现。不说了,都是我的陈年旧事,刚才说的只是我过去生活的一个片段,我的一生就是这样大开大合,受尽命运捉弄。"

流浪汉叹了口气,陷入回忆。

"您一定非常难过吧。"奈杰尔的声音听起来也很黯然。阿尔伯特·布伦金索普猛地转向他,点着他的大衣扣子说:"您可以这么想,可是金钱究竟为何物呢?"

"这个嘛,"奈杰尔字斟句酌,"金钱不能代表一切。"看起来他回答对了,阿尔伯特·布伦金索普又靠了回去,手舞足蹈地说:"确实如此。一见到您,我就对自己说,我不知道这个年轻人是谁,但这不重要。他可能是伊顿公学的毕业生,也可能是个汽车杀手。但这不是阿尔伯特·布伦金索普要关心的。不过,我确实知道他有同情心,知道他虽然年轻但心态沧桑。我告诉自己,我是会看相的。是的,在我起起伏伏的一生中,我也多次问过自己,金钱到底是什么?就像您的回答,我也告诉自己,金钱不能代表一切。您能让我说一说,什么是生活中最重要的事吗?"

"当然可以,我很乐意倾听。"

"浪漫!生活没有了浪漫,就像《哈姆雷特》没有了丹麦王子。我用我的亲身经历来说明这一点。五年前,我在剧院工作。一个年轻姑娘来试演,她刚一进房间,我就告诉自己,这姑娘肯定能红。我大把大把花钱去捧她、塑造她。我们相爱了,有几个月的甜蜜时光,然后她就离开了我。有一天,我碰巧经过沙夫茨伯里大道[①],看到她的名字悬挂在那儿,亮光闪闪,有六英尺长。我以老朋友的名义递了名片过去,一会儿有人回话,'这位小姐不认识布伦金索普先生。'你或许会说她不知感恩,太过势利。可我并不这样认为,对我而言,那些亮闪闪的字母拼出来就是——浪漫。"

警司在前面越来越烦躁,奈杰尔知道必须得让阿尔伯特·布伦金索普回到既定轨道了。

"您现在有什么打算呢?"

布伦金索普坐直了,郑重其事地说:"不瞒您说,我可以拿到一大笔钱,只要我——"

---

① 伦敦有很多剧院都在这条大道上。

布里克利的嗓子咕噜了一下,像是要发表什么官方宣言。流浪汉却只是点点头,朝他的方向眨了眨眼,转过来低声对奈杰尔说道,"抱歉,老伙计,您的朋友可靠吗?"

"哦,是的,相当可靠。但他喝了酒,我也打不了包票。"

"好吧,是这样的,我有一个朋友,在科学界鼎鼎有名的。当然,现在我不能告诉你他的名字。他在伯克郡发现了铁矿(布伦金索普把声音压得很低)。这让你大吃一惊吧,我当时也很吃惊,铁矿可是个聚宝盆呢,我亲爱的朋友,真正的聚宝盆。他希望我和他一起去开采。事实上,我现在就在去铁矿的路上。可惜,我最近手头比较紧。我需要资金,简单说吧,如果您有一百镑闲钱,可以来投资,收益丰厚啊!"

布里克利的背影看起来很沮丧,奈杰尔说道:"恐怕我没有那么多,不知十先令行不行?"

阿尔伯特·布伦金索普没有显露丝毫不悦,矜持地表示感谢,收下了这笔钱。

奈杰尔又说:"我想您一定没有好好过圣诞节吧?"

"没什么好抱怨的,我和这附近一个小村子的教区长一起吃的晚饭,那是很好的一个人,但对摩尼教异端的态度不是很友善。我的老朋友,马林沃斯勋爵就在村子外面住。"

"是的,他是我的姑父。我们住在达沃尔庄园。"

"是吗?哎呀,真是,这世界真是太小了。昨晚本想去拜访勋爵阁下,但当我走到一个花园时,听到半夜 12 点的钟声响起,感觉时间有些太晚了，还是不去叨扰为好。"

"真遗憾你当时不在达沃尔庄园附近，是吧，布里克利？我和朋友当时在打赌，"奈杰尔解释着，"赌12点半之前某人是不是在花园的那个木屋里。如果他在那里，你又恰巧能提供证据证明他在那里，我赢的钱里就应该有您一份。"

这么明目张胆地诱导证人，让布里克利不知说什么好。

"碰巧，"布伦金索普说，"我能给你提供一些帮助。昨天晚上，我确实就在一个木屋附近，那时刚过了午夜12点，刚开始下雪。我记得，当时还在想，'暴风雨里任何港口都是好的避难所'。可惜，那时木屋里已经有人了。"

"是吗？"奈杰尔故意装作漫不经心，"我想肯定就是我们打赌的那个人。"

"是一个中等个子、瘦瘦的家伙，一个军人，从他走路的姿势我就可以断定。蓝眼睛，长得很凶的样子，好像在找什么东西，或许在玩什么寻宝游戏，是的，一定是这样。因为没过几分钟，他就出来了，之后，另外一个人又进去了——一个小个子，脸很白，胡子很黑。当时我想，我该走了，省得让人误会。我很幸运，花园大门附近有个马厩，我们流浪汉习惯了恶劣的环境，但在北极圈的经历也让我清楚，在雪地里睡觉是很危险的。"

"你看到的第一个人，他回主屋了吗？"

"不太清楚啊，我站在木屋的后窗外，他出门向右走了，天太黑看不见了。"

"好的，看来打赌我是赢了，这是给您的回报。"奈杰尔又给了阿尔伯特·布伦金索普十先令，就把他交给布里克利了，后者可没那么仁慈了，从后面看他脖子的颜色，估计已经到了沸腾边缘，如果没有安全阀，怕是要爆炸了。

第九章

戛然而止的故事

那天晚上，奈杰尔·斯特雷奇威上床休息的时候已经筋疲力尽了。这一天下来，各种状况，加上在雾天往返，还和流浪汉有个奇遇，感觉每一件事都像一个局部麻醉，林林总总下来，他整个人已经完全麻木了。同时他感觉自己就像一个经历了长期斋戒的圣徒，周围的人和物都开始不真实起来，远远的，无足轻重。当他和布里克利进入主屋大厅时，炫目的灯光像要把他整个人都穿透了。他看着乔治娅、露西拉、菲利普、卡文迪什和诺特-斯洛曼，感觉就像透过水族馆厚厚的玻璃看一群来回游动的鱼，移动缓慢，极不自然。他一头扎到床上，想想今天的收获之一，就是不再把一个人想成活生生的人。他想，要不是我今天不得不干这么多活，我可能还在闷闷不乐，想着奥布莱恩这么好的一个人，自己居然没能救他。看看可怜的乔治娅，一定还在痛苦之中，当然，她很坚强，她是那种能干脆利落地自我疗伤的人。可是这不可笑吗？那些肤浅的人，如露西拉·斯瑞尔，也能最快、最彻底地平复伤痛，因为他们本就不知道什么是痛彻心扉。凶手一定也在郁闷，精心设计了一个自杀的场景，却在几小时后就漏洞百出。为了掩盖第一场罪行，不得不又铤而走险去杀害另一个人。是的，他现在心情一定很糟糕。他肯定在想或许除贝拉米之外还有人对他造成了威胁。说不定他正坐在床上，脑子飞快运转，想着什么恶毒的计划，一个不是你死就是我亡的计划。

想到这儿，奈杰尔一下子从床上坐了起来，点着一根烟，感觉自己思路清晰了。可以等一会儿再睡，先把思路理清楚再说。凶手。布里克利和伦敦警察总局的人比自己更善于处理事实和证据。我必须换一个视角切入，这样的话，就不要按常理出牌，从问题开始入手。这些宾客谁最可能去杀人？证据显示有打斗，这表明谋杀不是预先计划好的，如果是预先计划好的，不会出现和奥布莱恩近距离夺枪的行为，毕竟，这是奥布莱恩的枪。这说明凶手去木屋的目的不是为了谋杀，而是为了别的什么目的，结果让奥布莱恩碰见他在做不该做的事，或者让奥布莱恩怀疑他就是写恐吓信的人。奥布莱恩拿出枪试图控制他，不承想在争斗过程中被误杀了。基于这一推测，嫌疑人就是诺特－斯洛曼。按照流浪汉的说法，他没有找到想找的东西，猜测奥布莱恩睡着以后，又回去找了。或者也有可能，他就是想敲诈奥布莱恩。真是愚蠢，居然选奥布莱恩这样的人来敲诈。这两种猜测似乎都不够让人信服。那露西拉呢？她可能想最后再去争取一下，让奥布莱恩不要甩了她，结果没有如愿，盛怒之下，就拿了他的枪，或者从他口袋里掏出枪，之后就……看她给奥布莱恩写的信，这种猜测也有可能，听起来很有说服力。问题是，在争斗中她能胜过奥布莱恩，还把他的手腕弄伤吗？卡文迪什会不会呢？他有可能去木屋，要么去和奥布莱恩就露西拉的问题说清楚，要么去要钱，以解决财政危机。但选择半夜去谈这些问题并不合情理。话又说回来，如果奥布莱恩拒绝放弃露西拉，或者拒绝给他钱，卡文迪什也有可能因受刺激而做出一些过激举动。再想一想，为了钱的可能性更大一些，因为奥布莱恩本来就打算与露西拉分手了。感觉这个猜测挺合理，卡文迪什现在的焦躁不安说不定正是因为心虚。

还有别的嫌疑人吗？菲利普和乔治娅。肯定不是菲利普，他根本没机会去袭击贝拉米。乔治娅似乎没有明显的动机，她爱奥布莱恩。等等，她也爱她的哥哥。会不会有可能为了她爱的这一个人而去杀害另外一个？有可能。如果她知道，她或者她哥哥是遗嘱的继承人，为了帮助哥哥摆脱金融破产的风险，她可能会去杀了奥布莱恩。听起来太过戏剧化了。当然，如果她开口要，奥布莱恩也会给她的吧？但这意味着，会是一场事先计划好的谋杀，而现场看来显然不是。

但真的不是吗？如何能确认不是一场预先计划好的谋杀呢？奥布

莱恩桌子上摆错位置的文件和纸张，碎了的袖扣，还有那些擦伤。只有这些证据表明有一场打斗。哦，对了，还有那把使用过的手枪。能绕开这些证据吗？那些文件可能是在奥布莱恩回木屋之前诺特－斯洛曼弄乱的，也可能是杀人犯为了掩盖证据故意弄乱的。那个袖扣可能是奥布莱恩倒下的时候摔碎的，也可能是别的什么原因弄碎的。那些擦伤？这个好像说不过去了。奥布莱恩那天没有打架，哦，上帝，打架了！那天晚饭后，大家都在胡闹疯玩，他和诺特－斯洛曼在用刀角力。斯洛曼确实抓过他的手腕，以前怎么没想起来，真是愚蠢！但，那把枪怎么说呢？任何一个想谋杀他的人都不会设计用他自己的枪去射杀他。但等等，如果凶手计划谋杀奥布莱恩的话，他大概率也会设计一个自杀的场景。因此，他一定会想方设法去拿奥布莱恩的枪。奥布莱恩警惕性那么高，如何才能拿到枪呢？只有一种可能，奥布莱恩很信任这个人，根本不会产生怀疑。那意味着——

这个推理的结果吓了奈杰尔一大跳：这个人是乔治娅·卡文迪什。他最不愿意把乔治娅视为嫌疑人。但是还有那些匿名信。写信人威胁要在节礼日杀了奥布莱恩，然后有一个凶手就赶在节礼日把奥布莱恩杀了，这也太凑巧了。理论上当然可能出现这种情况，有人把另一个人想干的事儿给干了，但这实在让人感觉不可思议。换一个角度来说，假设是写恐吓信的那个人设计实施了这次谋杀，那这几个嫌疑人哪个最有可能呢？卡文迪什。他脑子确实够用，但胆量不行，恐吓信那种无情、浮夸的口吻也与他的个性不符。他看起来呆板、无趣，貌似很有修养，但其实是个不值得尊重的城里人。诺特－斯洛曼有胆量干这件事——他的心够狠,但是不是有能力策划这件事还不好说,恐吓信表现出的冷峻的幽默和他的滑稽个性也不一致。也想不出来他谋杀奥布莱恩的动机,如果他想敲诈奥布莱恩,会更想让他活着。信里那种夸张的笔触和露西拉的性子倒是很像,她有可能激情犯罪,但她没有这个胆量也没有这个脑子去提前谋划好这一切。乔治娅?她有这个勇气,也有这个脑子,而且,她能驾驭这种既浮夸、又带点冷幽默的笔调。无论从哪个角度来说,她的嫌疑都最大,只是没有动机。奈杰尔忽然感觉周身发冷。假如她真的恨奥布莱恩,就像杀死了自己丈夫的克吕泰涅斯特拉[1],故意接近他,以使他——还有其他人——失去警惕,听起来过于戏剧化了,但奥布莱恩就生活在一个戏剧化的世界。奈杰尔不得不承认,目前乔治娅的嫌疑最大。

无论如何,他终于在思维的丛林中开辟出一小片空地,就像一个不停在草丛中踩来踩去给自己做窝的动物,他的思想终于可以安放在这块空地上,休息一下。等他睡醒,天已大亮,已经11点半了。他穿着睡衣下楼吃了点儿凉香肠。马林沃斯夫人派了一个女仆过来接替贝拉米的工作,所以家庭事务恢复正常运转。他正吃着,布里克利探头进来说,贝拉米还没有苏醒,但已无生命危险;阿尔伯特·布伦金索普坚持说诺特-斯洛曼是他看见的第一个进木屋的人。布里克利目

---

[1] 克吕泰涅斯特拉是希腊神话中阿伽门农的妻子,野心勃勃。在丈夫参加特洛伊战争时和埃吉斯托斯一起统治迈锡尼。战争结束后,阿伽门农回国,成为她统治迈锡尼的一大障碍。于是她设计杀死了阿伽门农和预言家卡珊德拉。最后她被自己的儿子所杀。

前还不打算采取任何行动,想等伦敦警察总局的探长布朗特来了再说,后者估计中午就到了。奈杰尔吃完东西又上楼了,他用笔把昨晚睡前的各种想法都记录下来。这些想法看起来确实挺有说服力的,但他感觉心神不安。乔治娅,想想她英勇的行为和顽皮的、小猴子一样的笑容,她的鹦鹉和猎狗,她的奇装异服——她穿出来倒是自然得很,看起来就像 8 点 15 分时上班路上的商人,每个人都戴着礼帽,拿着雨伞和报纸。菲利普怎么形容她的表情?一个无所是从、无能为力的魂灵。显然一个女杀人犯装不出那种痛彻心扉的苦楚,如果她恨奥布莱恩,她不会有那样的表现。"啊,是的,"有个声音在不停低语,"不过,设想她确实爱他,同时设想她不得不做出选择,一边是奥布莱恩的命——一个将死之人;一边是她哥哥,面临灭顶之灾的哥哥。那时她还会坚持不要奥布莱恩的命吗?或许这就是她看起来那么痛苦的原因——那种表情看起来就像过不了忘忧河,但仍向对岸伸出手臂。"

奈杰尔烦躁地摇摇头。他现在已经有些不正常了,需要有人陪伴。他下了楼,发现宾客们都坐在客厅里,闷闷不乐。他一走进去,每个人那仍抱一丝希望的目光都聚集到他身上。如果说宾客们就像船只失事的幸存者,滞留在一个偏离航线的小岛上,而他则是刚从山上回来的瞭望员,瞭望是否有救援船只驶过。一阵努力克制的沉默之后,爱德华·卡文迪什开口了:"有什么消息吗?"

奈杰尔摇摇头。卡文迪什看起来很糟糕:黑眼圈很重,痛苦而困惑的表情比昨天更甚,看起来就像个弄丢了书本又没做预习的小学生,还要在午饭前去见校长。

"还是得从报纸上找消息，"坐在火炉边的诺特-斯洛曼边嘟囔着，边用牙咬开核桃壳，"警察不会比你我知道得更多。"

"真是太讨厌了，"卡文迪什又气又恼地说，"我本来明天就该回城了，却被告知要在这儿等着接受问询，天知道还会让我们在这儿待多久。"

"别急，爱德华，等几天也不会有事的。"乔治娅安慰他，声音温柔、慈爱，也很坚定、自信。

"真是太荒谬了，"诺特-斯洛曼嚷嚷着，"没人像我这样敬佩和爱戴奥布莱恩，而且我——"

"你想回你的俱乐部，过你的快活日子。"菲利普·司达林酸溜溜地接过话茬，仍然埋头读着他的泰晤士报头条。诺特-斯洛曼狠狠看向菲利普那边，可惜报纸挡住了他匕首一样的目光。露西拉，像贵妇一样端坐在沙发里，拉长声音说："这事儿真是太让人心烦了，警察也真是愚蠢，非得我们一个个都被杀死在床上，他们才能找到凶手吧。这就是他们说的排除法。"

"不是所有人，有一个要被排除在外，露西。"司达林礼貌回应。

"你这样说太不得体、太唐突了，"诺特-斯洛曼说道，"好像我们中有一个是杀人凶手一样。你一直不断逢迎警方，肯定觉得自己能置身事外，要是我告诉他们一些事儿，就会改变他们对你的看法。"

菲利普·司达林慢慢放下报纸，蔑视着诺特-斯洛曼，怒火万丈："你们这些退伍的家伙就这点不好，作战不力让我们失去帝国地位不说，还不知道满足，偏安一隅苟且偷生，还要到处造谣，造谣，造谣，和那些老太婆一样，啊呸！"

诺特-斯洛曼气得跳了起来："天哪！你这个该死的小矮子！你这么说是什么意思？你居然侮辱皇家军队，你，你——"他努力想着最恶毒的骂人话，"你这个内心肮脏的文化小人！"

"是的，是的，我就是这么想的，你这个道德懦夫！"司达林边说，边走上前去，"只敢在公共场合攻击我，一向如此。卑鄙的家伙。"说完，突然伸手把诺特-斯洛曼的领带从马甲里拽了出来，然后噔噔噔地走出去了，留下目瞪口呆的对手气喘吁吁。露西拉突然忍不住大笑起来："哦，天哪！"她一迭声地说道，"哦，太混乱了，可怜的西里尔，你被打败了，不是吗？赶紧把领带整理好，别这么不知所措。"

诺特-斯洛曼出去把领带整理好，看样子还没缓过劲来。奈杰尔注意到，露西拉已经不再摆出那副招眼的寡妇姿态，可能为了长远考虑，她又恢复了城市姑娘的模样。他和乔治娅攀谈了一会儿。一旁的露西拉看起来特别愿意让爱德华安慰她。这时有消息传来，布里克利想在起居室见他。奈杰尔来到起居室，看到布里克利一副有所收获的得意模样，并介绍他给布朗特探长认识。探长中等个头，长相年轻，但头发全秃了。他看起来态度严谨、礼貌，架着一副角质框架眼镜，眼神很冷淡，走在大街上很容易被错认成银行经理。布里克利一说完介绍的客套话，就忍不住向奈杰尔透露："斯特雷奇威先生，探长给我们带来了好消息。"

"太好了，我们需要好消息。"

布朗特递给奈杰尔一个信封："这是你让副总警监提供的报告，

我们尽了最大努力。先生,我能把情况告诉他吗?"他问布里克利。

"尽管说。"

"首先,我们检查了西里尔·诺特-斯洛曼寄到自己俱乐部的包裹,里面有很多爱德华·卡文迪什写给斯瑞尔小姐的信——不易公开的那种,"布朗特从眼镜框上方看了看奈杰尔的反应,带着一丝不易察觉的幽默口吻,接着说,"恐怕里面没有什么设计或者图纸,先生。"

奈杰尔笑了起来:"我想警司把我天马行空的想法都告诉探长了。"

"不过,包裹里还有一张诺特-斯洛曼写给死者的字条,大意是:如果奥布莱恩是个正人君子的话,就应该为辜负斯瑞尔小姐的感情而给她一些补偿;如果奥布莱恩拒绝补偿的话,他们会有所行动的。"

"这样看来,他要找的就是这个了,"奈杰尔低语,"奇怪的是,他为什么没有立即销毁它呢?"

"我们也找到了奥布莱恩的律师,并和他们有所接触。他们并不清楚死者有没有立遗嘱。不过,去年十月份,奥布莱恩委托他们保管一个密封好的信封,并严令只能在他死后一年打开。或许这就是那份遗嘱。"

"好奇怪,他告诉我,遗嘱在保险柜里。不过,也不可能一下子把所有事都弄清楚,你提供的信息已经够我们消化一阵儿了。"

警司就像一个已经满得装不下任何东西的丰饶角[①],迫不及待地要分享更多的好消息。

[①] 丰饶角,装满果实和鲜花的羊角,在西方文化中象征丰收。

128

"哎，斯特雷奇威先生，还没有讲完呢，探长把重磅炸弹留到了最后，"警司努力维持自己的派头，小胡子翘着，朝着布朗特使劲点头，"接着说，探长。"

"好的，先生，"布朗特嘴角含笑，以一种平稳、客观、像是领导做年度报告的口吻，接着说，"了解清楚诺特－斯洛曼寄的包裹里面都有什么东西之后，副总警监建议我们对他的俱乐部来一次非官方的检查。昨天深夜我去那儿了，按副总警监的建议，假装喝醉了，在俱乐部里四处乱逛。在探寻的过程中，我发现——"布朗特眨了眨眼睛，"我来到了诺特－斯洛曼的私人办公室，那儿有一台打字机，我试着打了几行字，然后，呃，就被赶出来了。回到警察总局，我把打的这几行字给专家看，他们宣称，这字迹和恐吓信上的字迹是由同一台打字机打的。"

"哦，天哪，"奈杰尔缓缓说道，脸色的表情既惊讶，又如释重负，"好吧，看来所有的线索都连起来了。"

布朗特看着奈杰尔，眼神突然异常犀利："这和你的推测不符啊，先生？"

"别称呼'先生'了，如何？听起来就像我是个校长似的。是的，这和我的猜测不一致。不过，我必须根据事实调整我的猜测。"奈杰尔认真考虑了一会儿，以一种非常克制的语气说："嗯，要不您先读读这个，在最黑的黑夜产生的一些模糊认识。我想把这些弄清楚。"

他把昨天晚上写在纸上的推理递给布朗特，有好几页。趁着布朗特和布里克利凑在一起读这些推理，奈杰尔把他叔叔送过来的报告好好研究了一下。报告的内容和无所不知的菲利普·司达林说的差不多。报告里证实了卡文迪什正遭受财务危机，他自己也承认了。诺特－斯洛曼名声确实很差，他的俱乐部已被警方警告过，但他很聪明，尽量避免更严重的指控。警方也发现，有传言说他有敲诈行为，但也只是传言。司达林、露西拉和乔治娅这三个人，警方没有发现什么特别的地方。副总警监还提供了奥布莱恩的详细档案，奈杰尔大致翻了一下，最想了解的，档案里都没有提到。奥布莱恩1915年在伦敦入伍，自称20岁，但入伍之前的信息一概没有。奥布莱恩成名后，曾有几家报纸邀请他讲讲自己的人生经历，但也止步于1915年，再也探不出在这之前的故事。伦敦警察总局曾经联系了都柏林的相关机构，但他们对奥布莱恩的早年生活也一无所知，有可能他入伍时提供的是假名字，很难往下追踪下去。

"好了，斯特雷奇威先生，"布朗特说，"目前的情况很有意思，我不确定，我们是不是该修正对诺特－斯洛曼的态度，毕竟，现在所做的一切都是推断，"他耸了耸肩，表示歉意，"就我看来，各种证据都指向了诺特－斯洛曼就是凶手，或许，还是和斯瑞尔小姐合伙干的。基本已经可以断定，他就是写恐吓信的人。我们已经知道，奥布莱恩离开主屋时，他正在木屋附近游荡，我的推断是，诺特－斯洛曼写了恐吓信——"

"为什么？"奈杰尔打断布朗特的话，"一个可能的杀人犯不会把自己的杀人动机广而告之吧？"

"他试图把谋杀现场伪装成自杀现场。为了这么做，他就需要用奥布莱恩的枪。如果不是收到谋杀威胁，奥布莱恩不会随身带枪的，这也是为什么要写信威胁的原因。"

布里克利笑嘻嘻地看着布朗特，又看看奈杰尔，一脸骄傲，像在炫耀一个少年天才，"斯特雷奇威先生，我们从来没有想到过这一点。"

"接着斯洛曼让斯瑞尔小姐写了那张字条。他们想让奥布莱恩到木屋去，在那儿可以不被打扰地实施谋杀和伪造自杀现场。"探长接着说道。

"可为什么不把字条销毁呢？"

"我想，一种可能是奥布莱恩把它折起来，随便塞到窗户缝里了，或者是斯洛曼发现他身上有这张字条，把它拿走了，后来，伪装的自杀现场被识破，他就想把它塞到窗户那儿，好让大家怀疑斯瑞尔小姐。依我对他的了解，他擅长欺骗。我想他至少和奥布莱恩交流了15分钟，设法拿到枪。这样说来，谋杀可能发生在12点半左右。伪装自杀现场，再收拾一下，估计需要十分钟的时间。当他想走的时候，发现外面地上已经积雪了。他不敢走，害怕在雪上留下脚印，就坐在那儿想办法。终于想出来一个办法——穿着奥布莱恩的鞋子，倒着走回去。"

"嗯，"奈杰尔开口道，"他一定想了很长时间，雪在1点45分的时候就开始变小了，这意味着脚印一定是在1点半左右出现的，否则，脚印应该更模糊才对。他用了将近一个小时才想出这个好主意。我一直认为，尽管他在战时当过参谋，但确实有点儿愚蠢。奇怪的是，这套诡计，他居然想得如此周全。"

探长接着往下推理："他必须要把鞋子放回木屋去。毫无疑问，他是在斯特雷奇威先生让大家去木屋时完成这项工作的。"布朗特的声音没有起伏，但若有所思的目光瞥向奈杰尔，给了这些话别样的味道，"您有没有注意到诺特－斯洛曼当时拎着一双鞋？"

"我可以确定，他没有拎着鞋，"奈杰尔也十分严肃地回应，"不过，他当时穿着大衣，很容易偷偷带进去。"

"好的，让我们再来看针对贝拉米的袭击。我查看了案发现场，觉得由一个人独立完成很困难，当然还需要做一下测试来加以确认。但最简单的办法，要我来说的话，就是找一个人监视着过道和主屋的楼梯，看到贝拉米从厨房出来去主屋了，就让另一个人去厨房拿一根拨火棍，藏在弹簧门后面。监视的最好位置就是休息室大门附近。卡文迪什曾经作证，在打桌球的时候，诺特－斯洛曼和斯瑞尔小姐曾有五分钟的时间待在一起，这个时间足够发动袭击。斯特雷奇威先生，我感觉，你可能会反对这个推断，可能会说诺特－斯洛曼没有杀人的动机。那么你知道敲诈是多重的罪吗？假如奥布莱恩告诉诺特－斯洛曼，要公开他的敲诈行为，这会不会给了后者足够的理由干掉前者？他可能宁愿冒偷大羊被吊死的风险，也不想因为偷羊羔去坐牢。[①]"

"是的，"奈杰尔说道，"您的推断听起来很有说服力，那下一步您准备采取什么行动呢？"

"警司和我都认为，我们应该等一等，看看还有没有新的证据。

---

① 源自俗语"might as well be hanged for a sheep as a lamb"，一不做，二不休。根据英国旧时法律，偷羊者一律处以绞刑，偷大羊和偷羊羔既然等罪，那宁可偷大羊。

不管怎样，还得征求一下当地警察局长的意见。不过，让诺特－斯洛曼解释一下疑点还是可以的，你觉得呢，先生。"

"可以，"布里克利回答说道，"我现在就带他进来。"

诺特－斯洛曼走进来，手插在口袋里，淡蓝色的眼睛里带着挑衅。

探长首先做了自我介绍，然后说道："先生，您提供的证据，有一些地方和我们掌握的证据不一致。若您能帮我们澄清事实，我们会很高兴的。同时，并不强制您回答这些问题，您可以先征求律师的意见。"

诺特－斯洛曼刚刚还一副坐立不安的模样，突然就像石化一样坐那儿不动了，看起来好像有人从房顶对他打了一记冷枪似的。"嗯，首先听听都是什么问题吧。"他回应道。

"根据您的证词，我认为，谋杀案发生那晚，刚过午夜不久，您打完桌球之后，就直接上楼睡觉了？"探长特意突出"直接"二字。

"是的,当然，"诺特－斯洛曼警惕地看着布朗特，"不,我太愚蠢了，差点忘了说，上楼睡觉前，我到外面透了透气。"

"下着雪吗，先生？我想您没有在外面待太久吧。"

"没有，就是在门口张望了一下，就回来了。"

探长的声音变得平静、仁慈，但也带着微弱的挑剔味道，就像银行经理在和用户就一个不太严重的透支问题商榷一样。

"我之所以这么问，是因为我们有证据证明12点15分的时候您在小木屋。"

诺特－斯洛曼从椅子上跳起来,用拳头敲击桌面,"都是唬人的！"

他咆哮道,"我拒绝再回答这种旁敲侧击。"

"随便你,先生,"布朗特平静地回应,接着声音突然严厉起来,"但是,这绝不是旁敲侧击,我们有可靠的证人,"——奈杰尔听到"可靠的"几个字时眨了眨眼睛——"证明在那个时间段看到有人在木屋里,而且可以证明那个人就是您!"诺特-斯洛曼盯着探长看了一会儿,突然就泄了气,转而开始尝试调节气氛,笑着说道:"哦,好吧,你们好像什么都知道了。是的,我确实去木屋看了看。"

"出于什么目的呢?我可以问吗?先生?"

"不,你这个冷血的家伙不能问。"诺特-斯洛曼大声说,又恢复攻击的架势,没想到布朗特熟练地换了话题:"有一个包裹,是您寄给自己的,寄到了您的俱乐部,我们拿到了这个包裹,"他似乎在和诺特-斯洛曼聊天,"里面有爱德华·卡文迪什写给斯瑞尔小姐的信。鉴于卡文迪什指控您和斯瑞尔小姐敲诈他,或许您认为有必要解释一下,这些信怎么会到您手里。"

诺特-斯洛曼看看布朗特,又看看警司。

"哎呀,真是迎面一击啊,"他略带歉意地笑了起来,"我向来不喜欢让女人失望,但,嗯,事情是这样的,露西拉——斯瑞尔小姐,昨天给了我一个包裹,想让我存放在某个安全的地方。我当时觉得挺奇怪的,当然也不知道里面是什么东西。现在我想明白了,因为这儿会有彻底的搜查,她不想把东西留在这儿。但敲诈纯属无稽之谈,我想可怜的卡文迪什因为财务危机已经不很正常了。一个女人保存着她老情人的情书,这不犯法吧?难道现在警方连这也不让做了吗?"

"我听明白了,"探长礼貌回应,但显然根本不相信诺特-斯洛曼的话,"如此说来,您同样也会给我们一个满意的解释,为什么这些信里会夹有您写给奥布莱恩的字条,希望他对斯瑞尔小姐进行适当的经济补偿。"

"什么?可我没有找到它——"

"所以,它就是您在木屋里要找的东西。"

诺特-斯洛曼的防御彻底崩塌了,看起来又痛苦又恼火。

"所以那个小贱人出卖了我!她一定是拿到了那张字条,还把它混到自己的信里,然后让你们搜查这些信件。上帝,我还是为她才写的!"

"那么,您承认是您写的了?"

"是的,是我写的。如果我知道露西拉会给我泼脏水,我宁愿砍掉我的右手——我还是解释一下:我为她难过,奥布莱恩对她很不好,坦率说,我觉得他应该补偿她。可能我的方法有点儿不合传统,但我不想让他落个不守信誉的名声。"

"听起来您的动机挺高尚啊,但我想法律对您的行为定性恐怕比'不合传统'要严厉得多。"

"等一下,"奈杰尔插话道,"斯瑞尔小姐真的建议您这样对待奥布莱恩吗?您什么时候把字条给奥布莱恩的?"

"是的,她是这样建议的。我在圣诞节那天结束下午茶后给他的。"诺特-斯洛曼闷闷地说。

"为什么要用字条呢?为什么不直接和他说呢?"

诺特-斯洛曼在椅子里拧着身子："嗯，您看，我是打算晚些时候和他面谈的。但他脾气太爆了，您也知道，所以我想着，呃，字条能给他思考和冷静的时间。"

"您打算那天晚上在木屋和他谈吗？或者说斯瑞尔小姐要去谈吗？这就是她写字条要和奥布莱恩在木屋见面的原因吗？"

"不，该死，我没有那个打算，"诺特-斯洛曼大声嚷嚷起来，像是已经受不了了，"我不知道，也不关心露西拉准备做什么！"

"如果您不是去木屋和奥布莱恩会谈，那您去那儿干什么呢？"布朗特步步紧逼。

"好吧，如果您一定要知道，我告诉您，我打算拿回那张字条。我害怕他没有销毁它。我当时想，如果字条落在别人手里，有可能产生误解。"

"这样说的话，我可以这样理解，您去木屋找字条，却没有找到。那怎么解释字条就混在您寄出的包裹里呢？"

"谁知道呢，或许是露西拉放的。"

"那意味着，在您去木屋之前或之后，她也去了，您知不知道她写了一张字条约奥布莱恩在木屋见面？"

"不知道。"

"您在木屋没有找到字条，就直接回主屋了吗？没有等到奥布莱恩过去？"

"我没有！你是打算把谋杀的罪名安到我头上吗？"诺特-斯洛曼哑着嗓子喊道，几乎是在哭诉了。他努力克制住自己的情绪，接着说道,"我在木屋的时候,听到主屋那儿有吵闹声,赶紧出来藏到木屋右边的灌木丛里。我看见奥布莱恩穿过草坪进了木屋,我就看到这么多。之后我直接回主屋睡觉去了。不管你信还是不信,这就是事实。我再没有什么可说的了。"

让大家吃惊的是,布朗特听完,示意诺特-斯洛曼可以离开了。下一步的目标十分明确,布朗特让警司立刻把露西拉找来,不要让她有机会和诺特-斯洛曼碰面。

"现在,斯瑞尔小姐,"探长直奔主题,"您说在谋杀案发生当晚,您没有去过木屋,是吗?"

"当然没有去过,我当时在睡觉。"

"尽管已经和奥布莱恩相约在木屋见面?"

"我还得重复多少次啊?我没有去木屋,因为费格斯告诉我不想让我去。"

"确实如此。您昨天给诺特-斯洛曼先生一包信件,请他放到一个安全的地方,是您建议他把包裹寄回他俱乐部的吗?"布朗特突然变换话题的方向,让露西拉措手不及。

"不,不,我,我不知道他要拿它们干什么。哦,上帝,你们没有读这些信吧?"她大喘着气,像是要窒息的样子,心理防线似乎全面崩溃。她极力否认保存这些信是为了敲诈,也不承认为了躲避搜查才设法寄走,但感觉整个说辞并不令人信服。她是在午饭后把信交给诺特-斯洛曼的。当看到诺特-斯洛曼写给奥布莱恩的字条时,她怒火万丈,否认是她建议诺特-斯洛曼写的,说他不是一个绅士,现如今这样诋毁她，更是差劲。至于字条怎么会混在卡文迪什写给她的信里，她一点儿也不知情。探长告诉她，诺特－斯洛曼指控是她把字条放进信里的，也就是说，是她设法从奥布莱恩那儿弄到这张字条的。听到这些指控，露西拉气得要发疯。布朗特认为在这种情况下还是先让她离开为好，他解释道："为了报复诺特－斯洛曼，她会想出更多的谎言，我们现在已经听了够多的谎言了。"

奈杰尔说："嗯，你已经成功在他们两个中间敲进了一个大楔子。"

"是的，我们很快就会有新的收获的。现在这两个人已经彻底慌了。这是罪犯感觉必须采取行动的时候，也是他们会出现失误的时候。"

行动很快出现了，但并非如探长想的那样。大约6点半左右，马林沃斯夫人派来顶替贝拉米的女仆莉莉·瓦特金去诺特－斯洛曼房间送热水，当时她肯定在想着自己的爱人，一路哼着小曲。可推开房门，看到地板上躺着的那个人，她吓得丢掉热水瓶，尖叫着跑了出去。

第十章

核桃壳的故事

奈杰尔和布朗特探长在书房梳理整个案子的关键节点,但谈话总是从案子转到板球上,当他们正谈到触身出局的新规则时,头顶的尖叫声宛如晴天霹雳。二人跳起来冲上楼去。博尔特本在前门值守,听到尖叫声也冲了过来。在楼梯口他们碰到莉莉·瓦特金,她抽泣着,浑身颤抖,用仅有的力气指了指诺特–斯洛曼的卧室。布朗特命令博尔特让所有人都待在楼下,自己跑进诺特–斯洛曼的房间,一进房间就闻到一股苦杏仁的味道,看到乱糟糟的床上鸭绒被和盖毯凌乱地堆在一边,接着就看到了平躺在地上的尸体:一只手紧紧抓着床单,牙关紧锁,嘴角流着白沫,淡蓝色的眼睛瞪得大大的,很凶残的样子。莉莉·瓦特金一定被这景象吓坏了,才会尖叫着冲出去。西里尔·诺特-斯洛曼死了,不会再接受任何问询了。

布朗特快速打量了一下尸体,跪下来摸了摸心脏,断定道:"氰化物中毒。我们来得太晚了,打电话叫法医来吧。"不凑巧,当地的法医出警去了,奈杰尔与塔维斯顿警局的法医联系,后者答应马上赶来。奈杰尔也给布里克利通报了情况,他当时正在警局处理一些积压的工作。"这么说,他采取行动了,"电话线那头传来布里克利的声音,"好吧,感觉也快要结案了,只可惜让他以这种方式逃脱了。还是少说为妙。我这就和威尔斯医生一起回去,再带个照相的过去。"

奈杰尔打完电话回到诺特-斯洛曼的房间,看到布朗特一脸迷惑地看着他。

"出什么事了?"奈杰尔问。

"我在找装氰化物的容器。"

屋里到处都是吃东西的痕迹。诺特-斯洛曼显然并非只是在公共场合才吃坚果,床头柜上摆着一盘坚果,梳妆台上有个盘子里面装着果壳,地上也有一些果壳。但现场除了有个玻璃杯,没有别的容器可以用来装毒药。布朗特拿手绢抓起杯子仔细查看,没有使用过的痕迹,也没什么味道。

"这种毒药一般都是溶液状的,应该能发现小药瓶,或者碎片之类的东西,"他边说,边又把整个房间检查了一遍,没有发现任何可疑的东西。奈杰尔充分发挥自己喜爱窥探的性子,查看了衣柜和诺特-

斯洛曼的衣服口袋，发现了一个酒瓶，里面装了半瓶白兰地。

"他有没有可能把毒药装在酒瓶里？"

"可能，"布朗特不带感情色彩地回答，"但他如果用这个瓶子喝下毒药，恐怕无法把它放回口袋里。氰化物毒性极强，一旦服用致死的剂量，瞬间起效，马上就会导致肌无力。"

"有没有可能是直接吃的？"

"我知道有吃氰化钾的案例，但他没办法随随便便就把它放在口袋里，我没找到保存氰化物的容器。氰化物气味很重，有容器的话，会很容易发现的。"

"好吧，该死的，可他确实服了毒药。一定会找到证据的，自杀的人不会把药瓶埋到花园里的。"

探长的眼神流露出赞同："是的，斯特雷奇威先生，这也是为什么我要封锁大门，同时搜查其他房间。总的来说，我不认为是自杀。"他又神秘兮兮地说，"但如果让嫌疑人逃脱了，我估计会被你叔叔处罚的。现在请你下楼去把楼下的人都集中起来，告诉博尔特给我派个警员过来，他就在这附近；再打电话叫个女警过来，需要她来搜查那些女士。男士交由男警员负责。在搜查开始前，请设法让他们安静下来。询问他们最后看到诺特－斯洛曼的时间，以及其他相关信息。不要告诉他们，我们怀疑不是自杀。如果你能查出下午茶之后这些人的行踪，那就再好不过了。当然以后再了解也行。"

探长的镇定、从容、专业让奈杰尔刮目相看，他自己还一头雾水、没有头绪呢。这几天发生的事太多、太快了。他下楼告诉博尔特各项指令，同时开始把人员都聚集到客厅。露西拉、乔治娅、爱德华、菲利普，奈杰尔不由自主扳着手指数了起来，一个、两个、三个、四个。莉莉·瓦特金、厨房里的帮佣奈尔、格兰特太太，大家都在。这场景看起来就像维多利亚时代的一家人在做早祷告。格兰特太太，无论什么时候都保持严肃，双手握在一起，嘴唇紧闭，两眼直视前方，显然既不想与她右边的那些现代都市人有任何瓜葛，也不想与她左边的那些仆人扯上关系。奈杰尔忍住让他们跪下来祷告的冲动，心里想着，如果探长的猜测是真的，这里必然有个人要接受其他人的祷告。

"我想莉莉已经把诺特-斯洛曼的事告诉大家了，"他说道，六个人都点点头，"他已经死了，我想。是喝毒药死的。"

人群中一阵骚动。奈杰尔敏感地意识到，一种解脱了的感觉弥漫整个房间，就像炎热夏日忽然来了一阵凉风。这种解脱感是怎么来的呢？是因为大家发现诺特-斯洛曼已经用自己的方式证明了自己的罪行，他们因此摆脱了嫌疑吗？或许还混合着某个人真正的放松和宽慰，因为这次，不管怎样，没人质疑这起自杀？只有乔治娅·卡文迪什不为所动，她坐在哥哥旁边，悲伤的嘴唇皱起来，看起来依然困惑和忧心忡忡，在其他人都松了一口气的时候，她的眼神依然是有所保留的。

奈杰尔说："探长让我问问大家是在什么时间最后一次见到诺特-斯洛曼的。"结果很快浮出水面。诺特-斯洛曼先是和大家一起在客厅喝茶，看起来很沉默，像有心事。喝完茶，他请露西拉一起去散步，后者根本没理他——探长钉的那个楔子还牢牢在那儿。于是他自己出去了，当时是差五分钟到 5 点。大约十分钟后，莉莉·瓦特金看到他打开后门往外看。当时天已经有点儿黑了,但是还能看到院子里有警员在跺脚。诺特-斯洛曼不知自言自语了点儿什么就回来了,后来就没再看到他。大家在回答奈杰尔的问题时没有什么情绪的变化。如果说诺特-斯洛曼对宾客中的某一个人来说是威胁的话,对其他人而言就是个讨厌的家伙,他能得到的也就是这个评价。他的葬礼只能由粗俗、哗众取宠、娱乐至死的菲兹与弗洛里克俱乐部提供。

"有没有人听到他房间发出的响动?"奈杰尔问道,"他一定是重重地摔倒在地板上。"

"我什么也没听到,"卡文迪什回答,"喝完下午茶我就待在起居室,上面不是他的房间。"

短暂的停顿之后,乔治娅好像想起了什么:"哦,大约5点半的时候,我们听到头顶'咚'的一声,是吧,露西拉?"

"我不记得了。"露西拉漠不关心地说。

"喝完下午茶,我在房间里工作了一个小时,"司达林说,"我的房间挨着诺特-斯洛曼的。大约5点10分的时候,我听到他回房间了,之后就不太清楚了。我当时正在研究一个关于希腊语过去式祈使语气的注释,是华生做的,发表在这个月的《经典》上,不大可能注意到别的响动。"

"一间屋是过去式祈使语气,一间屋是死亡。"乔治娅喃喃自语。

格兰特太太突然语气低沉地说道:"罪恶的代价是死亡。"

奈杰尔忍不住"扑哧"一声笑了出来,然后赶紧用手捂住了嘴。现场的气氛显然已经不适合继续问询下去了。很快奈杰尔看到有辆警车开过来了。头顶上有各种声响,看来搜查开始了,幸好自己不在上面。过了一会儿,博尔特来叫奈杰尔出来,说探长要见他。他上楼的时候,看见楼梯口有个警员,后者跟他说:"我们不能限制他们太长时间的,现在就等女警了。"

威尔斯医生正在水池旁拿毛巾擦手,样子一如既往地冷漠、严肃。探长看起来挺兴奋,诺特-斯洛曼身上盖了个床单,已经看不到他狰狞的面目了。

"氢氰酸,"探长告诉奈杰尔,"致命最快的毒药。威尔斯医生说他没有全部喝完,衣服上还沾了一些;嘴角的白沫表明他不是立即死亡的。"

"我无法提供更多信息,"医生说道,"得等我们了解了他服用的剂量,以及用什么方式服用的。我想布里克利应该让验尸官来进行尸检。"

医生走了之后,奈杰尔把他在楼下收集的为数不多的信息告诉探长,探长在楼上已经搜查了三个房间,布里克利接手了后面的工作,但尚未发现什么。

"依照我的想法,"布朗特说道,"凶手可能把证据藏在其他房间了,甚至也可能藏在外面了。警员马上会去搜查一楼。房间里没有找到装毒药的容器,应该不是自杀。话说回来,凶手可能想伪装成自杀现场,人们会这样认为,不过,如果确实如此的话,为什么还要费事把容器拿走呢?"

"我还没想明白他是怎么做到的,想来他也不会直接找到诺特-

斯洛曼，告诉他：'来，把这个喝了，虽然味道怪怪的，但对健康有好处！'"

"估计不会，他肯定是把毒药放在一个诺特-斯洛曼肯定会去喝的东西里了，在他喝完之后，又拿走了。"

"这意味着他得时不时进来看看诺特-斯洛曼喝了没有，那会让诺特觉得很烦的。"

"这样的话，"探长有点儿恼火，"你来给一个更好的解释吧。"奈杰尔在屋里踱来踱去，抓抓这个东西，摸摸那个东西。

"此人可能拿了两个玻璃杯或者别的什么容器进来，请诺特一起喝一个。"

"还带了一束桃花，以抵消酒里的特殊味道。"布朗特回嘴道。

"上帝！"奈杰尔大喊起来，兴奋地迈着大步，"我知道了，鸡尾酒！毕竟鸡尾酒什么味道都有可能！该死的果壳，一直踩着它们。"奈杰尔弯腰把果壳都捡起来，扔到垃圾篓里。

"是的，"布朗特回应道，"是的，有可能。但鸡尾酒杯可不好处理。如果他把酒杯洗干净再放回碗橱的话，仆人们很有可能会看到的，我去了解一下。"

这时警员进来说，救护车来了，女警也来了。布朗特下楼通知大家准备接受搜查。有人进来把诺特-斯洛曼的尸体抬走了。整个过程没有哭泣，没有祈祷，没有祝福。奈杰尔留在诺特的房间没有走。他点着一根烟，点烟的时候又闻到了苦杏仁味，可是屋子里的味道明明已经散得差不多了。奈杰尔困惑地四处查看，没有找到味道来源。他把烟拿到嘴边，立刻又感受到了那种令人窒息的味道。味道是从烟上散发出来的，他手上也有。难道有人给他的烟下了毒？这着实吓了奈杰尔一大跳。不对，应该是手上先有味道的，刚才他都接触了什么呢？肯定不是尸体。这太疯狂了，他刚才一定接触了放毒药的容器。奈杰尔努力回想刚才到底接触了哪些东西，接着他的目光落到垃圾篓上。他走过去把垃圾篓里的果壳拿出来，是的，就是它！看起来是核桃壳，但一股子苦杏仁味。

奈杰尔的高兴劲立刻就没了。这实在匪夷所思，或许你可以说诺特－斯洛曼死于非洲眼镜蛇或印度眼镜蛇，但不可能是核桃啊。他小心翼翼把这些果壳放到手绢里，好像把这些谜团放在一起就能解开似的。很快他注意到，就核桃而言，有的果壳特别薄，而且碎片的数量也很奇怪；还有就是，有的碎片的边缘特别整齐，看起来就像拼图游戏里的一个个小块。奈杰尔用放大镜仔细观察这些碎片，发现这些整齐的边缘上还附着别的东西。奈杰尔投入极大的耐心一点点儿把这些碎片慢慢拼好，可以清晰地看到，这个果壳是被提前锯成了两半，之后又用胶水粘起来的；再细细观察，发现果壳上还有个小孔，被油灰糊住了。

现在问题解决了一半。凶手把核桃壳从中间锯开，可能是为了把核桃仁取出来，再用砂纸打磨壳壁，所以壳的内壁才会像鸡蛋壳那么薄。为什么要这么做呢？可能想减轻它的重量。如果直接把毒药注入进去，核桃的重量会太重，这会引起诺特－斯洛曼的怀疑。凶手把核桃壳内壁打磨薄了，又拿胶水把锯开的两半粘起来，再在壳上打一个洞，用注射器把毒药注进去，最后拿油灰把洞口封起来。到目前为止，推理都成立，可还有两个无法解决的问题：凶手如何能确定，这种有毒的坚果只会毒死诺特-斯洛曼而不是别的人呢？又是如何毒死他的呢？敲开核桃的话，毒液很可能都流到手上了，除非当事人手上有伤，否则毒药不会起作用的。氰化酸的烟雾是有毒，但这么小的剂量不足以致命啊。奈杰尔反复思索，还是不得要领，正打算放弃的时候，脑子里突然闪过一个画面：午饭前，在客厅，诺特-斯洛曼微扬着头，拿牙齿嗑开核桃，这就对了！所有的环节都连起来了。奈杰尔想起来，尽管诺特-斯洛曼偶尔也会用核桃夹子，但在非正式场合大都是用牙嗑核桃的。如此看来，凶手肯定了解他这个特点，也清楚别人不会这样嗑开核桃壳，就算别人拿到了有毒的核桃，也不会有致命的危险。凶手有可能提前就把有毒的核桃放到了诺特-斯洛曼床头柜上的坚果盘里，之后就只是个时间问题了。这也是为什么要把壳壁打薄的原因。如果不够薄，核桃有可能会从胶粘着的地方裂开，那就露馅了。而且如果它和其他核桃一样坚硬，有可能一下咬不开，那种特殊的苦味就可能会引起诺特-斯洛曼的注意，让他立刻把核桃吐出来；这颗核桃经过处理之后，他一下子就能咬碎，即使他奇怪怎么这么好咬开，也很难有时间把核桃里的液体吐出来，而且他微扬的头也会让他咽下大部分毒药。就算他吐出来一点儿，也太晚了。

布朗特探长回到诺特-斯洛曼的房间，发现奈杰尔吸着烟，傻乎乎地在玩核桃壳。有那么一瞬间，布朗特还以为奈杰尔的脑子坏掉了，但奈杰尔开口说话了，听起来还很正常："探长，不用再搜查了，我已经找到了问题的答案。"

"终究还是让您找到了!"

"是的。是众多故事中一个由果壳讲述的故事。"

奈杰尔把看法全盘托出,探长脸上的表情不断变化,起初是礼貌的,之后是不可置信的,再后来是投入的、欢欣鼓舞的,最后是吃惊的。"天啊,斯特雷奇威先生,您真是好样的,完成了一项大工程!可我不喜欢现在这种情况,一点儿也不喜欢,感觉整个犯罪过程一击致命,冷血又精确。得快点抓到凶手啊!"

"现在也不剩太多选择了。"奈杰尔慢慢说道。

"是的,幸运的话,不会等太久了。希望贝拉米快点儿好起来,他是整个事件的关键。医生说他现在各项指标都还可以,但还得昏迷几天,而且重击之后有可能会失去记忆。我们不能依靠他了。我已经把这里每个人的画像都送到各大药房去了,买氰化酸不像买黄油,每个买的人都得登记,就算用假名,也好识别出来。其他人还在搜查,但我感觉做毒核桃的人,不是在这儿现做的。现在,斯特雷奇威先生,如果您有一个小时左右的空闲时间,我想和您交换一下我的——"

"不,不,"奈杰尔态度坚决地拒绝,"你们专业人士或许能几天不吃饭,但我的饭点早过了,必须得去大吃一顿,你最好一起来吧。我让莉莉把食物送到起居室去。"

奈杰尔吃了一磅冷牛肉、十个土豆、半个面包、一大半苹果派。吃饭的时候拒绝回应探长的各种消息。最后又喝完了一大杯啤酒,擦干净嘴之后,他才开口说:"好了,我可以洗耳恭听了。"

"首先，可以排除自杀的可能性了，诺特－斯洛曼不会费尽心机弄个毒的核桃来毒死自己。"

"确实如此，是的，推理完全正确。"奈杰尔夸张地说，整个人都是游离的，思想完全不在状态，完全一副三杯酒下肚的样子。

"下午也没必要再去询问每个人的去向，毕竟这几天随便找个机会都能把核桃放到诺特－斯洛曼的房间里。格兰特太太说，诺特－斯洛曼刚来时，盛满坚果的盘子就已经摆在他房间了。这次的投毒案有可能和前两起案子有关，也可能一点儿关系也没有。"

"关系不大，但值得好好想想。"奈杰尔喃喃自语。

"如果没关系，我们就得按两起独立的谋杀案来处理——"

"两副头脑，但只有一个想法，哦，抱歉，请继续。"

"我们可以基本断定二者有关联。好吧，显而易见的一点是，诺特－斯洛曼知道一些对凶手来说有致命威胁的事情，可会是什么事呢？"

"有关谋杀奥布莱恩的事情，我妄猜一下。"奈杰尔把双腿跷到椅子把手上，点着一根烟，像那个著名笑星斯坦·劳雷尔一样把头发揉得乱糟糟的。

"我也是这么想的。我们知道，奥布莱恩被谋杀前，诺特－斯洛曼就在木屋附近。假如他看到了有人跟着奥布莱恩进了木屋，第二天发现奥布莱恩被杀了，这种人的第一反应不是去向警方告发，而是要利用这种情况敲诈些钱财。他之所以被杀，正是因为敲诈了杀害奥布莱恩的那个凶手。"

"为什么不尽早行动呢？为什么还要等两天呢？"

"啊哈,我也在思考这一点。直到今天下午诺特-斯洛曼才知道他被列为嫌疑人了,而解除嫌疑的唯一方式,便是坦白他看到有人跟着奥布莱恩进了木屋。他一直在犹豫要不要坦白,毕竟这属于杀鸡取卵的行为,而且,即使他坦白了,我们也不见得采信。我猜测,诺特-斯洛曼想把这消息当作最后一张牌,只有确认了我们不是虚张声势,才会使用它。今天下午凶手发现诺特-斯洛曼被怀疑了,害怕他神经绷不住会向警方坦白,就决定启用投毒方案。"

"听起来有点儿道理,可是哪有时间准备毒核桃呢?"

"我们不得不设想,凶手一直随身带着毒核桃,把它作为谋杀奥布莱恩的替代方式,或者他就是这样保存毒药的,以备不时之需。"

"或者,还有第三种可能。因为诺特-斯洛曼敲诈此人,此人想除掉他。但敲诈的原因可能不是因为谋杀奥布莱恩,而是别的什么。此人随身带着毒核桃,可能就是想碰碰运气。当发现诺特-斯洛曼成为杀人嫌疑,就设计投毒,希望让大家以为他是畏罪自杀。很妙的一招。"

"是的,斯特雷奇威先生,听起来是个合理的推测。您的猜测指向卡文迪什。除了我们已经获取的证据,卡文迪什自己也暗示过诺特-斯洛曼敲诈他。他也有可能是谋杀奥布莱恩的凶手。依据我的观察,他也很可疑。他看起来紧张、焦虑,大家想当然地以为他目前的状况是由财务困难导致的。"

"卡文迪什的行为在这个不同寻常的案子里确实很古怪。"奈杰尔低语。探长摘掉眼镜,右手拿着转来转去,身体前倾看着奈杰尔:"现在，先生，您到底打算说什么？您脑子里已经有了新想法。"

"抱歉，我还不能说，因为我还不是很清楚。我已经观察卡文迪什两天了。他看起来确实像一个即将崩溃的杀人犯，可是就因为看起来太像了，反而不像是真的。这可难倒我了。"

布朗特坐了回去，看起来有点儿失望："我觉得你过于敏感了。根据我的经验，凶手，我指那种受过良好教育的类型，不是恶棍那种，总是会在一举一动中暴露自己。那种顶着扑克脸的恶魔只出现在小说里。"

"好吧，我希望您是对的。"

布朗特目光严厉地盯了奈杰尔一眼，后者两眼蒙眬，望向探长的秃顶。

"真蹊跷，"奈杰尔说，"我以前怎么没有注意到，这是幅毕加索的画，是吧？"

他站起来，仔细观察探长身后那面墙上挂着的一幅小画。

"斯特雷奇威先生，您刚才说，您希望我是对的，是不是您有了新的怀疑对象了？"布朗特步步紧逼。

奈杰尔转过身，跌坐回椅子里。"对爱德华·卡文迪什公正起见，我必须承认应该有别的可能性。比如，今天中午吃饭前，诺特-斯洛曼和菲利普·司达林有过一番争执，在争执的过程中，诺特-斯洛曼说，他知道司达林的一些秘密，这些秘密会改变警方对司达林的看法。我非常了解菲利普，就谋杀而言，我敢说他百分之百是清白的。而且——"

"问题是，"布朗特插嘴，"他不会去攻击贝拉米，可能袭击事件也不是凶手所为。我得去见见格兰特太太,确认贝拉米在下午2点半的时候是不是确实在厨房。"

"我不会对自己的想法太较真。我这样做只是为了显示卡文迪什并非唯一的可疑对象。可能还有露西拉,她刚和诺特-斯洛曼闹翻了:俩无赖失和了——毒药就是女人的武器,人们经常这么说。可能是她和诺特-斯洛曼联手杀死奥布莱恩的,后来看到他不可靠,为了自保就毒死了他。再来看看格兰特太太,一个女人,好像没什么动机,但也可视为潜在的投毒者。设想她年轻的时候为爱不顾一切,一失足,留下了一个没有父亲的孩子,不得不拼命干活来养活这个孩子,供他上大学。诺特-斯洛曼发现了她的秘密,想敲诈她。'我唯一的愿望就是把他培养成一个绅士。'失足的厨娘低声哭泣道。什么?你不相信我的猜测?好吧,我也不确定到底是不是,我觉得格兰特太太和失足姑娘的角色实在是对不上号。那个花匠呢?名字,名字叫耶利米·佩格鲁姆,嗯,这个名字容易让人有不好的联想[①]。他大部分时间都在户外暗暗谋划。你如果读过波伊斯[②]的作品,你就知道在英国乡下,冬天主要的娱乐就是谋杀。漫长的冬日夜晚就要来了,买一套锋利的斧头!哎呀,不管是老人还是孩子都觉得很好玩,装进漂亮的礼品盒里,还附有说明书,只要7先令6便士;还有各种整理好的毒铁杉、杀鼠药、天仙子和有毒的龙葵,这需要额外再付6便士。"

---

① 耶利米,《圣经》记载的古犹大国灭国前,最黑暗时期的一位先知。
② 波伊斯(T.F. Powys, 1875-1953),英国作家,作品主要写乡村生活,风格黑色冷峻。

布朗特不慌不忙站起来，面部肌肉微微放松，如果一个苏格兰人是这副表情的话，那他就是要开玩笑了。只见他打着官腔郑重其事地说："斯特雷奇威先生，我会认真考虑您的意见。"说完就走了。奈杰尔也很快上床睡觉了，尽管刚才表现得十分兴奋，但事实上，头一挨枕头就开始做起噩梦。梦里，乔治娅肩膀上架着鹦鹉看向他，笑容里带着责备，然后鹦鹉变成了一个大喇叭，冲着他嘶喊："毒药是女人的武器！毒药是女人的武器！"

第十一章

探险者的故事

后来,偶有机会谈起这件离奇的杀人案——当时报纸称其为"柴特谷杀人案",奈杰尔往往会说,破案的人实为一个希腊语教授和一个17世纪剧作家。不管事实是否如此,耐心看完这本书的读者都会给奈杰尔·斯特雷奇威一个恰如其分的评价——他为这件离奇的案子提供了一个离奇的开端。

12月28日早晨,奈杰尔醒来,没有感受到案子即将真相大白的任何迹象。今日的早晨和以往世界为人类堕落而绝望哭泣的早晨一样;而人自己,正沮丧、羞愧地站在镜子前,举着刮胡刀思考:如果对着自己的左颈动脉狠狠拉一刀是不是对大家都好。窗外的柴特谷花园,灰色的天空看起来阴郁、沉闷,远处山间雾气笼罩;花园里,大树上的雨滴不断滴下来,滴到常青树的树叶上,树叶因承重而下垂,又因雨滴滑落而反弹起来,看起来就像有一只看不见的手在敲击打字机的键盘。耶利米·佩格鲁姆看着这糟糕的天气,感觉就算出了什么意外也是正常的。他正在花圃里四处转悠,肩膀上披着个麻布片儿,脸上的表情和他的意思为"流泪先知"的名字倒是挺配。奈杰尔还在刮脸,过去三天发生的事情在脑子里不断冒出来。他越来越坚信,如果不对这个案子的核心人物奥布莱恩有更深入的了解,很多事情就都理不清楚,他还将继续在黑暗中摸索,不得其门而入。乔治娅,无疑是了解奥布莱恩的最佳人选,当然前提是她得乐意。现在的问题是,如果把这个案子的各种证据单独拿出来看,很容易和乔治娅对号入座,但整体看起来,乔治娅又不像有嫌疑的样子。"就算有各种符合情理的猜测,"奈杰尔自言自语,"也无法抵消我对乔治娅的喜爱,我宁愿无视这些证据,设法为她脱身。"无论如何都得和乔治娅坦诚布公地谈一谈了。如果她是清白的,她会和盘托出有关奥布莱恩的事情;如果她不是清白的,她一定会犹豫、掩饰,那会暴露得更加充分。

餐厅里除了菲利普·司达林,没有其他人。他正在研究一片吐司,脸上压抑不住的恼怒和他审阅不成器本科生论文时的表情一模一样。"这片吐司,"他在奈杰尔脸前挥舞着它,宣称,"就是个耻辱。大学校园里经常发生这样的事,我的同事们都忙于高级批评、布克曼主义或是别的什么同样丑陋的知识自戕,已经完全忽略物质享受的重要性。可是在私人住宅里,应该可以期望一定的厨艺水准,应该可以期望酥脆的吐司。"他边说,边在吐司上抹了厚厚一层橘子酱,大口咬了下去,每一个毛孔都透着享受。

"或许最近接连发生的不幸事件影响了厨师的发挥。"奈杰尔很体谅。

"你指的是谋杀案吗?我是不是感受到了话语里暗含的自责?我们必须得保持平常心,亲爱的奈杰尔,你心绪过于焦虑,高估了死,忽视了生。我和你恰恰相反。我认为生远比死重要,所以谋杀不是烤不出酥脆吐司的借口。而且,就算有死亡,任何人都不该为诺特-斯洛曼的死烦恼,它只会让宅子里的工人们更舒心。顺便问一下,老伙计,说到谋杀,是不是该有个结论了?事情已经发展得越来越过分了。昨天,一个警员对我进行搜查,实在不是一个令人愉快的经历。如果没有警员跟着,我还出不了门,我是要到海德公园行刺吗?如果同事们发现我在柴特谷度假,却哪儿也去不了,那就成大笑话了。而且晚饭时间不规律,我的胃也快受不了了。"

"晚饭,"奈杰尔陷入沉思,"晚饭,这提醒了我。有个事想要问您,是什么事来着?哦,对了,有一次您本来准备告诉我,在圣诞夜晚宴上奥布莱恩是说了什么还是做了什么,您刚说到'不知你有没有注意到奥布莱恩——',然后我们的对话就被贝拉米的事情打断了。"

菲利普·司达林一脸困惑,后来想起来了:"当时他背了一句话,'蚕儿吐丝是为了你吗?'说是出自韦伯斯特的作品,事实上,是出自图尔纳①的戏剧。当时我没在意，后来想想，好奇怪，他居然读了那么多书。"

奈杰尔很失落，本想能得到一些有价值的线索。一小时后，他走进起居室，发现乔治娅在写信。她穿了一件山羊皮的大衣、一条红裙子，鹦鹉立在肩头。

"要不要出去走走？"他说道，"我想和您谈谈。"

鹦鹉不怀好意地斜了他一眼，响亮地回答："你个淘气的老东——"

乔治娅笑了起来："我得为耐斯特道歉，它是海员出身。好的，我愿意出去走走，等我把信写完，把耐斯特放到笼子里，它不喜欢淋雨。"

几分钟后，乔治娅从楼上下来，套了一件非常宽大的骑兵穿的雨衣，不带帽子的那种。"这样头发会湿的吧？"奈杰尔说。他自己披着一件毫无形状可言的毛毡——看起来年代特别久远，即使最不讲究的鸟儿，要在里面做窝估计也得三思吧。

"我喜欢淋雨的感觉，您不介意我的头发乱得像美杜莎吧。一个侦探如果戴着一顶黑色的隐身帽，该有多方便啊。②"

"我确实戴着一顶帽子，一顶可以感受到漆黑一片的帽子。"

---

① 图尔纳（Cyril Tourneur, 1575-1626），爱尔兰悲剧作家，代表作为《复仇者的悲剧》和《无神论者的悲剧》。
② 美杜莎（Medusa），是古希腊神话中的蛇发女妖，被天神私生子珀尔修斯斩首。珀尔修斯躲避追踪的时候戴了一顶隐身帽，是仙女们给的宝贝。

乔治娅放声大笑："很高兴还有人会用双关，在查尔斯·兰姆[①]的作品中，这往往对应着简单、孩子气的性格。"

"恐怕您很快就会发现，认为我的性格简单、孩子气，完全不成立。我的脑子就是装满了各种乱七八糟东西的洗碗池。"

"哦，如果能看到是怎样乱七八糟的洗碗池，改变一下看法也是值得的。"

"我这种说法，老学究称之为移位修辞。说实话，我把您从屋子里拉出来是想向您了解一些情况。"

乔治娅·卡文迪什没有搭腔。奈杰尔看不到，在宽大雨衣的口袋里，她攥紧了拳头。事实上，他很佩服乔治娅没有说："我想您并不单单是为了美貌而来找我。"——这种话没几个女人能忍住不说。乔治娅毫不妥协的沉默让人感觉有一丝压迫，既然套话都说完了，奈杰尔深吸一口气，说："我想请您告诉我，有关奥布莱恩的一切。"

乔治娅沉默了一会儿，开口道："您是以官方的身份在问话吗？"

"我没有官方的身份，但话说回来，如果我认为得到的信息与案子有关，我一定会通报给警方的。"

"好吧，还算诚实。"她低头看着地面，犹豫不决地皱起脸。

奈杰尔有些冲动地说："我在纸上做了推演，这两起谋杀案，您的嫌疑最大，可我坚信您不是凶手。"他停下来，奇怪为什么感觉喘不上气来。这个开场白确实不同寻常，接下来——阴霾满天，雨打橡

[①] 查尔斯·兰姆（Charles Lamb, 1775-1834），英国著名散文家，文风幽默。

树，这场专业指控该如何发展，两人谁也无法预料。乔治娅停下脚步，把脚埋到成堆的湿树叶里，过了很长时间终于抬起头来，勉强笑了一下，说道："好的，我会和盘托出。您想知道什么呢？"

奈杰尔永远忘不了在凄风冷雨的花园里的那次散步，还有乔治娅讲述的故事。散步时阴雨笼罩的天空和故事中酷热的非洲景象都让人印象深刻。而最为生动鲜活的还是乔治娅本人，那小小瘦瘦的身形套在宽宽大大的雨衣里，走起路来虽低头垂肩却极富力量与活力，雨水顺着她黝黑的脸庞流下，给人的感觉就像挺立船头的饰像那样坚毅，又像夏日狂风中的海洋一般充满活力。

"我想了解您和奥布莱恩是怎么认识的，后来又是怎么发展的，他对这里的人都是如何评价的，这些都非常重要，要不我也不会问您。对您来说，全部和盘托出也是个解脱。"奈杰尔的语气中夹杂着一丝发自内心的同情。

"事情发生在去年。我去利比安沙漠探险，高腾上尉，我的表弟——亨利·路易斯和我，我们三个人。这是亨利第一次参加探险，特别紧张，也特别兴奋。我们想去找到那个失踪的绿洲——泽祖拉。以前就有人尝试去找它，以后也还会有人去找，但至今尚未找到。关于泽祖拉的传说很迷人，有点儿类似亚特兰蒂斯的传说。我们带了两辆四缸的福特车——专门为穿越沙漠做了改装，还带了两个月的食物、足够的饮用水和汽油，确保路途不那么艰难——当时是那么想的。嗯，我不打算给您普及地理知识，沙漠的样子都差不多：一眼望不到尽头的沙子，除了太阳什么也没有，只有到了南部的瓦迪哈瓦才会偶尔见着绿洲。大多数人都觉得开车进沙漠非常愚蠢。很快，我也有了同样的想法。大约进沙漠第12天的时候，我们遇到了沙暴。沙暴的伤害性不大，但如果你适应不了的话，精神很快就会崩溃。亨利就是这种情况。他已经精神恍惚，后来太阳出来之后，开始疯狂抱怨，要离开这该死的地狱般的烤炉。如果以前没有经历过，确实也比较难熬，我不该带他来的。一天早晨，我和高腾在离车20码的地方找寻方向——离车太近的话，车上的磁铁会影响指南针——突然，我们听到汽车发动的声音。亨利精神崩溃了，要开车回家。高腾追上去把车停了下来，之后亨利开枪打中了高腾的肚子，接着开始狂笑，拿着手枪对着汽油桶和水桶一通乱射，打穿了五个。我没有别的选择，只能开枪——打中了亨利的心脏。"乔治娅不带任何情绪地接着说，"高腾又活了三天。"

奈杰尔久居城市，第一次听到有人亲口讲述这种残酷而绝望的举动，感到十分无助，有想吐的感觉。他张了张嘴，实在不知该如何评论，只好去点一支烟，烟又被雨水浇灭了，烟味慢慢在嘴里弥漫。

乔治娅接着讲述："实在不凑巧，我们当时处在乌维奈特和瓦迪哈瓦之间，离后者还有大约150英里。我可以选择回到集合点，在那儿等着骆驼送来补给水和汽油，也可以选择接着往前走，经瓦迪哈瓦到库土姆和法舍尔。我们估计，骆驼还得几天才能到达集合点，现在对高腾来说，唯一的希望就是到库土姆，到了那儿，可以用飞机把他送到卡特姆。我让他躺在车里，再装上剩余的水和汽油就出发了。水所剩无几，车也不能开太快，否则他的伤口会疼得受不了。不管怎样，天黑的时候到了瓦迪哈瓦，我本想着霉运已经过去，但其实并没有。

第二天我们进入副沙漠，这可能是世界上最不适合开车的地方，到处都是硬土堆、草丛疙瘩和干涸的雨道。我把车速降到一小时七英里，但即使这样，剧烈的颠簸也让高腾难以忍受，我不能苛责他，只好停了下来。高腾让我留下他，自己开车离开，可我觉得这一切都是我的过错，无法丢下他不管。他身体太弱了，也无法反抗。第二天，他死了。我设法把他埋起来，能做的也只有这个了，尽管可能用处也不大：土太硬了，挖不了太深，附近还有成群的野狗——我在瓦迪哈瓦也见过它们，还有狮子。"

"安葬了高腾之后，我又开始前进，路上状况不断，水只剩半桶，汽油也只剩一桶，弹簧还一直断。唉，希望你不会觉得无聊，感觉我现在讲的有些跑题了。"

奈杰尔清了清他发紧的嗓子，告诉她，一点儿也不觉得无聊。

"剩的水这么少，我有点儿着急了；我一定开得太快了，把后车轴弄断了。如果你对福特车有所了解的话，可能知道，如果不是暴力开车的话，车轴一般不会坏的。离库土姆还有100英里左右，不过在这中间应该还有村庄。我把剩余的水一饮而尽，开始步行。任何人在沙漠中没有计划地随意乱走都应该受到谴责，我作为随意乱走的反面典型，在这该死的草丛疙瘩上还没有走出去半英里，就崴了脚。我设法爬回到车上。在这个该死的地方，遇见车的可能性远高于看见人。如果一个人接受过训练，又喝了很多水，是可以撑很长时间的。但在三天半之后，我觉得我快撑不住了。不知您有没有见过快渴死的人，实在很惨，我不打算继续这样下去了。我旅行的时候总是随身携带一小瓶毒药，氰化酸，很快就能致命的小东西。当听到飞机引擎的声音时，我正把毒药拿在手里把玩。当然，刚开始的时候，我并不相信真有飞机会来，感觉这种事情只是在最后时刻上帝用来逗乐人类的，但当我抬头看的时候，真的发现有一架飞机！

"我勉强挥了挥手，飞机上的家伙也挥了挥手。我估计了一下，他飞回去再叫个车来救我，大概要十个小时，也就是说还得再熬十个小时。可是那个家伙并没有飞回去，他开始在离地面100英尺的地方盘旋，似乎想要找个地方降落。我感觉这纯属浪费时间，就算是大天使在这种地方也难以降落。我朝他挥手，想让他离开，但离得太远了，用处不大。那家伙真的开始降落了。这种疯狂血腥的事情也是费格斯的行事风格。我看他真要降落，努力坐直身子、瞪大眼睛。在一个人临死前的最后几个小时，还有什么比这更好的娱乐方式？这个傻子非要摔断脖子，毁掉我最后的生还机会，我为什么不能好好观看一下呢？他抬升飞机尾翼，开始慢慢降落。我就算活到90岁也看不到类似的场景了。他操纵自己的飞机就像把玩一束蓟花的冠毛，最终他设法平降着陆了，但飞机还要滑行50码。只见飞机在草丛疙瘩上蹦来蹦去，像只袋鼠，最终在离汽车20码的地方停了下来，飞机的起落架基本报废。接着，从飞机里蹦出来一个小伙子，走上前来对着我咧嘴一笑，说道：'我想您是卡文迪什小姐吧。'

"跟您说，我当时比他害怕多了。其实，就我所记得的，当时我放声大哭，根本停不下来。费格斯很体贴，从飞机上给我拿来水，又让我喝了一点儿白兰地，还给我讲了一个极不合时宜的寡妇参加野餐的故事。后来我就睡着了，等醒过来，已经是第二天早上了，费格斯在修理他的飞机。他给我做了早餐，告诉我他是谁，是怎么发现我的。骆驼运输队到达集合地点等不到我们，报了警。警方派出飞机展开搜索，但他们搜索的方向太靠北了。后来他们发现了那辆车和亨利的尸体，通过看车辙发现我们朝南去了，以为我们一切正常，就取消了营救计划。等搜索队回到卡特姆见到费格斯，建议他再去瓦迪哈瓦搜索一下，以确保我们没出事。正是这个建议让他找到了我。

"当时，我还非常虚弱，就躺在那儿看费格斯努力修复飞机的起落架。我曾经问他，为什么像个傻子似的在这么恶劣的地形上着陆，他的回答很有个性：除了主教的教冠，这是他唯一没有着陆过的地方，他想试试能不能成功。他还说，要把主教的教冠留到他生无可恋的时候再尝试，以确保他的死亡有圣洁的味道。我告诉他，没必要再去修那个飞机了，肯定会有新的搜索队来找他，我也没有大碍了，况且他也没办法把没有起落架的飞机弄上天。他告诉我，首先，他喜欢修飞机；其次，他从来没有被救过，也不打算开这个先例；第三，我的身体还不行，越快回去得到治疗越好；第四，他的水不够了，等不到卡特姆那些小官僚酒醒之后，再派搜索队过来；第五，如果一个大木箱能够在这儿着陆，它就能够在这儿起飞。事情就是这样。

"我挨着车的一侧支了个帐篷，他不干活的时候就来这儿坐下，问我各种问题。他不想让我老想最近发生的事情，而且他对各种各样的事情都感兴趣，这也是他了不起的地方。到了晚上，他就把我的一生了解得清清楚楚了，还让我意识到，原来我这一辈子过得这么有趣。

他就有这种本事,能让人对自己感兴趣,只有伟大的人或自己的爱人能做到这一点,当时我们还远不是恋人。谈完我的话题,又开始聊我的家人,我的父母和爱德华。我父母早逝,只有爱德华和我相依为命,所以在感情上我对爱德华很依赖——费格斯很快也看出来了,他在这方面天赋惊人。他也让我分享了爱德华的故事。爱德华战前每年夏天都会去爱尔兰,我们在那儿有亲戚,我还像人们见面经常寒暄的那样问他,有没有见过爱德华,好像爱尔兰只是一个小村庄,或者是他们一起参加的一个学术会议那样。费格斯问我爱德华住在哪儿,我告诉他是在韦克斯福德县的梅娜特庄园,他说他对那一带非常熟悉。

"他接着谈到,如果爱德华结婚了我会多么孤单,不过,我也会结婚的之类的话。我告诉他,爱德华现在确实是个单身汉,但我感觉他曾经和一位爱尔兰姑娘谈过恋爱,后来那姑娘抛弃了他。费格斯对这一点很感兴趣,但我也所知有限,只有这件事爱德华从来没有和我详细说过。费格斯说等有时间了想见见爱德华,我说如果我们能从这该死的沙漠出去的话,当然可以。后来我开口问他的故事,他跟我说了很多他在战争中和战争结束以后的故事,很夸张的那种;如果其他人给我讲这种故事,我肯定认为是在吹牛,但我已经听了太多他的故事,知道这些事很有可能是真的,是基于事实的。不过您也知道,一个爱尔兰人为了让故事更为生动,会在事实基础上增加各种各样的离奇情节,费格斯是这方面的艺术天才。我想了解他战前的生活,但他总是三缄其口,只是说不知道自己的父母是谁,他曾经干过农活之类。对于战前的奥布莱恩我就只知道这些。第二天，费格斯又去修飞机的起落架了，我们设法把飞机抬升了一点儿，他又从汽车上找了一些不知道是什么的零部件，最终造了一个很复杂的庞然大物，据他说可以让我们离开地面。他真是个技术天才。我向他指出，如果这玩意碰到一个土包——不等它滑行五码就能碰到，它就会被撞得支离破碎。不过，他说准备再修一条跑道。我当时身体已经基本复原，于是接下来的一天，我们就在平整土地，用铲子把草丛疙瘩铲掉，把土填进雨道里，最终整出来一条100码的跑道。一切如愿，我们飞离了地面，不过在跑道尽头飞机还是撞着了什么东西，估计起落架还是有损坏。最终着陆的时候，飞机差点儿坠毁。我们是在开罗降落的，费格斯坚持不去卡特姆而是直飞开罗，说是开罗的医疗条件更好一些。由于飞机差点儿坠毁，我得卧床一周，他也受了一点儿小伤，我们两个都住进了护理站。哦，差点儿忘了告诉您，当我们离开沙漠的时候，费格斯在汽车两侧都贴了标语，一侧是英国皇家空军的那句拉丁文格言——循此苦旅，以达天际；另一侧是对卡特姆当局的大不敬之辞。搜查队第二天发现了它，我后来听说，还引起了官方的震怒。"

奈杰尔停了好大一会儿才说："好的，呃，非常感谢。"听起来不带任何情绪。

"不客气，荣幸之至。"乔治娅也淡淡回应了一句。过了一会儿，她又接着说："哦，不，实在是，感谢您的倾听，我从来没有和人说过这些，现在感觉好多了，是费格斯被害这几天来第一次感觉好些。"她的声音听起来无助、谨慎、克制，就像复健病人第一次尝试走路一样。奈杰尔两眼直视前方，眼前出现的不是山毛榉树丛，而是沙漠中的一位年轻女性在射杀自己疯了的同伴，没有多大的愧疚，感觉就跟射杀一条疯狗差不多：不是她活，就是他活。是不是冥冥中同样的问题也发生在奥布莱恩和乔治娅之间呢，他死还是她死？他又看见同样一位女性摆弄着自己的氰化酸小瓶，愉悦地，兴奋地，"很快就能致命的小东西"。还要接着提问。于是他以一种严厉的语气开口了，让乔治娅很是吃惊。

"您刚才提到氰化酸？"

"什么时候？哦，是的，怎么了？"

"只是巧合罢了，"奈杰尔闷闷不乐地答道，"诺特－斯洛曼就是被它毒死的。"

乔治娅才从悲伤中复苏的喜色一下子又被抽离了。奈杰尔感觉自己把她刚刚愈合的伤口又撕开了，但谈话依然要继续下去。

"您不去探险的时候会怎么处理这东西？"

"我把它锁在家里，有时候也会倒掉。"

"现在您家里还有吗？"

乔治娅犹豫了一下，迟疑地说："是的，应该还有一些。"

"我实在不想问这些，但您也知道，这些毒药走正规渠道的话只能从医生那儿得到。我想您肯定是通过正规渠道获取的，这样的话，警方一定会追溯到您头上的。如果警方问起来，对您和其他人来说，最简单的办法就是直接告诉他们，再把获得许可的证明给他们看，以证明没有使用过这些毒药。"

"不，不，我不能这样做，也不敢这样做。"她喊道。

"不敢？"

"不敢，您看，"她急忙解释，"上次我是从我的好朋友，一个化学家那里拿的，我才想起来，他没有要医生的处方就直接给了我，这会给他惹大麻烦的。"

"有多少人知道您有，有这东西？"

"我想我的朋友基本上都知道，但您这是在浪费时间，没有人知道我把它放到哪儿了。"乔治娅看起来特别紧张。奈杰尔没办法再问下去了，只好说："请相信我，我知道您会拿枪杀人，也知道您手里有毒死诺特－斯洛曼的那种毒药，但我比以前更加坚信，不是您杀害的奥布莱恩。"

乔治娅朝他充满感激地笑了笑，但眼睛里还有深深的困扰，他这个业余侦探无法接触的困扰。奈杰尔感觉一阵痛苦和失望：他已经偏离了职业侦探的素养——宁愿去相信乔治娅说的每一句话，但他的信任对她似乎毫无意义。她觉察到了这一点，把手放到他的手臂上。

"这话对我很重要，您对我很好。但有些事我不能请您帮忙，现在，您还有什么想问的吗？"

"奥布莱恩什么时候开始和露西拉认识的？"

"据我所知，今年早些时候，在他从开罗回到英国以后，是在我们家认识的，那时候她还和爱德华打得火热。"

"您觉得，他怎么会和她在一起呢？她并不是他喜欢的那款啊，对吧？"

"嗯，他是个男人，露西拉很有女人味，但我觉得他也只是玩玩，显然他并不喜欢她。他对女人的态度很奇怪，有时候，"她低语道，"我觉得他也不够爱我，至少不是全心全意地爱。他总是有所保留，这让他看起来不近人情，即使对我，也是如此。真是个魔鬼爱人。这听起来很古怪，但有时候他像是着了魔，好像有什么我无法接触到的东西在不断地驱遣他。希腊人或许会说是复仇三女神在追赶他。"

"诺特-斯洛曼怎么会掺和进来呢？我一直觉得奥布莱恩根本不屑于和他接触啊。"

"嗯，露西拉是诺特-斯洛曼俱乐部的顶级招牌，她带爱德华去过那儿很多次。有一次她向费格斯提起这个地方，说是诺特-斯洛曼在经营。费格斯说他想去看看，看看现代文明脸上的毒瘤。今年夏天他们去过一两次，但看到诺特-斯洛曼来这里我还是很吃惊的。"

"您知不知道奥布莱恩的钱怎么来的？他告诉我他很富有。"

"这个很蹊跷。我曾经问过他一次。他说是他敲诈一个印度土邦主得来的。我猜这又是他讲故事的手段,但估计核心情节应该是真的。战后他是在印度待过一段时间，很可能帮了当权者的忙。他们手头金子很多，不会吝啬给费格斯几箱。费格斯很看重钱，他对钱有多看重，他自己的生活就有多荒唐，很奇怪的组合。"

"我还有一件事想问，您觉得您哥哥知不知道奥布莱恩打算抛弃露西拉？"奈杰尔看到乔治娅的脸色一变，赶紧说道，"好吧，我收回刚才的问题。"

"我们现在回去好吗？"乔治娅声音很低，还有些颤抖，"我，我的脚全湿了。"

奈杰尔扶着她："好的，亲爱的，您得知道，我不认为您是个无情的人。"

乔治娅咬着颤抖的嘴唇，努力想说些什么，接着她扑到奈杰尔怀里抽泣起来，喃喃说道："事情越来越不受我控制了。"

第十二章

过去的故事

"严格来说,那不是实情。"奈杰尔在房间把最近发生的事情相对客观地梳理完之后,对自己说:"事情并没有超出我的掌控,我只是改变了工作重心。现在,我就是他们所谓的利益相关的当事人。乔治娅的崩溃不算什么,她很能控制自己;问题在于,我对此好像很在乎。哦,天哪!我算哪门子的侦探,居然爱上了主要嫌疑人!我爱上她了吗?这个问题太考验人性了,但稍后还是得认真分析一下。当下关键的是不能让布朗特对乔治娅产生怀疑。真奇特,以前没意识到这一点,事实上我并不太在意他,一定是因为他的光头。问题是,只保护乔治娅还不行，还有她那不成器的哥哥。如果她哥哥出什么事的话，她会心碎的。如果有哪件事可以确定的话，那就是乔治娅特别害怕自己哥哥是杀人凶手。她从一开始就流露出了这种担忧。第一天早上她在木屋看哥哥的眼神；当爱德华说他在起居室时，她假装听到头顶有'扑通'声，以给哥哥脱身于诺特-斯洛曼案子的借口；让大家知道她想从遗嘱中受益，好把嫌疑从哥哥身上转到自己身上。她是真的知道什么事呢？还是只是猜测？"

"嗯，那是个关键点。我得让她哥哥也排除嫌疑，那就只剩露西拉了。我不能因为怕乔治娅受到伤害，就把所有的嫌疑都推到露西拉头上。并不是说不能这样做，而是我不想参与这种各自逃命的把戏。忽然想到，说乔治娅的脸长得像猴子，实在并不准确，就算像猴子，也是特别吸引人的猴子，不，根本不是猴子，该死的猴子。猴子怎么会有那么可爱的翘鼻子，还有那眼睛——"奈杰尔内心不讲原则的狂热赞美被布朗特探长打断了。他走进来，眼镜后面的眼神透着欢快，甚至连光头都透着得意洋洋的光——真是只讨厌的猎犬，奈杰尔带着极大的偏见暗自嘟囔。

"我看见您和卡文迪什小姐一起去散步了，有什么新线索吗？"布朗特探长询问。

"没什么相关的，"奈杰尔冷冷回答，"我们一直在聊奥布莱恩。"

布朗特从镜框上方盯着奈杰尔的眼睛，眼神带着疑问，在奈杰尔看来，还充满挑衅。

"我又去问格兰特太太了,她诅咒发誓说,贝拉米被袭击的那一天,确实在厨房待到了 2 点半左右,这样的话,司达林先生就没有嫌疑了。"

"是让他摆脱了贝拉米案子的嫌疑。"奈杰尔的态度很粗暴。

"嗯,我还和爱德华·卡文迪什进行了一次有趣的谈话。我设法让他相信他现在处境十分尴尬,建议他尽快把一些事解释清楚。我还暗示这两个案子他都有作案动机,等等。他刚开始还气势汹汹,很快就屈服了,很不情愿地说,他之所以这么难过和焦虑,是因为他担心妹妹对这两个案子知道的要比他知道的还多。"

"哦,他这样说了,是吗?"奈杰尔挑衅道。

"嗯,他还谈到一件被隐瞒的事件:卡文迪什小姐在非洲曾为了自卫杀死了她的亲戚,是她亲口说的。他还说,听说诺特-斯洛曼被毒死了,特别苦恼,因为知道妹妹手里有毒药。我问是什么毒药,他回答说是氰化酸。我问如果是他妹妹杀死了一个她深爱的人和一个跟她没什么关系的陌生人,她的动机是什么。听我这么问,他又僵在那儿,然后回答,他从来没有暗示过他妹妹是杀人犯,只是担心,警方发现的某些证据可能会让他们怀疑,她和这两个案子有关。至于动机,他也在困惑,想想她会杀害奥布莱恩和诺特-斯洛曼,这实在不可思议,不过,既然警方能找到那么多他作案的动机,相信即使没有他的帮助,也能找到他妹妹犯罪的动机。"

如果爱德华·卡文迪什能够看到奈杰尔当时的表情,一定后悔屈服于探长的各种诱供。奈杰尔沙色的头发遮住了右眼,满脸怒气,眼睛里射出无情而残暴的光芒。爱德华居然做出如此不堪的出格举动,要不是为了乔治娅的幸福,真不该把他排除在嫌疑人之外。现在的问题是，要想救乔治娅，就得决定要不要保哥哥。奈杰尔突然想起来，那天早晨爱德华抢在他前面跑进木屋，这里面一定有鬼，是的，天哪，事实原来如此。原来怎么没有注意到这么明显的线索！

探长还在说："和卡文迪什谈完话，我又看了看你做的推理笔记，考虑到卡文迪什刚才讲的，感觉你对他妹妹的指控很有说服力。斯特雷奇威先生，你提到她是唯一一个奥布莱恩信任的好友，在奥布莱恩防范攻击的时候不会把她纳入防范范围。这一点极具启发性，真的。"

"我想露西拉·斯瑞尔也符合这个条件。她和奥布莱恩的关系也很密切，而且，卡文迪什小姐今天早上和我说了毒药的事，她去探险的时候会带着它，以备在紧急情况下使用，她公开承认这一点。"

布朗特摸摸下巴，目光犀利地看着奈杰尔："您好像改变主意了，好吧，没有法律会禁止改主意，但我还是会和卡文迪什小姐正式谈一谈。或许她会告诉我更多事情。"他的话语带着一丝刻意的嘲弄，可惜奈杰尔没有察觉到，他正在努力拼凑爱德华先于他跑向木屋时别的证据。现在比以往任何时候都更需要了解奥布莱恩本人的故事了。奈杰尔想起来那个退伍军官，吉米·霍普，诺特-斯洛曼曾经提到过他，住哪儿来着？哦，对了，布里吉维斯特附近的斯特恩顿。

"我想借奥布莱恩的车子用用，可以吗？"奈杰尔问道。

"当然可以，您脑子里究竟在想什么呢？"

"希望我回来之后能告诉您一个更加曲折的故事。坚持住，先不要抓捕乔治娅·卡文迪什，否则还得再放了她，那会显得很愚蠢。"

一个小时后，奈杰尔已经坐在一个平房杂乱的客厅里，吉米·霍普正在炉子上烧水准备下午茶,他声称总会在下午4点准备下午茶,以备有客人来访。吉米个头很高,皮肤呈古铜色,表现得很积极但有些紧张,也有些力不从心。他上身穿着件无领衬衫,一件套头衫,下身穿一条脏脏的卡其色马裤和厚厚的羊毛袜。他给奈杰尔端来茶、一些不太新鲜的司康饼,又给自己倒了一杯威士忌。

"喝点儿酒,"他淡淡自嘲,"在战争时期,执行完任务,我们经常会喝点儿酒,已经养成习惯了。对可怜的老拖鞋来说,他从来不需要这个。好了,你想知道什么呢?无论是谁杀了他,都会遭报应的。他是那种你根本想不到他会死的人,不过上次我见到他,他看起来的确病恹恹的。"

"哦,您最近见过他,是吗?"

"可以这么说吧,去年八月,他定居柴特谷之后,曾邀请我过去。当时他看起来像快死了,但精神头非常好。他说打算立遗嘱,把一半财产捐给为军人提供安乐死的基金会,他想让我做遗嘱公证人。"

"是吗?立遗嘱要走很多道程序呢,您和贝拉米是遗嘱公证人,对吗?"

"不,不是贝拉米,是个一脸苦相的女人,是他的厨子,我记得是的。"

奈杰尔默默消化这棘手的新线索,这个线索否定了原来假设的袭击贝拉米的动机。他们早该想到的,奥布莱恩一定会给贝拉米留一部分财产的,这样的话,他就不会是遗嘱公证人。这样看来,奥布莱恩谋杀案很有可能和遗嘱也没有什么关系。还有一点需要注意,尽管布里克利曾经问过格兰特太太，她却没有提到过自己是遗嘱公证人。

"我想奥布莱恩没有和您说下一步会如何处理这个遗嘱吧？是送给律师保管吗？还是什么呢？"

"不，他没有说。你们破案有什么新进展吗？还在追踪线索吗？向什么人作过进一步了解吗？"

"嗯，已经有了一定进展，目前的问题是，我们对奥布莱恩参军前的事一无所知。"

"如果您能查出来，那就太幸运了。我们都不知道。大约在1915年后半年的时候，他和一个叫费尔的年轻人被分到了我所在的飞行小队，他们两个情同手足。我猜他们两个当时都不够当兵的年龄。费尔是爱尔兰人，来自韦克斯福德，好人家的孩子，一有时间就给我们讲他的父母、他们家的大房子等等。有一件事他从来不说，那就是有关奥布莱恩的事情。我们经常问他，因为奥布莱恩本人啥也不说，但费尔三缄其口。最后，我们都放弃打听了。有传闻说，奥布莱恩是匆忙离开家乡的，因为他从篱笆后面射杀了一个他讨厌的人。传闻极具爱尔兰浮夸的风格，但我们觉得也有可能是真的。从他对待敌人的架势，我们觉得，就算是真的也没什么好奇怪的。"

"他一开始就这样吗？"

"您这样问有些蹊跷。他确实并非一直如此。您听好啊，一开始他就表现得像个飞行天才，但也相当谨慎。后来，他外出了一个星期左右，回来之后突然要请假。从来没见过他那种煎熬的模样，上天入地地想请假。但不行，那时候军情紧急，所有的假都取消了。有两个星期奥布莱恩就像丢了魂一样。后来有一天早上他和费尔收到一封信，读完信，两人的表情就像飞机撞山似的。之后，奥布莱恩就变疯狂了。他攻击一切目标，我们都认为他在想方设法求死。但他就是个奇迹，居然求死不得，每次执行飞行任务都是别人牺牲掉。坦率说，我们都有点儿怕他。他的眼神就像地狱里的鬼魂。"

"费尔怎么样了？"

"费尔也是个优秀的飞行员。但如果没有奥布莱恩，他活不了多久。奥布莱恩在空中一直像个老妈妈一样保护他。费尔有时还为这发脾气，说自己能照顾好自己。但他们分开之后，他很快就战死了。"

"怎么回事呢？"

"我当时已经回国了，是后来听说的。那是1917年底，他们都有自己的飞行小队，费尔带着自己的小分队执行地面扫射任务，结果全被击落了。在同一周，奥布莱恩的小分队在同一地域也几乎全部阵亡，真是血腥啊！他们说，费尔死后，奥布莱恩一有空就驾驶飞机低空射杀敌人。他们都觉得奥布莱恩已经被魔鬼附身了。"

"好的，我必须得走了，非常感谢您提供的信息。"奈杰尔说。

"恐怕也帮不上什么忙。我这个人一旦开讲，就总是停不下来。走之前再喝一杯吧？不了？好的，那再见。等案子结了，有时间来看看我，一个人太孤单了，只能跟母鸡说说话。"

奈杰尔一路飞车赶回柴特谷。尽管和吉米·霍普的谈话并没有增加多少对奥布莱恩的认知，但至少排除了很多有关遗嘱的猜测。奈杰尔内心一直在慢慢搭建这个案子的整体框架，现在把这个新发现添加进去也毫无违和感，是的，刚好合适。他很兴奋，一脚油门下去，惊散了一群鹅。奈杰尔心中浮现"韦克斯福德"这个词。奥布莱恩是和一个来自韦克斯福德的年轻人一起参军的，这个年轻人住在一个大庄园里。乔治娅说过，爱德华·卡文迪什战前每个夏天都会拜访韦克斯福德的某个庄园，她还认为，爱德华爱上了那里的一个姑娘。这样说来，战前的奥布莱恩和战前的卡文迪什是有交集的。但或许只是地理位置上的交集呢？卡文迪什和奥布莱恩都不承认在乔治娅介绍他们认识之前见过彼此。看来必须要去那个地方——叫什么来着？——梅娜特庄园看看。如果事实证明他们两个没有见过，那就是白跑一趟。如果他们两个确实见过，那样的话，他可能就探到奥布莱恩谋杀案的真正原因了。即使没有探到真正的原因，卡文迪什假装没有见过奥布莱恩也非常可疑。

回到柴特谷，奈杰尔发现布朗特探长和一份电话留言在等着他。留言上说，如果奈杰尔方便的话请尽快去一趟柴特谷庄园，马林沃斯夫人会很高兴见到他，要告诉他一条重要信息。探长说尸检报告出来了：诺特-斯洛曼死于吞服了 60 格令[①]的无水氰化酸。整个死亡过程持续了大约 10 到 15 分钟，当然这也没什么意义了。奇怪的是，一个这么干净利落的凶手，却没有收拾现场，把这些坚果壳清理掉。当然，也可能凶手觉得没有这个必要。奈杰尔告诉布朗特有关遗嘱的新发现。布里克利当时正在和探员开会，他们两个把他叫出来问询，是

[①] 英美制最小重量单位，1 格令约为 64.8 毫克。

不是问过格兰特太太有关遗嘱的事。布里克利说确实问过,但格兰特太太说对遗嘱的事一无所知。布朗特马上又去找她重新确认。奈杰尔说要去姑姑那儿看看,布里克利询问是不是能和他一起去,看起来很不高兴的样子。原来布朗特认为,既然马林沃斯夫妇在奥布莱恩被杀前几个小时和他一起共进晚餐了,那就有必要也去问问话。但警司认为这很不得体,倒不是说探长影射他工作不力,而是感觉这是对地方乡绅的失礼,甚至是侮辱。

路过客厅时,奈杰尔遇到乔治娅,本想停下来问她和探长的谈话进行得怎么样,但还没等他开口,乔治娅先开口了,语气平淡,既不见责备也没有自怜,这更让人心碎:"我觉得您没有必要告诉他们毒药的事。"

话语轻柔、就事论事,只是在说"您"的时候略略加重了语气,这更是在人伤口上撒盐。奈杰尔曾经在心中演绎过类似的场景。他经常在看书、戏剧和电影时,看到男女主人公因一些极荒唐的、但又没有立刻解释清楚的误解,而陷入几个章节或很长时间的冷战,奈杰尔对此总是不屑一顾。他曾经反复告诉自己,如果遇到这种戏剧化的场景,无论如何,都要像一个理智的正常人一样,在第一时间把误会解释清楚。可现在他的嘴却发不出声音,实在让人恼火。"快点儿,快点儿,"他不断鼓励自己,"告诉她,你没有把毒药的事告诉别人。不要这么傲慢和自以为是,无论如何,她很快就会知道真相的。"可是心中还有个难以捉摸的力量固执地争论:"我决不能告诉她,是她哥哥背叛了她。这太伤人了,我拒绝这么做。"内心的纠结让人愈加烦躁,可是奈杰尔发现,此时他已经走出屋子了,一句解释的话也没说。原始的本能又一次战胜文明的理性,他痛苦地自语道。

他和布里克利到达柴特谷塔庄园门外时,天已经黑了。管家请他们进来,礼节的档次因二人身份地位的不同而不同。奈杰尔是个绅士,管家接待时还是带着一丝殷勤;布里克利只是个普通人,则受到了更为冷淡的待遇。两个人被带到客厅,马林沃斯夫妇在那儿。客厅里到处都是传家宝,是马林沃斯夫人引以为傲的东西。尽管夫人不再年轻,但在传家宝丛林里穿行的活力不减。在这里,贵族品味的发展演变和地层结构的演变一样清晰。18世纪的家具精致,维多利亚时代的家具华丽,还有很多类似的宝贝,有的镶着金边高高在上,有的铺着长毛绒自以为是,都竭力尝试遮掩住爱德华时代的墙纸。那墙纸是猩红、亮紫和橙黄交织在一起,就算是神经失常的退伍老兵也会吓一跳。来访者看到一排佩戴着各式勋章的先人大瞪着眼、冷冷地看着自己,无不有些害怕,想逃离到别的地方,却发现自己又陷入小桌子的群岛中。桌子上摆满了各式各样的战利品,都是刚才那批军人祖先从世界各地带回来的。马林沃斯夫人对屋子里的陈设很满意也很自豪。她的丈夫经过长期的训练,已经可以自如地在迷宫中穿行。屋里还弥漫着淡淡的檀香和薰衣草的香味,或许马林沃斯夫人的先人们,正是因为天天闻着这些味道,寿命才大为缩短的。

马林沃斯夫人态度娴静、微带喜悦地接待了奈杰尔;至于布里克利警司,一看阶层就比较低,但也值得尊重,可以纡尊降贵地问个好。马林沃斯勋爵正在打量布里克利,勋爵有着良好的教养,但年纪不小了，看起来颇像他的高祖父——曾是德比赛马比赛的冠军。高祖父的头像就挂在布里克利身后的墙上，墙上还挂着一个徽章，一幅装潢华丽的油画——原本画的是拉克勒营救，现在看起来像一块家庭自制的太妃糖，还有一张年轻女士们打椎球的照片——看起来很像是半夜在教堂前的空地上拍的。

"我知道了，"马林沃斯勋爵敲着一个要散架的桌子，"我知道达沃尔庄园又出了一起命案。"

"我们必须要制止类似的事情发生，布里克利先生，"马林沃斯夫人说道，"这在乡下真是个丑闻。自打伦泰家那个可怜姑娘和那个化学家的助手私奔之后，还没有出现过这种骚乱。"

"并不是化学家的助手，亲爱的，如果我没记错的话，那个年轻人是做科学研究的，如果我没记错的话，还挺知名的，剑桥大学毕业。听到诺特-斯洛曼的坏消息，我非常难过。他应该是个外粗内秀的人，不过，对一个在战场上为国家做过贡献的人来说，一切都是可以原谅的。"

"瞎说，赫伯特，"老太太情绪激动，"我不能容忍你的这种态度。那是个极讨厌的人，就算有从军经历也不能成为他经营妓院的借口。"

布里克利强忍着笑，马林沃斯勋爵擤擤鼻子表示不满："哦，好了，好了，伊丽莎白，不是那什么，嗯，是个餐厅。现在的年轻人都耽于享乐，确实让我们有些看不惯。汽油确实带来了翻天覆地的变化。不过也不能对他们太严厉了，毕竟，我们也年轻过啊，对吧，警司？"

"阁下，应该如此，"布里克利言语谨慎，"我来这儿，嗯，我想，您是不是可以给我几分钟的时间,了解一下有关这个案子的一些情况,主人,呃,阁下?"

"没问题,亲爱的,没问题,"马林沃斯勋爵说,"如果我们移步去我的小密室,虽然简陋但属于我自己,就像个诗人的创作室一样,我想夫人是会允许的。"

他带着忍俊不禁的警司穿过布满传家宝的丛林进入密室。

"对了,伊丽莎白姑姑,"奈杰尔说道,"您有一些消息要告诉我吗?"

"你让我想想以前什么时候见过奥布莱恩先生——"

"太棒了,您想起来了?"奈杰尔忍不住插话。

"哎呀,别催我,亲爱的奈杰尔,"老太太边责备自己的侄子,边伸出纤细的手指去拿面前的影集,"想想吧,我是个老年人了,我不能着急的。今天早上我碰巧在翻一些老照片,回忆回忆年轻的时光,就翻到这一册,里面都是有关战争前一次爱尔兰旅行的。真是一个美丽的地方,真可惜竟落入一群亡命之徒手里。嗯,我妈妈的一个表亲,费恩斯子爵,在韦克斯福德乡下有块地方,恐怕已经被烧毁了,就和其他那些漂亮的老宅子一个下场。那一年,你姑父和我在那儿住了一个星期。他们热情得不得了。我记得你姑父说,要是邀请英格兰的政治家们来这儿住上半个月,爱尔兰问题就迎刃而解了。有一天,大家决定要去拜访一下最近的邻居,住在梅娜特庄园的费尔一家。从费恩斯家到那儿有七英里,我们开车去的。那一家人非常热情,他们的女儿,叫什么名字来着,哦,对了,朱蒂斯,一个开朗的姑娘,是个假小子,但长得非常漂亮。他们还有个儿子，当时不在家。他们提议我们一定要去宅子后面的布莱克斯泰尔山上野餐一回，我们就出发了。女士们都坐毛驴，实在是有些原始，嗯，不要显得不耐烦，奈杰尔，我要按照我的方式来讲的，讲到哪儿了？哦，是的，骑驴。嗯，费尔先生特别善良，看我不习惯骑驴——你知道在我们这儿只有下等人才骑驴的，不过，爱尔兰并非如此——不管怎么样，他让一个下人来照顾我，我想应该是个小花匠，是个值得尊重的年轻人，很善谈，也很有趣。我们相处得非常好。我记得，野餐回来你姑父还嘲讽我，说我爱上了那个年轻人。当时费尔先生还给我们照了一张相。我想你会有兴趣看看这张照片。"

老太太把影集递给奈杰尔，给他看那张照片。照片上，姑姑头上包裹着一顶大帽子，坐在一头长期负重的驴子身上。有个年轻人拉着驴子的嚼头，上身穿着件诺福克夹克，下身套着条马裤，戴着顶宽檐帽，帽檐耷拉着。年轻人脸上没有胡子也没有伤疤，但那亲和而有活力的样子，那随时可能变成放声大笑的狡黠表情，那深不可测的眼睛——是费格斯·奥布莱恩。

"哎呀，我——"奈杰尔嚷嚷，"您真是天才，伊丽莎白姑姑，您一定对面孔有超常的记忆力。"

"赫伯特常说，我的记性仅次于我们的皇家亲戚，我刚开始也没有把奥布莱恩先生和梅娜特庄园的这个年轻人联系在一起，后来看到这张照片才想起来。我能肯定那时他不叫奥布莱恩。"

"您知道那户人家后来怎么样了吗？如果他们还在那儿住的话，

我想去那儿看看，和那里的人谈谈。"

马林沃斯夫人叹了口气："实在是个悲伤的故事。我的表弟费恩斯子爵 1918 年来英格兰的时候告诉我，费尔家的儿子战死了，这对他们是最后的致命一击，心碎的夫妇很快也去世了。我听说，那个男孩很优秀。"

"最后的致命一击？"

"哦，是的，他们的女儿溺水死了，就在我见过她一年以后，可怜的父亲有一天早上在湖里发现了她。太惨了，那么活泼的一个女孩子，非常可爱。"

"我想您没有那次聚会中其他成员的照片吧？"

"应该没有。赫伯特本打算给朱蒂斯·费尔拍一张，他很喜欢她。可是那姑娘太害羞了，迈开大长腿，笑着跑走了。"

奈杰尔心里呈现出一幅栩栩如生的画面，感觉好像自己认识那姑娘似的，她的死也让他难过。

"好了，太感谢了，我必须现在就启程去爱尔兰，我能拿走这张照片吗？"

奈杰尔匆忙回到达沃尔庄园，查了查列车时刻表。可以先开车到布里斯托，赶上 8 点 55 分那班车，在纽波特换乘爱尔兰邮政车到费什加德。他几步跑上楼，随手拿了几件东西扔进箱子里，还需要带什么？照片。他去找到布朗特探长。

"听着，布朗特，我终于打听到奥布莱恩战前的经历了。我今晚要去爱尔兰，去人们最后见到他的那个地方。我想会有大发现的。在我回来之前请谨慎采取行动，我想要这房子里每一个人的照片，不管是活着的还是死了的。"

探长默默审视了他一会儿，开口道："照片都在塔维斯顿，你可以顺路去那儿拿，不过，如果您想让我推迟抓捕行动，我需要理由。"

"乔治娅·卡文迪什？"

布朗特点点头："所有的证据都指向她。斯特雷奇威先生，这一切都归功于您，您推断她是嫌疑人。"

奈杰尔内心苦涩："那么，格兰特太太呢？她是怎么为自己辩解的？"

"我把她拉到一边问她遗嘱的事，但她拒绝回答，只是说，布里克利已经问过她知不知道奥布莱恩先生遗嘱的事了，她已经回答不知道了，她确实不知道。这意味着她对遗嘱的内容一无所知。但布里克利没问她有没有做遗嘱的公证人，她也没有提这个事。她竭力避免和这血腥的案子扯上关系，这女人不好对付。唉！"

"嗯，这个女人的情况着实有些复杂，不管她想不想和这个案子发生联系，她都脱不了干系。听着，我得走了。如果能开奥布莱恩的车的话，我就能赶上布里斯托的火车。在我回来之前不要碰乔治娅。我想我能给您一个满意的答复。现在给您提供一个线索——发现奥布莱恩死亡的那天早上，从主屋游廊到木屋有一行脚印。当时，卡文迪什和我，应该都不知道奥布莱恩已经被害了，我们就没有理由不直接跑向木屋，而直接跑向木屋就会穿过那行脚印。当时卡文迪什跑在我前面，他特意避开了那行脚印，我跟着他跑，当时也没有注意这一点。

现在想想，卡文迪什为什么要刻意避开那行脚印呢，是要保留下来那行脚印吧？可是如果不是他穿着奥布莱恩的鞋子故意留下脚印，以掩盖奥布莱恩已经被害的事实，他为什么要刻意避开这些脚印呢？你可以对此一笑了之，嗯，再见，后天见。"

奈杰尔跑出了屋子，留下布朗特探长摸着下巴，陷入沉思。

第十三章

保姆的故事

第二天早上 7 点 39 分,奈杰尔走出恩尼斯科西车站,来到车站广场。广场上有两辆老式福特车,车旁站着两个衣服破旧、长相粗犷的年轻人。奈杰尔有种很滑稽的感觉,觉得自己在这里就像个外国人。他走向样子稍新点儿的那辆福特车,问司机能不能租车。

"先生,您想去哪儿呢?"

"嗯,我想找一个叫梅娜特庄园的地方,在布莱克斯泰尔山附近。我不知道那儿附近有没有村子。"

"那路可远得很呢,为什么不去维尼格山呢?"年轻人向城北边那座小山歪了歪头,那时奈杰尔还没见过圆形的塔,感觉那座小山就像一个扣过来的大花盆。"在那儿您也能看到好看的景儿,真的,不骗您,我可以带您去那儿,只要半个克朗。"年轻人咧嘴露出灿烂的笑容,奈杰尔感觉这笑容具有催眠的力量,很难拒绝。他清清嗓子,尽可能语气坚决地说:"不了,恐怕我必须去梅娜特庄园,我在那儿有重要的事情要办。"

年轻人看起来一脸不可置信,说道:"好吧,我不介意送您去那儿,但您打算给多少车钱呢? 5镑行不行呢?"

另一个司机,本来在一旁看热闹,突然插嘴道:"先生,不要坐弗拉纳根的车,否则永远也到不了目的地,来,坐我的车,只要4镑15。"说罢,也送给奈杰尔一个具有催眠力量的笑容。

"你不要掺和啊,韦利·诺克斯,否则我会给你一顿胖揍的。别听他的,先生,他无耻得很,来,先生,我只收您4镑10。"

奈杰尔赶紧和他达成交易,生怕两个司机打起来。他提出赶路之前想先吃点儿早餐。司机吐了口唾沫,转向他的竞争者:"你听到了吗,韦利? 这个绅士早上7点半就要吃早餐。你看,先生,现在所有人都还在睡觉呢,我对天发誓!"

"你可以去敲敲卡塞的门。"

"啊,他会打断我的腿的,他会的,我可不敢去。"

奈杰尔坚持要吃点儿东西。弗拉纳根想了一会儿,突然大声嚷嚷起来:"吉米,吉米,出来!"

一个脸红红的胖子,打着哈欠从车站里面走出来。他戴着一顶站长的帽子，但没有穿制服。

"来来，让我告诉你这个绅士想干什么，"弗拉纳根高叫着，"他大老远从英格兰过来，没吃也没喝，快饿死了，能不能给他点儿早餐吃，要不他会饿死在我们面前的。"

"是吃早餐吗？"站长好脾气地问道，"来吧，先生，您吃不吃苏打面包？我敢打赌，您在英格兰肯定没吃过苏打面包。"

他带着奈杰尔离开。奈杰尔被这几个人搅得有些发蒙，老老实实跟着走了，边走进车站，边回头对着司机嚷嚷——高声嚷嚷看来会传染："我半小时后就回来。"

"时间足够，先生，时间足够，"弗拉纳根高声回应，"吃饱点儿，先生！"说完躺到车后座上，腿跷到前面的座位上，接着睡觉。

一个小时以后，奈杰尔晃晃悠悠从站长的屋子里出来。站长提供了很多食物，也问了无数有关那个"大城市"的问题，最后他不仅肚子吃撑了，脑子也满当当的。奈杰尔坐上车，两人启程。车吃力地沿着陡峭的山路往上爬，车身不停颤抖，像发了高烧的病人。男人和女人们都从家里出来，高叫着给他们加油。在排水沟里玩耍的孩子是奈杰尔见过的最漂亮、最脏也最健康的孩子。现在他们已经来到城外的开阔地带，一望无际的、起伏的绿色原野，远方山峦如黛。奈杰尔感觉烦躁、呼吸困难，还有点儿反胃，像是去见情人的感觉似的。车每开三英里就会停下来，弗拉纳根下车，挠头，打开引擎盖，在里面鼓捣一番，车便又启动了。整个过程就像罗马天主教堂一样，把信仰和仪式完美结合在一起。

10点半，他们到达那个叫梅娜特的小村子。弗拉纳根没费什么力气就把奈杰尔来这儿的目的搞清楚了。他身上那种肆无忌惮和放荡不羁颇具魅力，那种对陌生人的又哄又吓也让奈杰尔觉得有趣，而且他很快进入角色，给奈杰尔提供了很多建议，并亲身参与其中。到达梅娜特，弗拉纳根径直走进一栋白色的房子，房子的橱窗里摆满了陶土烟斗、一罐罐貌似有毒的糖果和风景明信片。几分钟后，他再从屋子里出来，就已是众人环绕的状态，这么多人仿佛是从空气中幻化出来，而不是临时聚集的一样。由弗拉纳根主持，马上召开了一个小型会议，在这个过程中奈杰尔了解到：首先，梅娜特庄园因故被大火烧毁了；其次，车里的这位绅士举止得体，他的大衣价值不菲；第三，帕特里克·克里维昨天看到他的牛越过了篱笆，知道很快就会有陌生人来拜访这个村子；第四，他，奈杰尔·斯特雷奇威，是一个大城市来的律师，想来看看费尔家族是否还有幸存者，因为费尔家的一个叔叔在美国快死了，这个叔叔还是个百万富翁——这是弗拉纳根的建议，他告诉奈杰尔，如果人们发现奈杰尔和警方有牵扯，那就什么也问不出来；最后，如果奈杰尔想知道更多费尔家的情况，可以去找寡妇奥布莱恩。

会议移步至村头的一间白色小屋。众人纷纷高声喊话，招呼寡妇赶紧出来迎接一个绅士，一个刚从美国过来的绅士，一个兜子里装满了钱的家伙。这时，弗拉纳根突然变得凶巴巴的，像赶鹅似的把围观群众都赶走了。他又拉着奈杰尔的胳膊，在他耳边低语，那腔调就算在兰心大剧院上演的情景剧[①]里也是顶呱呱的："千万不要暴露你的警

---

① 兰心（Lyceum）大剧院，伦敦著名的剧院之一。

方身份，要不然，那个老寡妇肯定会拿着斧头轰你。"

寡妇奥布莱恩看起来不像要杀人的模样，个子不高，有点儿胖，淡蓝色的眼睛已显浑浊，脸上布满皱纹，头上扎了块儿红色的方巾。她给奈杰尔行了个礼，侧身让他进到屋里。屋里弥漫着泥煤的臭味，光靠房顶那个当做烟囱的窟窿，一时半会儿也散不掉。奈杰尔在一只三条腿的凳子上落座，又是眨眼睛又是咳嗽，努力适应屋里的味道。有只母鸡过来想窝在他腿上，一只山羊不高兴地瞪着他。寡妇在黑暗里摸索了半天，端出一壶茶，倒了两杯。

"一路辛苦了，喝杯茶吧，先生，"寡妇说话很有礼貌，"这个茶汤很浓，按俗话说的，老鼠在上面跑过也不会沉下去的。"

奈杰尔心中突然有个疯狂的念头，想像戏剧演员那样从胸前的口袋里拿出一只活老鼠。事实上，他接过杯子，喝了一大口茶，开始聊天，心里知道这事现在急不得，就算乔治娅内心的平静受到极大威胁，他也得耐住性子慢慢聊。

"我来是想问问费尔一家的事，他们曾住在梅娜特庄园，乡亲们告诉我，问您最合适了。"

"是费尔家吗？"奥布莱恩太太坐在摇椅里，心平气和地开口说道，"是的，我了解他们一家。从我丈夫去世，愿上帝保佑他，我就在那个大宅子里干活，直到警卫队那帮混蛋最后一把火把宅子烧了。费尔一家都是好人，费尔先生和他太太，从这儿一路走到都柏林，也找不到像费尔夫妇这样的好人了。"

"奥布莱恩太太，您是那儿的管家吗？"

"我不是,"老太太觉得自己被高看了,很是开心,"我去大宅子里做朱蒂斯小姐的保姆,那时她还是个小娃娃,啊,非常可爱。她哥哥叫德莫特,是个非常优秀的年轻绅士,很爱冒险。"奥布莱恩太太抬起手,眼睛看向天空,"从前,我经常让他趴在膝盖上,还有朱蒂斯小姐,我会用一只拖鞋打他们的屁股。他们就像淘气的小精灵,一起胡闹,让人头疼,但没人能忍住一直生他们的气。他们会对着花房扔石头,会把小马驹涂成蓝色,然后走过来,抬起小脸,像天使一样对着你笑。"

"能在乡间肆意疯跑,对他们来说很惬意的。我想等他们长大了,一定是您的骄傲吧,奥布莱恩太太。"

老保姆叹了口气:"他们确实过了一段惬意的日子。德莫特先生人很出色,韦克斯福德和威克洛的女孩子都争着追求他。他是赛马高手,赢了东南部越野障碍赛马的金牌和都柏林马术表演的奖杯。但他心太野了,不想过平淡的生活,非要去参军。他和杰克·兰伯特那个小混蛋,一句招呼都不打就一起走了,可能只跟朱蒂斯小姐说了一下。他妈妈,那个可怜的女人,愁得头发都快掉光了,两天后才收到儿子的来信,信中说,他和杰克已经参加英格兰的军队了,会从柏林给她带礼物的。"

"谁是杰克·兰伯特?"

"他是庄园里的小花匠,费恩斯子爵把他推荐给费尔先生的。说实话,他干活挺卖力,就是老和德莫特先生一起胡闹、疯跑。他只在这儿待了一年,就和德莫特先生一起疯了似的要去参加英军,好像在这儿没地方发挥多余精力似的。他们两个后来怎么样了，我不大清楚，德莫特1916年在巴黎战死了。他父亲一直没有从儿子的死讯中走出来，一个那么坚强、严厉的男人，上帝保佑他，但儿子的死讯打击太大了，一年后，他就去世了，费尔太太很快也跟着去了，她是费尔家最后一个去世的。我想你很难看到比他们家更不幸的家庭了。"

"朱蒂斯小姐也死了？"

"是的，比她哥哥死得还早。感觉就像我自己的孩子不在了，最让我难过的是她死的时候那么伤心，她是自杀的。一年以前她还像阳光一样欢快，感觉没什么事能伤害到她。"

老保姆陷入沉思。奈杰尔感觉眼睛刺痛，这种刺痛不是因为泥煤产生的烟刺激的，而是因为这个从未谋面的姑娘，这种感觉实在有点儿荒谬。可是真的从未谋面吗？当两个形象在他心中重叠之后，事情好像越来越清楚了。

"等一下，让我再去煮一壶茶，我把整个故事全部都告诉您。"

她在火炉前像个巫婆似的忙来忙去。奈杰尔站起来伸伸懒腰，结果碰着了房梁上吊下来的一块熏肉，赶紧又坐了下来。

"朱蒂斯小姐长成了个大姑娘，一直以来都是她父亲的掌上明珠。大家都爱她。牛啊、马啊，一听她召唤就蹦蹦跳跳得很开心。她心肠很好，会把自己的零钱给乞丐。她也很调皮，这一点和她哥哥很像。不过总的来说，她像圣母玛利亚一样甜美、单纯。我想，对这个世界来说，她过于单纯了。嗯，主人家有个亲戚卡文迪什先生，每年夏天都会来这里避暑。当朱蒂斯还是个13岁的小姑娘时，卡文迪什先生就开始来这儿了。他常常陪她玩儿，那时朱蒂斯喊他爱德华叔叔。他人很正派，穿着讲究，还有辆汽车。朱蒂斯在当地很少见到这种男人，当地的士绅都很穷，饿极了啥都吃。几年之后，长大的朱蒂斯小姐觉得自己爱上了卡文迪什先生。他的年纪都够当她父亲了。不瞒您说，我不是在说他坏话，他的行为方式对我们爱尔兰人来说，太古板了。朱蒂斯小姐常常逗他开心，他也很受用。他爱上了她。如果您见过朱蒂斯小姐本人，就不会责怪他了。她长得确实很美，是韦克斯福德最漂亮的姑娘。刚才我告诉您了，朱蒂斯觉得自己爱上他了。可她父亲是个古板的人，脾气很不好，她就算有九个胆儿也还是害怕父亲。她知道，如果父亲知道她和卡文迪什先生的事会气疯的。她父亲一直觉得她还很小，还是个小宝宝呢。朱蒂斯小姐看了很多书，满脑子浪漫的想法，她能做的就是严守秘密。她给卡文迪什先生写信，然后让我偷偷给她寄出去。我想她父亲对此有所察觉。这个小姑娘一旦想做什么，就会把我指使得团团转。卡文迪什先生如果给她写信的话，都是先寄到朱蒂斯的闺密那儿，再转交给朱蒂斯，她父亲很难发现。

"这整件事都很愚蠢，我也常跟朱蒂斯说，这样下去不会有好结果的，但小姑娘已经无法自拔了。不过，和接下来发生的事相比，这都不算什么。接下来就给您讲讲杰克·兰伯特的事儿。"

"事情发生在什么时间，奥布莱恩太太？"

"兰伯特和费尔先生1913年一起去参的军。我记得他是在卡文迪什度完假之后的那个秋天来费尔先生家的。没过多久，朱蒂斯小姐就迷上了他。他是个爱冒险的小混蛋，嘴很会说，能把死人说活了；当他用深蓝色的眼睛望着你,你很快就会被他俘虏的。我记得是在第二年春天——春天对年轻女孩子来说,确实很危险——朱蒂斯小姐来找我,又笑又哭地说:'哦,嬷嬷,我太开心了,我爱他。我不知道该怎么办,怎么办啊!'

"'镇静点,我的小可爱,'我跟她说,'他今年夏天就会回来的,那时你就 18 岁了,你父亲会同意你们订婚的。'

"'啊?'她说,'不是他,是杰克·兰伯特,我爱的是他。'她看起来骄傲得意得像个女王,但又像个小姑娘一样害怕。

"'老天爷啊,'我说道,'不会是那个小无赖吧!他只是你们家的花匠啊。'

"但说这些对她都没有用,不管是不是花匠,她都爱他,要嫁给他。但她也担心卡文迪什先生夏天来的时候会发现一切。这个善良的姑娘不想让他伤心。后来,战争爆发,卡文迪什那年夏天没有来。他接着给朱蒂斯写信,她偶尔也给他回信,但始终没下定决心告诉卡文迪什,她已经不爱他了。那时她总是偷偷跑出去和兰伯特约会,或者和他一起在乡间骑马。当不和他在一起的时候,就默默想他,连她后知后觉的父亲都察觉有点儿不对劲了。

"那一年就这样过去了。朱蒂斯小姐爱得难以自拔,发誓说必须嫁给兰伯特,如果她父亲不同意的话,她就和兰伯特私奔。我知道她父亲不会答应的。她父亲那么骄傲、严厉,宁愿让她死也不会让她嫁给一个普通人。这时候我想,最好给卡文迪什先生写封信,请他回来,看看是否能赢回朱蒂斯小姐的心。那天,我正给卡文迪什先生写信,朱蒂斯进来偷偷跟我说,德莫特先生和兰伯特要去参加英格兰的军队,说这样的话,兰伯特就会成为一名军官,带着军功回来,到时一切都会好起来的,她父亲有可能会答应他们的婚事。

"这是我最后一次见她开开心心的。她可能真的离不开杰克,刚开始还有精神,后来越来越沉默、憔悴,对任何事都提不起劲儿。她妈妈还以为只是青春期的缘故,但我知道还有别的原因。她常常独自游荡,很多次我都看见她像树一样长时间伫立湖边。她那么安静,那么憔悴、苍白,那么伤心,有时候你都分不清哪个是她,哪个是她的影子。那时卡文迪什先生偶尔还给她写一两封信,但也没什么用。有一天晚上,我发现她对着卡文迪什先生的信痛哭,看见我来了,想把信藏起来,可我什么都清楚,'哦,嬷嬷,'她说,'我该怎么办啊?这不是我的错,我做了什么让他这么残忍,我该怎么办啊,如果爸爸发现——'

"'圣母玛利亚啊,'我说,'你是要告诉我你有孩子了吗,朱蒂斯小姐?'

"听到我的话,她大笑起来,又笑又哭地说:'哦,你真是太搞笑了,不,当然没有,我倒是希望我有呢。'她从来不撒谎,上帝保佑她。后来,她变得非常平静,平静得让我害怕,我担心她的魂已经飞了。'我绝不食言,我要给杰克写信。他会知道该做什么的。我要让他回来,他必须回来,难道我不是他的最爱吗?'她说这些话的时候严肃、认真,像是照着书说的。她给他写了信,之后那几天她又恢复了精神,期待着杰克随时破浪归来。但他没有回来,那个无情的小混蛋。一星期后人们在湖里发现了她，打捞上来的时候，看她湿湿的脸庞像是还在哭泣，那时她应该已经死了七小时了。"

小屋里，很长一段时间大家都沉默无语。老保姆不断用袖子擦眼泪，奈杰尔努力克制嗓子眼发堵的感觉。他眼前呈现出一幅画面，一个憔悴、伤心的小姑娘，静静地看着湖面，已经和湖里的倒影合为一体。过了好大一会儿，他问保姆有没有朱蒂斯·费尔的照片。奥布莱恩太太起身在柜子里摸索了半天，递给奈杰尔一张。他拿着照片到门口，好看得更清楚点儿，当然，这只是为了确认一下自己内心的想法。有点儿褪色的照片上是一个黑发姑娘，嘴角挂着调皮又羞涩的笑容，眼里略带着点儿悲伤，瘦小的脸庞像个精灵，美丽、大方、危险。毫无疑问，是同一个姑娘——奈杰尔到达达沃尔庄园当天，曾经在那个木屋的隔间里看到过这个姑娘的照片。剩下的工作似乎有些多余，奈杰尔把他姑姑骑驴的那张照片拿出来给老保姆看，后者一下子就认出来那个年轻人就是杰克·兰伯特。各个环节都对到了一起：罗网向某个人张开了。

奥布莱恩太太得知杰克·兰伯特那个野性难驯的小混蛋居然冒用她的姓氏，还成了知名飞行员，很是震惊。由于受伤也由于内心恶魔的折磨，他的样子变化很大，即使报纸上登了他的照片，在穷乡僻壤的乡下，人们看了报纸也没有认出他来。奇怪的是，好像也没有人把奥布莱恩和他早年在爱尔兰的生活联系起来。他没有亲戚吗？没有同学吗？在到梅娜特庄园前，他是干什么的呢？

保姆看着奈杰尔的表情，知道是时候抛出那个丑闻了。

"告诉您也无妨，您是他们家的朋友嘛，而且当事人都已入土为安了。这里确实有传言，杰克·兰伯特是费恩斯子爵的私生子。麦克美茵斯那地方的一个姑娘，一个农民的女儿，突然去了都柏林。有传言说，那个农民是费恩斯子爵的佃户，子爵常去拜访他。后来再没有听到那个姑娘的消息，她父亲也不愿意提及她的名字。后来杰克·兰伯特来到这里，子爵动用他和费尔先生的关系，让杰克去费尔先生那儿干活。人们私下都在传，说杰克和子爵长得很像。我不知道这个传言是不是真的，但子爵大人确实没有孩子，一个人孤孤单单的，也想让年轻人接近他，就算这个年轻人是个小混蛋。愿上帝保佑他。后来梅娜特庄园被大火烧毁，他就让我去给他干活了。他对种花很有一套，不过总是给花起一些奇怪的名字，你可能从来都没有听说过的名字。他最爱金鱼草，我记得很清楚。附近的邻居都来观赏他的花。战争期间有一次他去了英格兰，保守党和共和党在他的花园里打架，大打出手。打完之后，他家的花匠头儿带着两派人马游园，还和我说，大家最喜欢子爵大人的金鱼草。"

奈杰尔恋恋不舍地向老妇人告别，答应等回伦敦后会给她寄一大包最好的茶叶。奈杰尔把弗拉纳根从人群中拽出来，他们正隔墙默默致敬猪圈里的一头大黑母猪。二人一路无事回到恩尼斯科西。火车马上就要到了，突然车站广场起了一阵骚乱，一辆堆满了邮包的驴车从大门冲了进来。驾车的邮递员边疯狂摇着铜铃，边大声跟站台上的每一个人打招呼。火车已经从隧道里开过来了，离站台还有 100 码的距离，只见驴车一路冲下辅道，冲过铁轨，冲上对面的站台。当驴子沿着站台小步向前时，每个人都把要寄的信往车上扔，还大声地回应司机。火车终于到达站台尽头，基本和邮车平齐，只多了一个头的距离。每个人都在大声称赞爱尔兰邮递多么守时，奈杰尔则觉得整个爱尔兰都在为他送行。

就像在海峡巨浪里艰难前行的小船，奈杰尔的大脑正忙于复盘，忙于把新了解的信息和原来的信息重新梳理清楚。奈杰尔具有超强的记忆力。他坐在火车的隔间里，把到柴特谷以来听到的每一句话都回忆了一遍，遇到重要的地方，就拿本子记下来，慢慢把案子的脉络理清楚。就像曙光破窗而入逐渐照到伸手不见五指的地方，奈杰尔觉得除了一处还没想明白，大部分的链条都串起来了。不出意外的话应该是爱德华·卡文迪什杀害了奥布莱恩。每一件事都指向他。但是杀人动机却在不断改变、延展，和他最初设想的已经截然不同。但还有一点和其他的线索对不上，这唯一游离的线索很是难缠，让他恼火，一方面因为它似乎并不是案子的核心内容，一方面因为这个线索似乎太容易被解释清楚。一艘爱尔兰邮轮上几乎不可能备有一个不怎么出名的 17 世纪剧作家的作品。但恰恰因为缺了这个，奈杰尔后来意识到，让他没能对案子形成一个完整的解释，也导致了那个案子以令人头晕目眩的、戏剧化的悲剧终结。

第十四章

正如故事所述

火车经过南威尔士，奈杰尔·斯特雷奇威一路都在断断续续打着瞌睡。达沃尔庄园里，住户们已经都醒了，刚才探长通知说，这是他们在庄园的最后一天了。空气中弥漫着轻松和解脱的气氛，就像学校放假前的最后一天早晨。即使和案子还没有完全脱离干系，能离开达沃尔庄园也让人高兴。现在，这个宅子已经成了一个监狱，即使是作为访客，即使有人走出去就得走上绞刑架，能走出监狱也让人感觉更轻松一些。

莉莉·瓦特金正在布置早餐，她一点儿也不为各种猜测烦恼，满脑子想的都是那个稳重的农民小伙子,还有春天的好时光和她的礼拜日裙子。她还在暗自计算小姐、绅士们可能会给的小费有多少,想着作为诺特-斯洛曼尸体的发现者会得到多少关注。格兰特太太的心思可能只有执掌记录的天使知道。此时,她正俯身煎着火腿片,但其实腰板还是挺得很直,也许根本算不上俯身。她眼睛盯着肉片,薄薄的嘴唇紧紧抿着,脸上带着志得意满的表情,估计面对在地狱炼火中煎熬的罪人时她也是这副表情。露西拉·斯瑞尔打着哈欠,伸着懒腰,还处于半迷糊状态,但动作依然带着长期练出来的慵懒。等完全清醒了以后,她整个人都紧张起来,眼睛满含戒备,不过她也知道,只需要再等几个小时就解放了。菲利普·司达林在卧室里转来转去,衣服后摆耷拉在裤子外面,脸上的表情很生动,嘴里也念念有词——这些词会最终驳倒那个假充内行的编辑针对希腊诗人品达的谬论。他终于想好了措辞,开口低语:"好了,没有人敢说我没见过世面了。"爱德华·卡文迪什正在刮脸,拿着刀片的手不听使唤地颤抖,两眼布满血丝,如果股民们看到此时的他,估计心里更打鼓了。他妹妹的表情很难琢磨,有愤怒、痛苦、恐惧、犹豫,但所有这些情绪最后都化为决绝,接着又柔和下来,变成另一副很美的模样,好像有爱人的手轻抚过她的脸庞。

奈杰尔在午饭前回到庄园,除了门口站岗的警察,他见到的第一个人是乔治娅·卡文迪什。

"告诉我,"她问道,"爱德华——是他——吗?"她已经说不下去了。

"我想应该是他杀害了奥布莱恩，"奈杰尔说得很慢，像是在想如何措辞才能减轻对乔治娅的打击，"他的处境很不妙，我——"

"不，不要再说了，奈杰尔，探长告诉我——毒药的事了，是爱德华告诉他我有毒药的。我问了探长。我其实也不相信是您告诉探长的，我——您真是太体贴了。"

她拿起奈杰尔的手，轻轻吻了一下，接着抬起头看了看他，眼神充满犹豫和不确定，嘴唇也在颤抖。终于她喊着："哦，上帝呀。"转身跑出屋子去了。奈杰尔傻傻地看着自己的手背，脸上露出一丝笑容。过了一会儿，他回过神来去找探长。探长和布里克利正在宅子后面游荡，三个人一见面就一起到起居室去了。奈杰尔把在爱尔兰了解到的重要情况都告诉了他们，布里克利的眼睛兴奋得要突出眼眶似的，胡子像天线一样抖个不停。布朗特表现得更为镇静，但宽边眼镜后面的眼睛机警地记录着每一个细节。

等奈杰尔说完，探长说道："好的，斯特雷奇威先生，快要真相大白了，我很庆幸没有急于实施抓捕，从您谈到的有关爱德华·卡文迪什的各种举动还有那些脚印可以看出，爱德华才是主要嫌疑人，并非他的妹妹。您的工作很细致啊！"

奈杰尔谦虚地低下头，拿出一包烟递给大家，然后开口说道："趁我们还没有把新信息和其他信息汇总到一起，我想你们不介意我先把爱德华·卡文迪什与案子关联的所有细节梳理一下。昨天晚上在路上我仔细回忆了发生的一切，串联起了一出精彩大戏。我并不想主导这个秘密会议，"他补充道，"但确实有几件事是你们不知道而我知道的，因为我当时就在现场,原先没有注意其中的一些细节,也没有说出来。"

"好的,请讲,斯特雷奇威先生。"

"好的,保险起见,那就从头开始,从发现奥布莱恩的尸体开始。首先提请注意的是,那天早上一下楼我就发现卡文迪什已经在游廊里了。工作过劳的商人到乡间呼吸一下新鲜空气,很正常,但如果疑心重的人可能会说,他是在等着人出来,以设法确保这些人不会踩乱了雪中的脚印。注意,当我说想去木屋看看奥布莱恩醒了没有时,卡文迪什表现失误,嗯,没能做出正确的反应,事实上,他没有任何反应。"

布里克利看起来一头雾水。探长起初也没听明白,过了一会儿突然兴奋地拍了一下自己的光头:"您的意思是,他应该不知道奥布莱恩是在木屋睡的,对吗?"

"对,他应该表现得很吃惊。他应该认为奥布莱恩是在主屋里他自己的卧室睡的。但事实是他并不吃惊,这意味着他知道奥布莱恩是在木屋睡的。如果那天晚上他没有在木屋见过奥布莱恩,他又是怎么知道的呢?第二点:他不仅让我远离脚印,当其他人来到游廊,我让他们注意不要踩到脚印时,他也非常热心,积极帮忙。想想一个普通人在见到主人尸体之后的焦虑慌乱,他的行为也很反常。再说说鞋子的问题。卡文迪什那天穿了大衣,可以把鞋藏在大衣里带回木屋,而且,他比其他人有更充裕的时间来计划这一切。他用手帕擦额头,可以想象他也是用手帕拿鞋子的,以免留下指纹。我猜他本来想尽快把鞋子放回去,但一直找不到合适的时机。我确信当我第一次检视木屋的时候,鞋子还不在那儿。之后其他人就出来了,我的注意力转移到他们身上,去观察他们的反应,确保他们不会去触碰现场。卡文迪什很可能利用这个时机把鞋子扔了回去,也有可能是在露西拉晕倒的时候把鞋子扔回去的。目前我就整理出来这么多线索。"

短暂的沉默之后,警司一拍大腿说道:"真的是这样,先生,我刚想起来一些别的线索,您刚才谈卡文迪什提醒我了。您记不记得贝拉米说他那天早上怎么睡过的?他本想头天晚上出去看护着木屋,但觉得太困了,一下就迷糊过去了,到第二天早上该醒的时候也没醒。现在想想,卡文迪什小姐那时说什么来着?"他舔了舔大拇指,去翻记录本,"'我走进哥哥的房间,'"他复述警方的记录,"'问他要一些安眠药:他箱子里有。他当时还没睡着,起床去给我拿。'注意,绅士们,"他得意地往后靠了靠,"这说明了什么?"

"我想我知道了,"布朗特干巴巴地回应道,"卡文迪什应该给贝拉米吃了安眠药,这样就没人干扰他在木屋的行动了。"

"他可能也给我吃了药,我本打算始终保持警醒的,但一下就睡着了,还睡过了。可能是饭后喝咖啡的时候,他放进我杯子里的。"

"那意味着他已经发现您是应奥布莱恩的请求来调查的,"探长说道,"能把您的记录本借给我看看吗?"

布里克利把记录本递过去。

"我看卡文迪什小姐做完笔录之后,她哥哥作证说,刚过12点就回房间睡觉了,但一直睡不着。1点45分他妹妹来找他的时候,他还醒着。一个人带着安眠药不是做摆设的,如果他睡不着,为什么不吃点儿安眠药呢?或许他妹妹到他房间的时候,他才从外面回来不久。"

三个人坐在那儿似乎已经达成共识。第一阶段的案情基本可以确定爱德华·卡文迪什为嫌疑人。布朗特探长又点了支烟,开口说道:"斯特雷奇威先生,您的这些观点对我们很有帮助,但在法庭上基本没什么用。让我们回到动机问题。在我看来,根据您刚刚提供的证据,我们应该放弃把奥布莱恩的遗嘱作为本案的核心要素。我们不知道卡文迪什是不是遗嘱的受益人。如果他知道他是,为了从中受益而去杀奥布莱恩,不大可能假装对遗嘱的内容一无所知。因为如果这样的话,等到真相大白时,他反而会受到怀疑。从另一方面来说,如果他谋杀是为了从遗嘱中受益,他不会销毁遗嘱。也有可能他知道,他妹妹是受益人,而且肯定会拿出她那部分钱用来满足他的需求,所以设法杀了奥布莱恩。但不管是哪种情况,我想我们都可以达成共识,如果把遗嘱算作动机的话,也只是个次要动机。"

"显然卡文迪什的首要动机是为了复仇。这一动机不仅符合恐吓信的口吻,也和他早年在爱尔兰的生活经历一致。他爱上了朱蒂斯·费尔。作为一个有头有脸的人物,居然愿意通过朱蒂斯的闺密来转达信件,这么卑微和幼稚的举动足以证明他确实很爱她。"

"他妹妹也和我提过这件事,"奈杰尔插嘴道,"感觉哥哥在这场恋爱中深受打击,所以至今未婚。"

探长看了奈杰尔一眼,目光带着长辈的严厉。"那就更进一步证实了,"他不带情绪地说道,"后来他发现费尔小姐的信越来越缺少浓情蜜意,最后居然收到费尔小姐保姆的信,声称小姐爱上了一个园丁。

无论是对他的感情还是骄傲，这都是个巨大打击。保姆请求他去爱尔兰把小姐夺回来，可因为战争他去不了，不得不通过写信来规劝朱蒂斯，请她不要再做傻事，回到他的怀抱。估计他的用词过于严厉，朱蒂斯称之为'残忍'。他的恳请加上小姐自身的困境，让这个少不经事的姑娘崩溃了。"

"您说的'困境'是指什么？"奈杰尔问道，打断了探长词藻华丽的解说。

"嗯，很有可能她怀孕了。苍白的脸色、反常的举止和最终的选择都指向了这一点。她跟保姆说她没有怀孕，但一个敏感的姑娘面对这种情况可能连保姆也不敢告诉。无论如何，卡文迪什后来得知他爱的人投湖自尽了。想想他的心情吧，那个年轻的害群之马不仅夺走了他心爱的姑娘，在她最需要他的时候还抛弃了她，这和杀了她有什么区别？可卡文迪什什么也做不了。杰克·兰伯特后来杳无音讯，也没人想到他和费格斯·奥布莱恩的关联。但复仇的欲望并不因20年漫长的时间而消失。有一天，乔治娅·卡文迪什把奥布莱恩带回了家。不知通过什么方式，卡文迪什知道了他就是杰克·兰伯特。为了给法院提供说理充分的证据，我们得首先形成完整的证据链条，这很难，除非我们设法让卡文迪什自己交代清楚。很有可能，当他得知朱蒂斯的死讯后，就详细了解了杰克的长相，尽管时间改变了他的模样，但依然可以认出来他。

"之后又来了致命一击。那个20年前从他手里夺走朱蒂斯·费尔的人又来掠夺他了，这次是露西拉·斯瑞尔——他的情妇为了奥布莱恩抛弃了他。他心意已决，要杀了奥布莱恩。他还写了恐吓信，确实感觉很戏剧化，但整个案子都非常戏剧化，而且这个男人恨死了奥布莱恩。他是诺特－斯洛曼餐馆的常客，有机会用那儿的打字机写信，这样线索便很难追踪到他身上。接到邀请来参加圣诞晚会给了他一个绝佳的机会。他寄出第三封恐吓信，做足准备。他知道妹妹手里有毒药，又做了毒核桃作为第二方案。第一方案是枪杀奥布莱恩，再做成自杀的场景：正是为了伪造自杀场景，他才给奥布莱恩写恐吓信，确保后者带枪。

"到了柴特谷，他发现木屋是个理想的行刺地点，远离主屋，还隔音。第二件事就是需要奥布莱恩去木屋。本来他需要想一些别的借口让奥布莱恩去木屋，后来发现不用找借口了，奥布莱恩已经计划在木屋休息了。也有可能卡文迪什已经猜到奥布莱恩为了安全起见会去木屋。他给您和贝拉米下了安眠药，以确保机会出现时，无人干扰。之后他就开始等机会。"

"在哪儿等呢？"奈杰尔问道。

"最可能的地方是游廊。"

"只是为了一个万分之一的机会——奥布莱恩有可能从床上爬起来，溜达着去木屋？卡文迪什可够乐观的。"

"这个，"探长有些恼火，"卡文迪什可能和奥布莱恩约好了在木屋见面。又或许他发现了斯瑞尔小姐让奥布莱恩去木屋和她见面。等我们再就案情进展的一些问题询问斯瑞尔小姐时，我会加以确认。重点是奥布莱恩确实去了木屋，你也推断出来卡文迪什也去了。你不会又不承认了吧。斯特雷奇威先生？"

"不，不，当然不会，抱歉打断你的推理了。"

"卡文迪什可能提出了一些合情合理的理由让奥布莱恩去木屋，而且我想奥布莱恩刚开始并没有放松警惕。他们聊了一会儿，后来卡文迪什就动手了，两人开始打斗，在这个过程中卡文迪什设法掉转枪口对着奥布莱恩，杀害了他。事实上打斗一开始，他的计划就跑偏了。打斗时留下的手腕上的伤痕，还有破碎的袖扣，这些线索足以引起您对自杀一事的怀疑。卡文迪什一定以为自己可以让奥布莱恩放松警惕，不用打斗就拿到他的枪，结果没有成功，不过他运气不错，在奥布莱恩的口袋里或者在桌子上发现了斯瑞尔小姐写给奥布莱恩请求他在木屋见面的字条。他拿走了字条，以便伪装自杀被识破后可以嫁祸给斯瑞尔小姐。让他惊恐的是，等他想走的时，发现外面地面上已经落了一层雪，只好又坐下来想想对策，最终决定穿着奥布莱恩的鞋子，倒着走回主屋去。每一个环节都对上了。"

"但诺特-斯洛曼看见他进木屋了。"警司说道。

"唔，他可能看见的还不止这么多，但无论如何，第二天早上卡文迪什找到机会把鞋子放回了木屋，认为自己摆脱了干系。不过，他的幻想很快就破灭了——警方怀疑是谋杀。他设法把露西拉的字条放到奥布莱恩的房间，好让警方发现。但糟糕的是，诺特-斯洛曼告诉他，看见他头一天晚上去了木屋，要他出一大笔封口费。卡文迪什很绝望，他的财务状况非常糟糕，如果给诺特-斯洛曼封口费的话，他就破产了。他故意拖延时间,心里已经打定注意让诺特-斯洛曼消失。

他把毒核桃放到诺特－斯洛曼床头的果盘里。他表现得那么焦虑、惶恐，就是因为不确定是不是能在诺特－斯洛曼去向警方检举之前，用毒核桃把他干掉。没想到露西拉也加进来要敲诈他，要挟如果不给封口费就对警方说出卡文迪什杀害奥布莱恩的动机。可能正是因为如此，卡文迪什才设计把她的字条放到奥布莱恩的房间里。不管怎样，他处境极为艰难，可他很聪明，承认自己有杀害奥布莱恩的动机，这就让露西拉的敲诈落了空。"

"那另一张字条呢？"奈杰尔问道，"诺特－斯洛曼写的那个，要挟奥布莱恩必须要为抛弃露西拉做出补偿，否则就会采取行动？"

"我想尽管诺特－斯洛曼否认，但他一定在木屋找到了这张字条，把它和那包信一起寄走了，以消除证据。"

"可是为什么不当时就烧掉它呢？这又不像卡文迪什的信，没有什么进一步的利用价值。那么假设阿瑟·贝拉米发现了这张字条——"

奈杰尔的假设让两个警官都吃惊地抬起头。他接着说："我发现奥布莱恩的尸体后，曾让阿瑟检查整个木屋，看看有没有丢什么东西。他很容易就能发现那张字条。他对自己的主人绝对忠诚，也有能力主动采取正义的行动。在他发现了那个字条之后，就隐隐有所怀疑。后来他找诺特－斯洛曼对质，后者意识到如果字条落到警方手里会很麻烦，就故意拖延时间，又和露西拉商量要把字条从贝拉米手里拿回来。午饭后，露西拉在客厅按铃，贝拉米来看看有什么事。这时诺特－斯洛曼拿了拨火棍，躲在弹簧门后面，等贝拉米从客厅回厨房时把他敲晕，把字条拿走，又把贝拉米和拨火棍藏了起来。"

"但是您刚才提到的那一点还是没有解决，为什么他不及时把字条烧了？"

"所有行动都必须在很短的时间内完成。他应该是从台球室溜出来动的手，时间也只够把字条塞到口袋里。后来露西拉告诉我们，她在那一天午饭后把卡文迪什的信交给了诺特-斯洛曼，很有可能当时他把信也放进口袋里了。可以进一步猜测，他从贝拉米那儿拿走的字条就夹到某封信里了。等和卡文迪什打完球，他就到起居室把信打包，去村里把它寄走了。之后他就发现字条不见了，真是不走运啊。"

"是的，是的，"探长若有所思地说道，"很有可能是这样，可是根本证实不了啊。"

"不用担心，"奈杰尔看起来非常冷峻，"布里克利，麻烦您叫露西拉进来。和你们警方相比，我们这种业余侦探的好处就是，没有法律规定我们不能使用一些非常规手段。"他又对布朗特说："您事后最好假装什么也没有听到。"

露西拉·斯瑞尔款摆着腰走进来，漂亮、警惕、狡猾，像一头黑豹。奈杰尔拿起面前的一张纸说道："在诺特-斯洛曼遭遇不幸之前，他曾经供述了很多东西，其中谈到是您策划的袭击阿瑟·贝拉米，这是——"

他没必要再说下去了。露西拉美丽的脸蛋涨得通红，高声咆哮："这个猪猡，明明一开始就是他的主意要——"她突然停下来，用手捂住嘴。太晚了。布朗特迅速介入，她不得不供述一切。很快他们就获得了她的签字证词。她在袭击贝拉米这一事件中扮演的角色和奈杰尔猜的一样。按照她的说法,诺特-斯洛曼告诉她,如果贝拉米手里持有这个字条,他们两个都很危险：贝拉米那天早些时候已经暗示他,警方会说他们两个合谋杀害了奥布莱恩,好掩盖他们的敲诈勒索行为。诺特-斯洛曼还告诉她,贝拉米曾恶狠狠地要挟他,如果再找到新的证据,绝饶不了他。不过,诺特-斯洛曼也说了,他只想把贝拉米敲晕,拿回字条。得知贝拉米几乎被敲死了,她也很害怕。探长和奈杰尔各自独立得出结论：贝拉米要挟他准备采取行动,这把诺特-斯洛曼吓坏了,后者决定先下手为强。有一点露西拉很坚持,她不知道诺特-斯洛曼曾经要挟过杀害奥布莱恩的凶手。

等露西拉离开之后,布朗特眉毛耷拉着,不满地摇着头,对奈杰尔说："斯特雷奇威先生,您这个方法太离谱了,当然,能把贝拉米的案子弄清楚也是件好事。诺特-斯洛曼很聪明,我们拿字条找他对质的时候,他承认自己曾去木屋找寻,但没找到。这就转移了我们的注意力,让人认为谋杀案和袭击贝拉米案没有关联。应该很清楚了,卡文迪什杀害了诺特-斯洛曼,因为后者威胁卡文迪什要跟警方说见到他去了木屋。我想诺特-斯洛曼不会让露西拉掺和进来,他可不想给别人分钱。好了,我们已经找到了卡文迪什涉嫌谋杀的证据和动机,当然,第二个动机是基于他是第一个谋杀案的凶手这一前提。我们还得做很多侦查和询问工作,尤其要去卡文迪什在伦敦的房子看看。不过我们已经掌握了足够的证据,我想,可以申请授权逮捕他。您觉得呢,斯特雷奇威先生？"

奈杰尔愣了一下,语气有些恍惚："抱歉,我刚才迷失在您精彩绝伦的叙述中了。"

"好了,斯特雷奇威先生,您是在开玩笑吧?"

"老天作证,绝不是开玩笑。我认为您把案子梳理得特别清楚。不过,我想我可以提供一些确凿证据,有了这些证据就没必要再做更多的侦查工作了。证据就在一本书里,我估计奥布莱恩的木屋里肯定有一本。如果您给我钥匙,我现在就可以去拿。书的名字叫《复仇者的悲剧》。"

奈杰尔站起身,正准备去拿探长递过来的钥匙,突然听到一声尖叫,接着又是一声,然后就听到不知什么东西从楼梯上摔下去了。奈杰尔第一个冲出门去。是乔治娅的声音,奈杰尔的心绝望地揪在一起。三人来到楼梯口,前门站岗的警员也已经到了,正弯腰查看乔治娅怎么样了,奈杰尔一把推开他,跪在乔治娅身旁:"乔治娅!亲爱的!上帝呀!你还好吧?到底发生了什么?"

他看到乔治娅的睫毛很奇怪地扑闪着,像是在眨眼示意什么,接着眼睛就闭上了。过了一会儿她睁开双眼,转头看向奈杰尔,"哦,亲爱的,"她有些茫然地说,"我好像从楼梯上摔下来了。"

正在此时,大家听到大厅门外有引擎发动、加速离开的声音。布朗特和布里克利冲了出去,看到有人开着奥布莱恩的拉贡达沿着车道飞驰而去——是爱德华·卡文迪什。布里克利像个疯子似的吹哨示警,有警车应声从后院冲过来。"打电话,"布朗特对警司厉声说,"张网搜捕,你知道车牌号!"

乔治娅拧了一下奈杰尔的手,"去吧,"她说道,"去做你能做的吧,我没事,我只是得给他一个机会。"

奈杰尔迅速弯下腰,亲了亲她,又拧了拧她光滑的、小麦色的脸颊,就跑出去了。乔治娅靠着楼梯坐着,两腿叉开,很不淑女,但一脸心满意足的笑容。奈杰尔冲出去,刚好把自己甩进开动的警车后座上,布朗特坐在前排,他说:"他妹妹从楼梯上摔下来,刚好给了他逃跑的机会,真该死。"

"是的,"奈杰尔低头说道,"我想他刚好就在前门的盥洗室里,趁着站岗的警员去查看乔治娅的情况,夺门而出。对老爱德华来说,真是个绝佳的好机会。"

布朗特怒气冲冲地看着他:"好吧,他本来根本没机会逃跑的,这等于宣告了自己的罪行。"

一个急刹车,警车来到车道尽头,可大门紧闭着。布朗特跳下车去推,门锁上了。司机大力按着喇叭,看门人慢吞吞走出来。

"快开门,让我们出去,警察!"

"有个绅士要我把门锁上。"看门人嘟囔着,不确定该怎么办。

"如果你不立刻马上开门,我会告你妨碍公务,最好赶紧打开!他往哪条路走了?"

看门人指了指方向,一伙人赶紧上路,已经晚了一分钟了,对一辆拉贡达来说,那可以跑出好远了。随着警车往前行驶,路两旁的高大灌木快速后退,让奈杰尔感觉自己就要从加农炮里被射出去了,不,不像加农炮,由于急转弯而一下子被甩到后座角落的奈杰尔觉得,绝不是加农炮,要比加农炮的效果更折腾、更曲折。就像作家托马斯·哈代喜欢的一种铜管乐器：蛇号！

"地狱提供了一个位置，
坐在毒蛇的身上。"

他忧伤地唱着歌，一条树枝扫过来，湿乎乎的，让他噤了声。所有的事情都搅合在一起，乱糟糟的，就像刚从梦中醒来，但仍置身梦境。他们在干什么，沿着萨默塞特小路追捕一个有身份的金融家？真可笑，急什么呢？他跑不了的，这样追下去，只会让他做出更出格的举动，那就要命了。奈杰尔感觉自己牙关紧咬，双腿一直在抖，在因追捕而兴奋，萨默塞特的血腥抓捕！

他们在一个路口停了下来。布朗特下车，检查路面上的轮胎痕迹，在左边那条路上有个小水坑，有拉贡达的轮胎印迹。布朗特高叫着"走这条路"，又开始往前追，"看样子他想去布里奇维斯特。"警车轰轰叫着爬上一个大长坡，到了高处，又有一个三英里的大下坡，远处可见主路上的电话线杆。在乡间小路上，卡文迪什可能还免不了得降速转弯，一旦上了主路，那可就开足马力前进了，警察的巡逻队肯定跟不上。他们以50英里的速度转过一个死角，距离主路只有100码了，可惜，前方20码处出现一头牛。司机赶紧刹车，但还是以30英里的速度撞到了牛身上，那感觉就像一拳打到了肚子上。牛撞上车的散热器，然后倒在一旁。他们从车里跳出来，发现到处都是碎玻璃，车前灯碎了。司机打开引擎盖，叶轮的扇页断了。

布朗特立马向主路跑去,奈杰尔紧随其后。到了主路一看,拉贡达就在路对面停着,但没有爱德华·卡文迪什的影子。接着他们看到有个大广告牌竖在一块草地的围栏上,上面写着:

航空飞行。五分钟,五先令。

他们跑进草场,那儿只有一间木屋、一个套筒风标和一个小个子男人,他穿着工作服,皮肤黝黑。这个男人像广告牌一样惜字如金,布朗特问他有没有看见一个开拉贡达的男人来这里,他用手指了指天,天空远处,可见一个小黑点。布朗特气喘吁吁地接着说:"警察!我们在追捕那个人,你还有没有别的飞机?或者有电话吗?"

"没有电话,"肤色黝黑的男人嚼着口香糖,面无表情地回答,"不过,伯特号回来了。"

一架飞机静静从他们头顶滑过,接地滑行,他们赶紧跟上去。布朗特像机关枪一样发号施令,先是让两个不知所措的乘客从飞机上下来,又让机械师跟最近的皇家空军基地联系,告知他们第一架飞机的编号。

"油够吗?"布朗特急问。

驾驶员猛一甩头,算作回答。他们钻进驾驶舱,飞机滑行到跑道尽头,准备加速起飞。奈杰尔还想着不会飞不起来吧,往下一看,飞机已经飞离绿色的草浪,飞向天空,在空中斜着飞行。空中那个小黑点已经不见踪影了,不过天气很好,万里无云,应该可以很快发现它。

不知那架飞机里正发生着什么？如果卡文迪什五分钟的飞行结束，他会做什么呢？他会要求飞行员接着飞行吗？天空无言地看着他们，一切回答都无所谓了。

十分钟后，小黑点再次出现，他们正向海洋飞去。或许卡文迪什想逃到法国或者西班牙。

"如果飞到法国或遥远的西班牙，
你会跨越海洋，
我也将跨越海洋再去看你的脸庞。"

奈杰尔声嘶力竭地唱着，声音淹没在飞机引擎声中，随风散落。布朗特对着飞行员的耳朵大喊："我们在追吗？"

飞行员点点头。布朗特很是恼火和烦燥，那个向南飞的小黑点和他们之间似乎隔着浩瀚的天空，他往下看，感觉飞机几乎没怎么移动，地面上一块块的土地往后退得很慢。他又抬头往前看，上帝啊，快追上了！现在那个小黑点已经变成了一个有翅膀的昆虫。他们在空中一点点追赶抓捕对象，就像分针追赶时针，一直盯着看反而觉得没什么变化。他转过头来给奈杰尔打手势。奈杰尔近视，为了看清楚，从驾驶舱探出头去。风剧烈吹打他的脸，他赶紧缩回到驾驶舱，感觉要是回晚了，估计头都要被吹掉了。飞行员回过头来，大喊："福瑞德看见我们了！他在减速！"

是的，他们正快速接近那架飞机，已经飞到了它的右上方。当两架飞机的距离只有四分之一英里时,对方似乎又加速拉大了距离。很快他们就知道为什么了。飞行员把机头朝下,向着那架飞机俯冲过去。两架飞机已经足够近了,近到能看到驾驶舱,然后更近了,布朗特看到卡文迪什拿枪抵着飞行员的后背。他们飞机的起落架离卡文迪什的头不足50英尺。后者正抬头往上看。奈杰尔一辈子都不会忘记那张脸的表情。奈杰尔突然大喊起来,可是风声太大了,布朗特根本听不见,于是他又开始挥舞手帕,像是要表达停战的想法:因为卡文迪什虽然还拿枪指着飞行员,但开始往驾驶室外面爬去。他站起来,摇晃了一下,侧身向外,掉了下去。在下落的过程中,他四肢张开,像个假人,往下掉,往下掉,这几年他好像就一直在往下掉。最终他消失在视野之外,几秒钟后,海面上有小的浪花飞溅,好像一个破裂的水泡。

第十五章

重头讲起

"所以她终于大仇得报。"奈杰尔说道。

离卡文迪什包机远行——比他预想的远得多的远行,已经过去一周了。奈杰尔、他叔叔和菲利普·司达林三人聚在奈杰尔在城里的公寓,边品尝雪莉酒边等着奈杰尔讲故事。菲利普对故事的最新进展一无所知,约翰·斯特雷奇威爵士手头虽有探长布朗特送来的文件和案件梗概,还想听侄子讲讲细节。布朗特也收到了聚会邀请,但推说事务繁忙没有来。奈杰尔按以往好客的性子,通常会再次力邀,这回却没有勉强。菲利普心满意足地盯着杯中的雪莉酒,轻嘬了一口,抿抿嘴，开口说道："哎呀，这酒品质真不错，小伙子，牛津也不是什么都没教你啊！"约翰爵士看起来比平常更像一只硬毛猎犬，他有个本事，即使慵懒地陷在沙发里，看起来依然机警：耳朵竖着，鼻子抽动着，可以随时跳起来，小跑着离开。爵士正打算举杯喝口酒，听到奈杰尔开口，杯子停在半空，抬起头说道："'终于大仇得报'？离奥布莱恩被杀已经过去半个月了。"

"嗯，他等了很长时间，超过20年，所以我说'终于'也算合理。"奈杰尔笑着说道。

叔叔审视了他好大一会儿，最终开口道："不，你不会就此罢手，我了解你，依你爱出风头、搞噱头的性子，你还没开始讲。赶紧开始，你这小子，快点！这雪莉酒确实不错。"

"当然了，"奈杰尔说道，"这酒可不是用来漱口的。好吧，我想还是赶紧开始吧。案子的基本情况您已经知道了；我也给菲利普讲了大部分的内容，他有这个能力把不知道的脑补起来，尤其在他喝了我这么多雪莉酒之后。他还给了我解开谜团的思路，所以你们两个现在起点一致。"

"给了你解开谜团的思路？你指的到底是什么？你是指那个浅显的故事，那个关于赫拉克勒斯和卡库斯的故事吗？"

"那个小孩子都知道，"奈杰尔打断菲利普的话，"不，不是的。约翰叔叔，您怎么看待布朗特对案件的梳理判断？"他突然抛出一个似乎毫不相干的话题。

"我？好吧，有些地方想法挺别致的，但还需要大量证据来填充。

整个案件似乎都有合理的解释，不管怎么说，卡文迪什的逃跑让整个案件告一段落。后来，布朗特发现他妹妹藏起来的毒药不见了。你为什么要这么问？"

"因为我感觉从专业角度来说，布朗特的解释很不到位。"奈杰尔说道，眼神游移地看着天花板。约翰爵士坐直身子，大声嚷嚷："上帝啊，我还以为你和他的看法一致呢，你看你让我把雪莉酒都弄洒了，你这让人讨厌的表现欲。"

"我在很多地方都和他的看法一致，当然，大部分都是不重要的地方，但对核心环节的看法却并不一致。当爱德华·卡文迪什拍脑袋决定逃跑时，我大致已经形成了自己的推理。"

"打住，"约翰爵士恼火地说道，"布朗特告诉我，你也同意是卡文迪什枪杀了奥布莱恩啊！"

"哦，是的，我现在也同意啊。"

"我想，"他叔叔说道，带着浓浓的讽刺，"你打算告诉我是卡文迪什枪杀了奥布莱恩，但他并不是凶手，是吗？"

"您思路转得很快，"奈杰尔鼓励道，"这正是我打算告诉你们的。"

菲利普·司达林不满地嘟囔着："哦，上帝啊，又是猜谜。那是年会后我们的牧师爱干的事儿。我可不打算玩儿。"

他往椅子里一靠，又给自己倒了一杯雪莉酒。约翰爵士看着奈杰尔，又苦恼又兴奋，仿佛自己的侄子正在变成一条海蛇。

奈杰尔说道："我先梳理一下布朗特推理的薄弱之处。到现在我也毫不怀疑那天晚上卡文迪什去了木屋，还做了脚印伪装自杀现场，毕竟，这就是我的想法。就算现在还没有任何真正的证据，我也打算相信诺特-斯洛曼看见他进木屋了，后来还想敲诈他。但把卡文迪什当成凶手，尤其这种离奇谋杀案的凶手，不，我不能同意。"

"你的意思是说，卡文迪什到木屋后发现奥布莱恩已经死了？"约翰爵士问道。

"从某种意义上可以这么说，"奈杰尔并不正面回答，"嗯，布朗特判断说，奥布莱恩的遗嘱如果算是动机的话，最多也就是次要动机，我是认可这一点的。他认为，卡文迪什的首要动机是复仇，还说这一动机也能和恐吓信的口吻对上，这是他的第一个错误，也是最主要的错误。菲利普，您是了解卡文迪什的，一个商人，能干、传统、浮夸，没什么幽默感。您能想象是他写了那些恐吓信吗？"

奈杰尔把恐吓信递给菲利普看，自己在房间里不停地来回踱步。

"不，一点儿也不像可怜的爱德华的风格，像吗？我想象不出来他能写出这么富有戏剧色彩的句子。信里写到，奥布莱恩在节礼日的出行就像国王温斯拉斯，这种俏皮话超出了这老男孩的能力范围。就内在能力而言，我同意奈杰尔的观点，卡文迪什写不出这种话。"

"对吧，"奈杰尔很得意，"菲利普是文体学方面的权威。如果说，不是卡文迪什写的信，那也就不是他设计的谋杀。如果说两个互不相识的人计划在同一天刺杀奥布莱恩，那也太巧合了。再从心理学层面分析一下。布朗特认为，卡文迪什首先用恐吓信让奥布莱恩提高警惕，之后明知奥布莱恩带有武器而且随时会对入侵者一通乱射，依然选择在半夜尾随奥布莱恩进入木屋；他先是和奥布莱恩聊些闲话，找准机会就扑过去和奥布莱恩打斗一番，夺过手枪把奥布莱恩杀掉。现在，我问你们，奥布莱恩的勇猛尽人皆知，谁会傻到去冒这个险？布朗特居然认为卡文迪什会！卡文迪什！刚一看到奥布莱恩的尸体就吓得发抖的男人；布朗特刚一紧逼就精神崩溃、开始影射他妹妹有作案嫌疑的男人；一个还没被起诉就要逃跑的男人。探长居然提出，这样的一个胆小鬼敢把自己的脑袋放到狮子嘴里，我想，也就按照布朗特的计划他才敢这么做。我得指出，就这一点而言，我对老布朗特很失望。"

约翰爵士提出异议："但是探长坚信，卡文迪什肯定以一些无可辩驳的借口让奥布莱恩来木屋：打消他的怀疑或者别的什么借口。"

"夜半时分，在孤零零的木屋里，为了打消某个家伙的怀疑而与他相约见面，这方法实在奇特。如果信是卡文迪什写的，他理应知道，在收到这些恐吓信后，奥布莱恩对每一个人都高度警惕。话说回来，如果您真的认为卡文迪什有能力设计这一切，有能力从一个勇士手里夺过装满子弹的手枪，那我无话可说。"

"我不喜欢你的修辞手法，不过，到目前为止你说的还是有道理的，奈杰尔。"

"那就好。再说说安眠药的问题。布朗特推理说，乔治娅来要安眠药的时候，卡文迪什估计才回到自己卧室，还指出这可以佐证他去过木屋的推测，这一点我也认可。他给贝拉米下安眠药，大家都能理解，可是为什么还有我呢？他怎么会知道我对他有威胁呢？我经手的案子如果见报，我绝不允许出现自己的名字。只有和我关系很密切的人知道我在从事这行。"

"他也有可能会发现啊,"菲利普调侃,"天天接触这些血腥的案件,想不沾染些恶名也很难。"

"好了,菲利普,不要挑事啊。我们接着说说那个很难嗑开的核桃——当然诺特-斯洛曼并不这么觉得。布朗特认为,卡文迪什随身带着那颗毒核桃,一旦第一方案失败,将用它随时启动第二方案。但是,奥布莱恩并不会用牙嗑核桃。如果卡文迪什只是拿核桃作为毒药的容器,为什么还要费事拿砂纸把它打磨得那么薄,以至于有可能在口袋里一碰就会碎呢?我立刻想到,核桃不是为奥布莱恩准备的,那是为诺特-斯洛曼准备的吗?如果是因为诺特-斯洛曼拿奥布莱恩被害一事敲诈卡文迪什,让他决定要除掉诺特-斯洛曼的话,他不大可能就因为预感有人会插手此事并敲诈他,就提前把毒核桃准备好。这意味着他必须随身携带毒药,还得在诺特-斯洛曼扬言要去警方告他之后,把毒核桃做好。布朗特和我都认为,在达沃尔庄园一直有警察进进出出的情况下,很难去做好这个毒核桃。而且,如果他为了避免诺特-斯洛曼向警方告发他而痛下杀手,为什么要用这么不确定的方式呢?很难保证诺特-斯洛曼会在告发他之前吃到那颗毒核桃。唯一解释得通的理由就是,卡文迪什之所以想干掉诺特-斯洛曼,是因为他拿露西拉来敲诈他。从理论上说,这是可能的,不过正如我刚才分析的,从心理上来说,卡文迪什就是个胆小鬼,不可能去杀害奥布莱恩。这意味着来参加这个小型家庭聚会的人当中,有两个杀人犯。正如赞美诗所言,'你在你的角落,我在我的角落。'这两起谋杀案毫无关联。好吧,我实在接受不了这个观点。"

"简洁而有力的推理!"菲利普·司达林评价道。

"谢谢夸奖,"奈杰尔说道,"还有一些小的地方我也不认可。比如,依据布朗特的推论,尽管卡文迪什从没有见过奥布莱恩,只听过人们谈起那个20岁男孩——杰克·兰伯特——的长相,就能一下子认出来奥布莱恩就是杰克,那他真是太聪明了。而且,在我和他妹妹长谈过程中,也没听乔治娅提及卡文迪什对奥布莱恩有什么特别的兴趣。当然她也不会提,她担心就是她哥哥杀了奥布莱恩,不想让他暴露。但我从她那得知,奥布莱恩对她哥哥很感兴趣,想见见他。按理说,如果奥布莱恩是那个从卡文迪什身边夺走朱蒂斯又抛弃她的人,他会想见卡文迪什吗?奥布莱恩和朱蒂斯相爱后,一定听她谈起过卡文迪什;乔治娅也跟他说过,哥哥曾经在梅娜特庄园住过,所以他应该能判断出朱蒂斯的第一个恋人就是乔治娅的哥哥。如果是这样的话,奥布莱恩如果曾经做过对不起朱蒂斯和卡文迪什的事,肯定会特别防备卡文迪什的。"

约翰·斯特雷奇威爵士皱起眉头:"我听明白了。不过,你是想说朱蒂斯·费尔和这起谋杀案没什么关系吗?"

"不,相反,关联很大。现在就来谈谈这个问题。依据布朗特的理论,杰克·兰伯特——奥布莱恩——从卡文迪什那里夺走了朱蒂斯,引诱她,让她怀了孕,又抛弃了她,当她写信向他求救时还不回来,最终导致了她自杀。这当然给了卡文迪什非常有力的动机。但事实可能是完全相反的。首先,我们都认识奥布莱恩,了解他,可以确定他不会那样对待一个姑娘。是的,他年轻的时候是有些放荡不羁,但绝不是没有底线的人,而且,有充足的证据表明他深爱那个姑娘。"

"那个保姆可不这么看啊。"约翰爵士说道。

"她有偏见,是个势利的家伙。在她看来,卡文迪什是有身份的人,而兰伯特不是。她和布朗特探长一样,对发生的事件进行了错误的解读。当朱蒂斯说她没有怀孕时,她选择相信自己的小主人。杰克·兰伯特并没有抛弃这个姑娘。他去参军当军官就是为了能够有个好前程,好让朱蒂斯的父亲同意把女儿嫁给他。保姆自己说,杰克刚走的那几天,朱蒂斯还是挺开心的,之后就开始沉默、心不在焉和憔悴。并不是因为她怀孕了——'她从不撒谎',老保姆这样说,我也相信她,她要比布朗特更了解朱蒂斯·费尔——不是因为兰伯特抛弃了他,他没有。他的离开和她的死之间还有没有别的关联呢?她收到了卡文迪什的来信,保姆发现她在哭,'我该怎么办呢?'朱蒂斯说道,'这不是我的错啊,我做了什么让他这么残忍,如果爸爸发现了——'保姆以为她在说奥布莱恩。我却能断定她说的是卡文迪什。保姆曾经给卡文迪什写过信,说了朱蒂斯的情况,我认为,卡文迪什也给朱蒂斯写了信,声称如果她不放弃杰克·兰伯特,回到他的怀抱,就把朱蒂斯的事情告诉她父亲。这种行为和我们了解的卡文迪什的性格是一致的。这也能很好地解释朱蒂斯为什么对着保姆哭泣。她父亲是个特别严厉的人,她非常怕他,'如果爸爸发现——'我重申一下,我们知道,当朱蒂斯以为自己爱上了卡文迪什的时候,曾经给他写了很多信,一个多么单纯、任性、涉世未深、又满怀浪漫想象的小姑娘。我想爱德华可能会要挟她:如果不放弃杰克,就把小姑娘写给自己的情书寄给她父亲。"

"是的,"约翰爵士慢慢说道,"听起来挺有道理。但你还没有证明奥布莱恩确实深爱那个姑娘。当姑娘写信给他时,他为什么不回去呢?"

"因为他回不去。想想吉米·霍普提供的证据。他和奥布莱恩在一个飞行小队。奥布莱恩刚到法国才一周,突然要求休假,上天入地想办法,几乎绝望了,但没有获准,所有的休假都取消了。显然,他收到了朱蒂斯的求救信,想尽快回去帮她。半个月后,朱蒂斯的哥哥收到一封信,里面说他妹妹自杀了。在这之后,奥布莱恩就开始发疯了,每天都想结束自己的生命,但上帝拒绝收留他。这些年他想尽办法寻死,您还能说他不爱她吗?还记得他直到何时才不再寻死吗?"

约翰爵士摸着自己的浓密胡须:"直到何时?我不知道,我想,直到他放弃飞行吧,那是——"

"是的,"奈杰尔打断道,"奥布莱恩不断想方设法寻死,直到他遇到了乔治娅。"

"好吧,然后呢?他爱上了她,这给了他重新生活的勇气,这和这个案子有什么关系呢?"

"是的,这确实又给了他生活的热情,"奈杰尔说道,语气非常严肃,吓了那两位一跳,"但他并不爱乔治娅,他是喜欢她,也曾经是恋人,但这种爱和对朱蒂斯的爱不同。乔治娅和我说过,'我感觉他并不爱我——至少不是全身心地爱,他的心有一部分在别处。'"奈杰尔停了一会儿,"来,菲利普,你喜欢猜谜语,你说说为什么奥布莱恩遇见乔治娅·卡文迪什后会改变整个生活方式呢?"

"要我说，"小个子教授回答，"可能她也是牛津的学生？"

约翰·斯特雷奇威爵士一动不动地坐在那里，嘴唇抖动着，像极了小孩子努力在学着发一个难发音的词，脸上的表情从困惑、不可置信到茫然恍惚，颇富戏剧性。奈杰尔看了他一眼，眼光迅速转向别处。

"好了，菲利普，看来您喝我的雪莉酒已经喝得太多了，影响了您聪明才智的发挥。我再问一个简单点儿的问题。12月25日，达沃尔庄园里共有九个人：奥布莱恩，阿瑟·贝拉米，格兰特太太，露西拉，乔治娅，爱德华·卡文迪什，诺特－斯洛曼，菲利普·司达林，奈杰尔·斯特雷奇威。哪一个最像杀害奥布莱恩和诺特－斯洛曼的凶手？这个人应该有着钢铁般的意志、非凡的创造力、足够的幽默感才能够写出那样的恐吓信，足够胆大敢于公开威胁；足够聪明能够设计毒核桃谋杀，有充足的时间和耐心去等待最后的结果；有超凡的记忆力，能够拿到乔治娅的毒药，能够接触到诺特－斯洛曼的打字机；有足够的文学修养而熟悉图尔纳的《复仇者的悲剧》。"

菲利普·司达林喝了一大口雪莉酒，顽皮、骄傲、聪明、极有吸引力的面庞上表露出不同寻常的困惑和不确定，终于他说道："哎呀，老伙计，我要说我最符合你列出的这些条件啊。"

奈杰尔赶紧走到壁炉前，往嘴里塞了几颗盐焗杏仁。短暂的沉默后，约翰爵士，就像一个醉驾的人面对警察时一样，小心翼翼地开口说道："我觉得有点儿晕，但你的描述指向清晰，奈杰尔，这九个人中只有一个人符合这个描述，我感觉你有可能疯了。不管怎么说，完全符合你描述的人就是费格斯·奥布莱恩。"

"反应迟缓但还算准确，"奈杰尔嘴里塞满了杏仁，话也说不利落了，"我想知道您什么时候猜到的。"

约翰爵士语气平和、幽默地说道："你是想说，奥布莱恩杀了他自己？"

"听起来很没道理，但却是事实。"

"他自己杀了自己，同时爱德华·卡文迪什还枪杀了他？"

"嗯，按布朗特的说法是的。"

"还有就是，在他自杀和被爱德华·卡文迪什杀害的同时，他还毒死了诺特-斯洛曼？"

"不好表达，但事实如此。"

约翰爵士朝自己的侄子投以同情的眼神，转向司达林说道："赶紧给科尔法克斯打电话吧，我想他应该是伦敦最好的精神病医生了，最好再叫辆救护车和两个男护士。"

"我承认，"奈杰尔不为所动，接着往下讲，"我花了不少时间说服我自己，听上去是有些自相矛盾，但就像所有矛盾都是基于简单事实一样，我会一步步告诉你们我是如何得出这个结论的。首先，是卡文迪什的行为。我注意到，他看到奥布莱恩尸体时的表情并不是简单的紧张，还有困惑和手足无措。设想一下，如果你刚杀了一个人，你不会表现得很困惑：就是一具尸体而已，又不是复杂的谜语。我让布朗特注意卡文迪什的行为，但没有得到回应。直到我和乔治娅谈话之后，我才明白他为什么会表现出困惑。我和她的谈话首先明确了一点，奥布莱恩似乎对她哥哥特别感兴趣。想想，当时乔治娅在沙漠里马上就要死了,可奥布莱恩刚救下她不久,便开始询问她和她家人的情况,后来更是想尽办法和爱德华认识,你们是不是觉得,他应该根本不会对卡文迪什感兴趣的?"

"后来我去了爱尔兰。事情很快就清楚了,不是爱德华想要奥布莱恩的命,而是相反。卡文迪什威胁要把朱蒂斯写的情书交给她父亲,最终逼死了她。她肯定给奥布莱恩写信讲到了这件事。想想奥布莱恩吧,一个爱尔兰人,记仇能记几百年。您自己,叔叔,您也说过,他记性很好;再想想他的冷酷,他的冷幽默,他对朱蒂斯·费尔的深情,我突然意识到,他会为了复仇而长时间地等待,后面的事情就清楚了。

"一旦我想通了这一点,就开始从奥布莱恩作为复仇者入手,来考虑有关这个案子的各种证据。显然,他必须设法让卡文迪什陷入一种局面:不得不杀他,之后难逃法网。他想让卡文迪什也尝尝朱蒂斯的痛苦,像困兽一样无处可去的痛苦。他一点儿也不在乎自己的生命——医生已经宣布他快要死了。从技术层面来说,这个任务几乎不可完成。我设想自己处于奥布莱恩的位置的话,该如何一步步完成这个任务。他如何能让卡文迪什来木屋呢?突然,我想起来露西拉写给奥布莱恩的字条,'我必须在今晚和你见面,'字条里写道,'怎么能忘了曾经的过往,等其他人都睡了到木屋见我'等等。设想一下,奥布莱恩收到了露西拉的字条,偷偷把它放到卡文迪什的桌子上或者其他什么地方。露西拉曾经是卡文迪什的情妇,所以第二句话对他很有吸引力,而且字条上也没有写奥布莱恩的名字,卡文迪什不会想到字条不是给他的,这是第一个突破口。你看,利用字条,奥布莱恩成功让卡文迪什去了木屋，还不会告诉任何人。

"之后，卡文迪什和奥布莱恩在木屋见面。按照计划，奥布莱恩突然拔枪威胁他，做出要杀人的疯狂模样。他冲向卡文迪什，但并不打算杀死他——那样太便宜他了，只是近到卡文迪什身前，好让他能抓着枪，并和自己打斗，当枪口对准自己的时候，又设法让卡文迪什的手指扣动扳机——然后，奥布莱恩的生命结束了，但他的复仇开始了。当然，他在进行一场豪赌，赌卡文迪什不会径直回到主屋，告诉大家发生了什么。他坚信自己对卡文迪什性格的判断，他带着满腔仇恨已经研究他好几个月了。他赌定卡文迪什没有勇气说出真相。他赢了。当然，他已经采取了一系列措施，让卡文迪什很难说出真相。他处心积虑设计了卡文迪什要杀他的两个理由：他拐走了露西拉；知道爱德华·卡文迪什财务困难，又留给乔治娅一大笔钱。正是这两个理由让我们开始怀疑卡文迪什。至于朱蒂斯·费尔，我想，他并不想让人知道，至少，他没有留下这方面的线索。讽刺的是，正是朱蒂斯·费尔的故事让警方最终确认卡文迪什就是杀人犯。

"我在脑子里重新复盘，所有已知证据都契合这个推论——奥布莱恩让卡文迪什到木屋并设局让他枪杀了自己。雪也帮了奥布莱恩的忙，他想不到还能利用上它。不过，卡文迪什这次比奥布莱恩想的聪明。他做不到告诉大家真相：那听起来太过离奇，只会让大家更为关注他想杀害奥布莱恩的合理性，但他可以伪装自杀现场。除了那个碎了的袖扣和奥布莱恩手腕上的淤伤，他没留下什么破绽。雪地里的脚印真是天才的即兴创作，想想发生在活人和死人之间的决斗，真是惊心动魄呢。"

两个听众已经完全入戏了。菲利普·司达林带着警醒和智慧的批判一步步跟着思考；约翰爵士的表情从最初的不可置信，到怀疑，到完全信服。奈杰尔接着往下分析："到目前为止，对卡文迪什来说，情况还不算太糟，但他沉不住气。至于诺特-斯洛曼有没有看见他进木屋，有没有敲诈他，我们已经不得而知。不管怎么样，就像奥布莱恩预测的一样，卡文迪什的心理开始崩溃了。他开始表现得就像一个有罪的人。但与普通罪犯不同的是，他是又紧张又困惑，他当然不明白为什么会走到这一步。而他困惑的模样让我开始怀疑我最初的理论。他一直不明白为什么奥布莱恩会有如此非比寻常的表现，为什么奥布莱恩要把他置于如此危险的境地。他不会想到奥布莱恩和杰克·兰伯特之间的联系。事实上，除了我的推理，我看，不会有别的推理能够解释为什么卡文迪什看起来又恐惧又困惑。"

"等等，奈杰尔，如果奥布莱恩费尽心机布了这样一个局，他能想到卡文迪什会伪装自杀现场吗？"约翰爵士问道。

"这也是我下一步要讲的问题。有四点合理解释可以契合我的推理。首先，为什么奥布莱恩要写这些恐吓信，还让我们看呢？就是为了等事情发生时，我们会怀疑这是自杀。但他犯了一个错误，他在信中肆意表现自己的冷幽默，他不否认这就是个大大的玩笑。事实上，第一天晚上在晚宴时他就和我说，'你知道，如果我要想杀谁，我感觉我会用这种方式写信'，他忍不住要开玩笑。他本该以爱德华·卡文迪什的口气写信的。第二，他放出消息有人觊觎他的飞机设计：刚开始我就疑惑他居然给我灌输秘密警察、外国势力这类耸人听闻的故事。后来想想这恰恰是他爱尔兰人热衷想象的天性释放。第三，遗嘱。他告诉我他把遗嘱放到木屋的保险柜里了。可保险柜是空的，这似乎证明有人为了拿到遗嘱杀了他。当然，如果有遗嘱的话，他也早就拿出来密封好，交给律师了。但他这里的设计有些敷衍了事，想得不够完善。凶手居然能打开保险柜，这立刻引起了我的怀疑，他怎么知道的密码？应该是奥布莱恩的好朋友，但绝不会是卡文迪什。第四点，为了避免把他的死定性为自杀，他给我下了安眠药。他希望我足够聪明，在他给我提供的线索帮助下，我能够识别出来这是伪装的自杀。但他也相信我没有聪明到能够看穿这一切。

"等走到这一步，我已经确信了解了奥布莱恩死亡的真相。但还有一个绕不过去的难点——为什么他要让人杀死自己。从一开始我就不大相信，像奥布莱恩这样的人，提前做好了防范攻击的准备，会允许自己被人骗、被人欺负、被人拿自己的枪杀害，这太离奇了。于是，我回顾是不是还有什么奇怪的事可以用来解释我的推理，就想到了木屋里朱蒂斯·费尔的照片。为什么他要在客人来之前把照片拿走销毁呢？唯一的解释是有人可能会看到她、认出来她，那会对他的计划造成毁灭性的影响。客人里认识朱蒂斯·费尔的只有卡文迪什，所以他销毁了照片，以免引起卡文迪什的注意。每次他私下和我交流，我都感觉他的话语背后暗藏玄机。客人来了之后，我一直在密切观察他们。我记得，在圣诞节当天曾感觉对奥布莱恩的攻击就像一个恶作剧，所有人表现得都非常自然，我不相信一个人设计好了要谋杀另一个人,在谋杀行动前几个小时,还能泰然自若地对待他。你可能会'微笑,微笑,然后做一个坏蛋',但那也是事后,而不是事前。等重新梳理之后,我意识到奥布莱恩是当时唯一表现不正常的人。他马上就要开始采取行动,一点点把爱德华·卡文迪什置于死地。奥布莱恩想让他遭几个星期的罪,最后再杀了他。他自己也没有想到,卡文迪什会从飞机上跳下去。有趣的是,在我还没有开始怀疑奥布莱恩之前,我曾经跟布里克利说过,我能想象奥布莱恩会为了复仇杀人。"

奈杰尔停了下来,另外两个人也静静地坐着。之后,像是商量好的,三人都举杯喝酒。可能是想向奈杰尔致敬,也可能是向冷酷的、魔鬼附体的奥布莱恩致敬。约翰爵士说道:"我想或许可以推迟去看精神病医生了,你的推理很有说服力,我相信你是对的。但怎么解释诺特–斯洛曼的死呢?奥布莱恩怎么杀死他的呢?又为了什么呢?"

"哦,与案子的其他环节相比,这点相对简单。这一方法的设计者肯定是奥布莱恩。卡文迪什不会以这种方式来杀害诺特–斯洛曼,对他来说,如果要赶在诺特向警方告发之前杀死他,就得立即行动。要干就得快干。但奥布莱恩不用着急。他已经等了那么长时间,不在乎这几天。这个核桃就像延迟行动的外壳,内核是问题的核心。"

约翰爵士表达不满:"司达林,难道你在牛津没有教他乱用比喻很不绅士吗?"

"恰恰相反,"奈杰尔说道,"它是想象力丰富、生动和合理的象征。接着往下说。如果奥布莱恩想在自己死后再杀死诺特–斯洛曼的话,这是他唯一能采用的方式——延迟行动,来自死神哈迪斯的复仇之手。奥布莱恩知道乔治娅手里有毒药,找到她藏毒药的地方不是个难事。我认为,他之所以选择以死后行事的方法杀死诺特-斯洛曼,有一部分原因是想嫁祸给卡文迪什。他可能已经怀疑诺特在敲诈卡文迪什,而且卡文迪什最有可能拿到他妹妹的毒药。奥布莱恩用诺特-斯洛曼的打字机写恐吓信,动机可能就像淘气的小男孩向教堂扔石子,说不定能砸着窗户呢。恐吓信有可能会指向卡文迪什,他是俱乐部的常客;也可能指向诺特-斯洛曼,俱乐部的老板;也可能落空。碰巧,没有落空。不管怎样,奥布莱恩拿到了毒药,做好了毒核桃,把它放到了诺特-斯洛曼床头柜上的果盘里。他有个挺可笑的女性特质,喜欢收拾家务。我发现,他给我的卧室放了花,还把饼干盒装满饼干。他知道诺特-斯洛曼用牙嗑核桃的习惯,也知道后者很自私,喜欢独自享用好东西,不愿意和别人分享。他还在宴会上确认我们都不会用牙去嗑核桃,一般人都不会这么做。这是在冒险,不过,奥布莱恩本就不大看重人的生命,别人会误吃核桃这件事不会让他过于困扰。还有一个更大的风险,乔治娅可能被视为嫌疑人。但他知道她没有杀人的动机,我想他也没有想过会有人怀疑她是杀人凶手,毕竟,所有人都知道她爱他。"

"必须要在自己死后再毒杀诺特-斯洛曼的主要原因,是可以让奥布莱恩自己摆脱嫌疑。你知道,诺特-斯洛曼和奥布莱恩的关联很清楚,仔细想想就能猜到真实动机。"

"下次钓鱼我会记得用导线环①。"约翰爵士酸溜溜地说道,"但是真实动机是什么?敲诈吗?"

"不,要比敲诈离奇得多。关联是他们都曾在皇家空军服役。诺特-斯洛曼叫奥布莱恩'老拖鞋'——这个外号谁都没有用过,除了吉米·霍普,那个奥布莱恩的战友,住在布里奇维斯特。这个外号媒体也不熟悉,我第一次听到时也吃了一惊,所以可以推断出诺特-斯洛曼和奥布莱恩曾在同一个部队服役。来到柴特谷参加这个家庭聚会,看到如此奇怪的宾客组成,让我很吃惊。事实上,像奥布莱恩这样的人,似乎想要过归隐的生活,却组织了这样一场宴会,这本身就很奇怪。更奇怪的是他邀请的客人中至少有三个人:卡文迪什、露西拉和诺特-斯洛曼,和他根本就不是一个类型的。他和我解释说,邀请来的客人都有可能是写恐吓信的人,他想把他们都放到自己眼皮底下。可这解释引发另一个问题:为什么要邀请诺特-斯洛曼呢?乔治娅告诉我,是奥布莱恩提出要去参观一下斯洛曼的俱乐部。但奥布莱恩这种人,对俱乐部应该是避之唯恐不及的。"

"我就说,我一直好奇像斯洛曼这样的无赖来这里做什么。"菲利普说道。

"是的。叔叔,记得您告诉过我,奥布莱恩曾做过空军飞行小队的队长,接到总部的命令,要在不具备起飞条件的天气情况下去执行向地面扫射的飞行任务,结果除了他本人,小队所有成员全都阵亡,

---

① 导线环,原文 link,影射上文所说的"关联"。

在这之后他作战就更加疯狂了。后来，吉米·霍普也和我说过，1917年末，在同一个星期，同一个地段，朱蒂斯的哥哥也去执行同样的任务，结果整个小队，包括朱蒂斯的哥哥全部阵亡。他还告诉我，奥布莱恩和朱蒂斯的哥哥费尔关系非常好，像亲兄弟一样，奥布莱恩在执行飞行任务时会特别照顾费尔。显然他把对朱蒂斯的爱转移到了她哥哥身上，想把她的形象在她哥哥身上留存下来。现在再来看诺特－斯洛曼的证据。他曾说自己也当过皇家空军的飞行员，后来做管理工作，自1917年夏天起主管奥布莱恩所在的部队。我刚开始没有注意到这一线索，后来从爱尔兰回来，意识到奥布莱恩邀请诺特－斯洛曼有充足的理由。诺特－斯洛曼就是那个让费尔去执行死亡任务的官员，他当时就是那个部队的长官。上星期二，我设法找到了和诺特－斯洛曼在一个总部的人，他确认了诺特确实发出过这道命令。邀请卡文迪什来，是为了让他经历朱蒂斯曾经历过的情感痛苦；邀请诺特－斯洛曼来，是因为他导致了朱蒂斯哥哥的死亡。富有诗意的正义行动，在很多地方都富有诗意。"奈杰尔最后又加了一句。

"这有没有可能是参考了《复仇者的悲剧》呢？"菲利普·司达林问道。

"您醒过来了。不错，确实如此。这也是为什么我要说，是您给我提供了解决问题的方案。是您让我注意到奥布莱恩在宴会上的那个失误。当时他引用了这部剧作中的几句话，却说是出自韦伯斯特。这其实是个测试，是要看看有没有人熟悉这部剧作，能够发现他的失误，当然，即使有人发现了，他也不会更改他的计划。事实上，这两起谋杀案和它们的动机都和图尔纳剧作中的设置非常相似。您现在已经非常清楚了,是吧,菲利普。"

约翰爵士嚷嚷道:"不要再进行文学探讨了,直接告诉我结果吧!"

"如果您偶尔也看一些高水平的文学作品,而不是总看那些廉价的探案小说和园艺目录,"奈杰尔回嘴道,"不仅能提高您的心智,也不用我给您普及文学常识。《复仇者的悲剧》,是图尔纳的作品,作于1607年左右,是一部非常吸引人的伊丽莎白式杀戮的作品,中间还穿插一些有名的诗句。开篇就很吸引人,一个叫温迪思的年轻人手持骷髅出现。接着是公爵,温迪思用兴奋的但刻意压低的声音喊道:'公爵!皇室的好色之徒!去吧,白发通奸犯!'接着他开始讲述自己的故事,时不时用各种词来称呼公爵,包括'一个饥渴而干瘪的富翁'。剧中显示,温迪思手里拿的骷髅就是他死去情人的。温迪思情绪激昂地说因他的情人"不接受公爵的勾引",而被他毒死了。卡文迪什对朱蒂斯来说,就是那个老男人,因不接受他的勾引,她不得不自杀。"

"奥布莱恩在设计复仇计划时,肯定读了这部作品,不管是场景的设置和温迪思的话都和奥布莱恩如出一辙。剧中,温迪思为了复仇,甘愿做公爵的皮条客。他答应给公爵提供一个新的女人。他半夜把公爵带到一个凉亭,在帘子后面放了一个假人,把他情人的骷髅头安在上面,嘴唇上涂了剧毒。公爵冲向这个假人,亲吻那个骷髅头,很快发现不对劲,但为时已晚。再来看看达沃尔庄园里发生的故事。奥布莱恩就是温迪思,卡文迪什是公爵。奥布莱恩抓住卡文迪什的弱点,利用露西拉的字条,把他骗到'凉亭'。露西拉刚好给奥布莱恩写了张字条，实属巧合，但把这张字条传给卡文迪什，恰似重演了温迪思诱骗公爵死亡的场景。诺特-斯洛曼的死亡也一样。他死于自己的贪欲，他对坚果的贪欲。这起谋杀也符合伊丽莎白式复仇的特点：浮夸、不加掩饰、唯美。赫伯特·马林沃斯对奥布莱恩的评价确实恰如其分：最后的伊丽莎白式的人物。

"奥布莱恩一定就把这部作品放在手边。你记得吗，菲利普，他在宴会上引用的句子：'蚕儿吐丝是为了你吗？为了你她牺牲了自己？'如果当时我记起来这段话之前的句子，我就能解开所有谜题了。听一下——"

奈杰尔朗读这些语句，声音低沉、嘶哑，但富有深情。朱蒂斯·费尔，这个甜美、恼人的纯洁精灵，虽然从未与自己谋面，感觉却和屋里的两个朋友一样真实：

"现在我可以
责备自己
沉溺于她的美貌，毕竟她的死亡
终将以非比寻常的方式得以复仇。"

"是的，朱蒂斯·费尔的死以非比寻常的方式得以复仇。"奈杰尔沉默了好大一会儿，"奥布莱恩利用他自己的死亡为朱蒂斯复仇的时候，肯定也在念着这些句子。这几个月的时间，心碎的温迪思的话语一定在他脑子里不断回响。真的，他对我说的第一句话就是温迪思的话，如果我当时反应迅速点儿，就该意识到他给我提供了整个事件的线索。我当时在木屋四处乱看，他发现我看到了朱蒂斯的照片，走到我身后说'我书房的装饰'，我当时隐隐觉得这句话很奇怪。卡文迪什自杀那一天我又通读了《复仇者的悲剧》，第二页有这样的描述，温迪思在对着骷髅说话，他说——

'我书房的装饰啊，死亡之壳，
曾经我未婚妻那明媚的脸庞……'

死亡之壳。这个壳包含了奥布莱恩对诺特-斯洛曼的报复。奥布莱恩的死就像一个壳，掩盖了他的两个仇敌死亡的真相。'真是个让人伤心的故事'，人们忍不住会爱上奥布莱恩。但对他而言，爱已经随着朱蒂斯的死被埋葬了。在朱蒂斯死后，从他打落第一架敌机到以自己的身体诱杀卡文迪什，生活对奥布莱恩来说，就是复仇者的悲剧，是死亡之壳。"

屋子里陷入长时间的沉默，屋外街道上车来车往的声音此起彼伏。菲利普站起来，大声说道："哦，奈杰尔，老伙计，你是我教书的杰出成果啊。这个案子中唯一让我安慰的就是诺特-斯洛曼死了，那个无耻的家伙。"

"哦，我不会这么说，"奈杰尔轻声说，"应该不是唯一的安慰。"

朱蒂斯·费尔那可爱的、忧伤的、小精灵一般的脸庞在他的心中渐渐消隐，但乔治娅·卡文迪什的脸庞似乎在模糊的未来朝他微笑。

图书在版编目（CIP）数据

死亡之壳 /（英）尼古拉斯·布莱克著；赵颖译. —— 上海：上海文艺出版社，2023
（尼古拉斯·布莱克桂冠推理全集）
ISBN 978-7-5321-8703-4

Ⅰ.①死… Ⅱ.①尼… ②赵… Ⅲ.①推理小说-英国-现代 Ⅳ.① I561.45

中国国家版本馆CIP数据核字（2023）第040309号

死亡之壳

著　　者：[英]尼古拉斯·布莱克
译　　者：赵　颖
责任编辑：王　琦
装帧设计：周艳梅
版面制作：费红莲
责任督印：张　凯

出版：上海文艺出版社
出品：上海故事会文化传媒有限公司
　　　（201101 上海市闵行区号景路159弄A座3楼 www.storychina.cn）
发行：上海文艺出版社发行中心
　　　（上海市闵行区号景路159弄A座2楼206室）
印刷：上海中华印刷有限公司
开本：889毫米×1194毫米　1/32　印张8
版次：2023年4月第1版　2023年4月第1次印刷
ISBN：978-7-5321-8703-4/I.6853
定价：45.00元

版权所有·不准翻印

上海故事会文化传媒有限公司出品（01110） www.storychina.cn

想看更多精彩故事？
扫码下载故事会APP

上海故事会文化传媒有限公司所有图书可办理邮购，免收邮费（挂号除外）
汇款地址：上海市闵行区号景路159弄A座2楼206室（201101）
收款人：上海故事会文化传媒有限公司出版发行部
联系电话：021-53204159
如发现本书有质量问题，请与印刷厂质量科联系T:021-60829062